JN354278

_____님께

"당신 때문에 살 맛이 납니다!"

_____ 드림

하브루타 엄마의 여섯 남매 양육 이야기

여섯도
안 많아요!

정한나 지음

한국NCD미디어

프롤로그

올해가 벌써 결혼 31주년! 오남매의 장녀로 동생이 많아서 불편했던 사춘기 소녀가 여섯 남매도 많지 않다고 외치는 오십대 중반이 되었다.

16년 전, 서울 감자탕교회라는 별명으로 알려진 광염교회 홈페이지에 '여섯 아이 엄마 정한나'라는 작은 글방을 조현삼 목사님께서 만들어 주셔서 여섯 아이를 양육하며 틈틈이 글을 올리곤 했다. 2008년도에 책으로 엮으면 어떻겠냐는 출판사의 제의를 받았다가 출간이 무산되는 바람에 한 켠에 밀어 두었던 원고를 이번에 책으로 내게 되었다.

어떤 이야기들은 정말 그런 일이 있었는가 싶어 새롭기도 했고, 여섯 남매를 키우면서 좌충우돌 엄마로 몸부림쳤던 안타까움이 다시 살아나 타임머신을 타고 그 시절로 돌아간 것 같은 기분을 느꼈다.

부족한 엄마의 모습이 그대로 드러나는 부끄러운 글인데 책으로 내도 될까 하고 망설여져 고민도 많이 했다.

하지만 있는 그대로의 일상들, 이젠 다 성인이 되어버린 여섯 남매의 어린 시절 이야기들이기에 엄마의 생각과 마음을 자녀들에게 선물로 전하고 싶어졌다. 또한 요즘 한국에서 붐이 일고 있는 하브루타 자녀

교육법을 조금 앞서서 따라했던 부족한 양육 일기가 젊은 부부들에게 조금이나마 도움이 될지 모른다는 생각도 책을 내는 계기가 되었다.

　부족함까지도 재료가 되어서 아름답게 빚어지는 게 인생 아니던가! 더욱이 저출산과 만혼이 흔해진 시대를 살면서 자신들의 가정을 꿈꾸는 여섯 남매와 다음 세대에게 자녀의 숫자보다 더 중요한 것이 마음가짐임을 알려주고 싶었다.

　생각할수록 부족함뿐인 나를 여섯 남매 엄마가 되게 하시고 여기까지 인도하신 하나님을 향한 감사가 절로 터져 나온다!

　변함없는 사랑과 믿음으로 늘 버팀목처럼 그 자리에 든든하게 서 있는 남편, 그 신실함을 바라보며 여섯 남매가 건강하게 성장했음 또한 참 고마운 일이다.

　또한 철부지 엄마를 이만큼 성장하게 만들어준 레베카, 에스더, 앤, 크리스틴, 예일, 조수아는 하늘이 내려주신 귀한 선물이고, 엄마를 키워준 선생님들이다. ^^ 여섯 번 거듭나며 성숙해 가는 과정 속에서 얼마나 큰 행복과 기쁨을 맛보았는지! 정말 여섯도 많지 않다는 고백이 흘러나온다.

　가장 감사한 것은 매일 새벽 우리 여덟 식구를 위해 온 맘 다해 기도해 주시고, 일마다 때마다 무조건적인 사랑을 쏟아 주신 양가부모님들이 계시다는 것이다. 생각할수록 가슴이 먹먹해 온다.

　재작년에 천국에 가신 시아버님은 부족한 며느리를 딸처럼 사랑해주시고, 책을 위해 기도해 주셨는데 살아생전에 책을 손에 쥐어

드리지 못해 죄송한 마음뿐이다.

천국에서도 손뼉 치시며 빙그레 웃으실 거라는 생각이 책을 교정하는 내내 큰 힘과 용기가 되었다.

남아 계신 세 분의 부모님! 이젠 80이 훨씬 넘으셔서 연로하시지만 늘 함께해 주시는 시어머님과 친정 부모님께 늦게나마 작은 책을 안겨 드릴 수 있어 송구한 감사가 넘친다.

또한 부족한 책을 위해 기쁨으로 추천사를 써 주신 한 분 한 분의 격려와 축복의 말씀들이 하늘보약이 되었다. 기도와 사랑으로 섬겨주신 서상모 집사님 가정, 편집과 교정으로 애써주신 김장섭 장로님과, 한국NCD미디어 출판사 스태프들, 그 외에도 보이지 않게 응원해 주신 성도님들의 변함없는 사랑이 없었더라면 이 책은 빛을 볼 수 없었을 것이다.

"꿈은 반드시 이루어진다!"는 말이 살아 움직여서 꿈이 현실이 되는 과정은 놀라운 은총이었다.

모쪼록 이 세상에 행복한 가정들이 더 많이 세워지고 천국을 연습하는 기쁨의 노래가 가정들마다 가득하기를 소원한다.

2019년 8월 30일,
아름다운 캘리포니아 세리토스에서,
여섯 아이 엄마 정한나

여섯 남매의 축하글

세상에서 제일 열정적인 우리 엄마, 내가 어렸을 때부터 엄마 책을 기다렸는데 드디어 나오네요!

오래 기다린만큼 나의 기쁨도 커요. 엄마의 많은 꿈 중에 한 꿈이 또 이루어졌기 때문입니다. 우리 여섯 아이가 몰랐던 엄마의 감정과 생각들이 담겨 있기에 더 소중합니다. 엄마의 글들을 읽으면서 엄마를 더 깊이 이해하고 알게 될 것 같아요. 나만의 엄마가 아닌, 많은 이들에게 좋은 영향을 주는 엄마의 책이 될 거예요. 정말 기대가 됩니다! 엄마의 이야기를 통해서 많은 사람들이 같이 울고, 웃고, 공감하고, 뒤돌아보는 멘토의 역할을 할 줄 믿어요!

어렸을 때는 보통 엄마들과 다른 점이 이해가 안 될 때도 있었는데, 내가 어른이 되어보니 엄마는 삶으로 믿음의 본을 보여 주셨던 훌륭한 분이셨어요. 세상적인 가치보다 하나님을 사랑하고 믿음으로 사는 것이 무엇인지를 깨닫게 해주신 것이 평생 제가 살아가는 데 큰 영향을 주셨어요. 엄마의 삶을 통해서 인생의 많은 숙제를 풀 수 있는 지혜를 알게 돼서 너무 감사해요. 엄마가 내 엄마인 것이 너무 자랑스러워요! 나는 엄마의 절대 응원자인 것 아시지요?

엄마 사랑해요! 첫째 딸 Rebecca, 예은 드림
(뉴욕 콜롬비아 대학원 | Teaching Team & Program Manager)

사랑하는 어머님, I've told you before, and I'd like to tell you again, you're a wonder woman and super mom. I'm amazed at how you're able to mother six children, be a wife, and still accomplish so much. I respect the way you have instilled important Christ-centered values in your family, and I believe that the fruit of your efforts manifests in the way they choose to live their lives by faith. Just as God is able to use you as a way to impact your family, I think He will use you to reach a greater audience through this book. I look forward to reading all your stories. I love you. Love, Andrew - 큰사위
(Conduire Consulting | Post Production Manager)

To my mother, a daring woman of faith. You have defied the patriarchal, cultural norms of a traditional housewife. With courage, grace, resiliency, strength, and love, you have lifted your voice to advocate for the widowed and orphaned and you have never ceased to stop chasing your dreams. Your life examplifies servitude, compassion, and God-fearing vision. Thank you for giving me the ultimate gift of life. I am incredibly proud to witness you spread your wings and take flight. Through this book, may the world see the beauty that lives within. You are forever my

angel mother, best friend, and mentor.
I love you. Esther, 둘째 공주 예지 드림
(University of California, Irvine | Senior Personnel Analyst)

엄마가 내 엄마여서 너무 감사하고 행복해요. 엄마랑 늘 사람 천사 얘기 했는데… 엄마는 저한테 사람 천사에요. 아마도 많은 사람들에게도 사람 천사일거예요. 엄마의 마음은 바다처럼 넓고, 엄마의 마음은 태양처럼 밝아 모든 사람에게 새로운 희망과 힘을 주지요. 엄마는 너무 멋있고 자랑스러운 점들이 많은데 제일 멋있고 자랑스러운 것은 하나님을 섬기고 사랑하는 모습이에요… 엄마 때문에 내가 더 좋은 사람이 되는 것 같아요. 엄마, 파이팅!
때려 망치 2 망치! (엄마랑 암호) 이쁜 셋째 공주, 예진 드림
(New York University Graduated)

With a name that carries so much power and promise, you, 정한나, are someone who defies all odds and breaks down walls of expectation and doubt. 엄마, you are loving, compassionate, inspiring, bold, and so beautiful inside and out. I am so proud to call you my mother. Congrats to my #1 supporter and the mother with one of the biggest hearts out there.
I love you times a million. 넷째 딸, 예나 드림
(University of Southen California Senior)

My mother is a warrior. She is a daughter who chases after God's heart. A woman who exudes confidence and grace. A friend who serves truth with warm kindness. A victor in the midst of trials. Her writing is not only from her keen observations, but her ability to be an active participant of life itself. She engages in the livelihood of being alive rather than just merely living. Cheers to my mom who fights battles with the power of her pen!
막내 공주, 예일 드림
(University of California, Riverside Junior)

Hi Umma, your last and favorite child here! I am so proud to call you my mom and am so thankful to God for giving me such an ambitious, loving, and sacrificial mother. I always have looked up to your tremendous drive and passion to serve God and I am glad to see His work displayed through your book. Keep pursuing Him and keep being an amazing woman of God. I love you so much and will continue to support you in whatever you do.
Love, Joshua - 막내아들
(Whitney High Senior)

추천글

강준민 목사 | L.A. 새생명비전교회 담임

《여섯도 안 많아요!》는 감동과 울림으로 가득 찬 책이다. 미소를 짓게 하고 눈시울을 뜨겁게 만드는 책이다. 여섯 명을 낳아 키운 저자의 아픔과 환희가 아름답게 조화를 이룬 책이다. 저자가 말씀과 기도와 눈물과 사랑과 지혜와 감사로 여섯 명의 자녀를 양육한 책이다. 성경적 자녀 교육의 정수를 담은 책이다. 또한 이 책은 힘든 여섯 명의 자녀를 이민목회를 하는 남편과 함께 키우면서 하나님께 드린 감사 일기다. 저자의 솔직한 표현들과 보석 같은 지혜가 재미와 의미를 더해 준다. 저자는 이 책에서 자녀를 글로벌 인재를 넘어 천국 인재로 키우는 법을 가르쳐 준다. 귀한 책을 부모님들과 한국과 이민 교회 목회자들과 사모님들에게 추천하고 싶다.

이희숙 목사 | 세계복음선교회, 에제르 사모 기도회 대표

할렐루야! 잉꼬부부로 소문난 정우성 목사님의 최고의 에제르, 정한나 사모님께서 쓰신 귀한 책을 읽으면서 계속 웃음과 "아멘"이 터져 나왔다. 하늘보약을 먹은 것처럼 기쁨과 감사와 은혜가 넘쳐났다. 놀랍다! 어떻게 그 많은 6남매를 낳고도 "여섯이 절대로 너무 많지 않아요!" 외치며 기뻐하실 수 있는지! 어떻게 6남매 PK들(Preacher's Kids)을 그렇게 아름다운 믿음의 PK들(Perfect Kids)로 잘 성장시키셨는지! 어떻게 모든 사람들의 부러움의 대상이 되고 하나님께 큰 영광을 돌리는 행복한 천국가정을 이루셨는지! 그 놀라운 비결이 바로 이 책에 생생한 드라마처럼 자세히 기록되어 있다. 강력 추천한다.

강명순 목사 | 전 국회의원, 부스러기 사랑 나눔회 이사장

함께 기도하고 비전을 나눈 귀한 믿음의 동역자인 정한나 사모님의 책 출판을 축하드립니다.

유대인 교육방법인 하브루타 엄마의 여섯 남매 양육기에서 생생한 현장감을 고스란히 느낄 수 있었습니다. 귀한 엄마 아빠가 좋은 모델이 되어 식탁에서, 생활의 현장에서 자녀들에게 기도훈련, 암송훈련, 금식훈련, 감사훈련, 큐티훈련 등을 한 이야기를 담은 이 책은 우리 시대에 꼭 필요한 자녀 양육서입니다.

2018년 출생 통계에서 15~49세 가임여성 1명이 평균 0.98명의 아이를 출산하는 것으로 집계돼 한 명이 한 명도 낳지 않는 인구절벽 시대가 되었는데 "여섯도 안 많아요!"라는 자신 있는 외침이 우리에게 큰 도전을 줍니다.

자녀 6명을 위해 열심히 일하시고 그 내용을 책으로 엮어 내시는 정한나 사모님에게 큰 응원의 박수를 보냅니다. 사랑합니다. 축복합니다.

김한수 목사 | 한국NCD 대표

행복한 가정의 이야기가 여기 있습니다. 이 책을 읽는 순간 이 가정의 이야기 속으로 푹 빠져들어 갈 수 밖에 없습니다. 누구나 행복한 가정을 꿈꾸기 때문이지요.

정한나 사모님의 진솔한 마음이 가득 담겨 있는 이 책은 자녀를 향한 모든 엄마들의 마음이라고 생각됩니다. 설렘과 기대감으로 자녀를 키우는 엄마의 마음안에, 자신의 한계를 뛰어넘게 하는 자녀 성장의 비밀이 들어 있습니다.

기쁨과 감사, 그리고 눈물과 수고로 자녀들을 위해 즐거이 헌신하는 부모의 마음이 잘 표현되어 있어서 도전과 감동을 줍니다.

이 책을 읽는 모든 이들이 정한나 사모님처럼 하나님의 무한한 사랑을 자녀들에게 최선을 다해 나눠주는 아름다운 가정을 만들기를 기도합니다.

정진호 | 한동대학 교수, 전 연변/평양과기대 교수

천국의 수다쟁이 정한나 사모님을 보면 우선 부러운 마음이 앞선다. 우리 인생의 상급인 자녀를 여섯이나 키워냈으니 말이다. 정한나 사모님은 영화 <사운드오브뮤직(The Sound of Music, 1997)>을 방불케 하는 여섯 아이의 엄마로 이렇듯 타향에서 코리안 디아스포라의 본이 되어 당당히 일어선 조선의 여장부이기도 하다. 마치 흩어진 유대인 디아스포라 어머니들이 자신들의 신앙적 정체성을 잃지 않으려고 가정과 예시바 학교에서 토라의 말씀을 서로 묻고 답하며 토론식 교육을 시켰던 것처럼, 그 하브루타 교육으로 여섯 아이를 자랑스럽게 키워낸 것만으로도 이미 그녀는 본받을만한 교육자이다. 이제 그 내밀한 천국 교육의 비밀을 보글보글 끓는 청국장처럼 우리에게 대접한다니 감사할 뿐이다. 이 책은 코리안과 유대인 디아스포라가 함께 끓여낸 신비스런 청국장과 천국장의 조화를 참된 자녀교육을 갈망하는 우리 모두에게 맛깔나게 선보일 것이다.

김철민 장로 | CMF선교원 대표

여섯 아이의 엄마, 정한나 사모님께서 책을 내신다는 연락을 받고 반가웠습니다. 가정이 무너져 가고 있는 이 시대에 정말 필요한 책을 출판하신다고 생각했습니다. 저에게 초고를 보내 주시어 단숨에 읽었습니다. 읽으면서 제게 아쉬움이 많이 남았습니다. 이 책이 우리의 자녀들이 어렸을 때에 나왔더라면 시행착오 없이 잘 키웠을 터인데 하는 아쉬움이었습니다. 저는 가정사역을 오랫동안 하면서 가까이서 정한나 사모님이 여섯 아이들을 양육하는 것을 자세히 볼 수 있어서 얼마나 감사했던지요. 하나님께서 허물어지고 희망이 없어 보이는 이 시대에 한 가정을 택하셔서 하나님의 선물인 자녀들을 하나님의 뜻대로 양육하게 하시고 열매를 맺으시는 것을 볼 수 있었기 때문입니다.

제가 보았던 정한나 사모님은 결혼부터 하나님의 뜻 안에서 하시고, 자녀를 말씀으로 잘 양육하신 분입니다. 또한 아내와 사모, 며느리, 딸로서의 사명을 잘 감당하셨고, 꿈땅 프로젝트로 홀사모와 자녀들을 돕는 사역을 16년 동안 한결같이 하셨던 하나님께서 극진히 사랑하시는 분입니다.

  이 책의 내용이 추상적인 이론이 아니라 결과로 증명된 실제적인 조언이기에 이 책을 많은 분들이 읽기를 강추합니다. 이 책을 통해서 올바른 비전을 갖고 하나님께서 맡겨주신 일들을 감당하는 차세대 리더들이 많이 세워져 그리스도의 푸른 계절이 이 땅에 속히 임하기를 기도합니다.

강순영 목사 | 자마(JAMA)대표

정한나 사모님은 제가 미국 CCC 사역자로 파송되어 맡았던 첫 번째 학생 리더 그룹의 학생이었습니다. 가정 사역을 잘 하셨던 목회자의 딸로 가정 사역에 남다른 관심을 가진 자매였고, 이후 목회자와 결혼하여 슬하의 6남매를 믿음으로 잘 키운 자랑할만한 엄마입니다. 각종 자마(JAMA) 대회 때 6남매를 모두 데리고 참석할 정도로 자녀들 신앙 교육에 열정을 쏟았고, 자녀들로 하여금 6대주를 한 대륙씩 입양해서 매일 대륙을 품고 기도하도록 훈련시켰던 엄마입니다. 특별히 유대인 교육법인 하브루타로 여섯 자녀들을 잘 키우고 성경적인 가치관과 실제적인 믿음으로 여섯 자녀를 잘 자라는 모습을 오랫동안 지켜보며 그 열매를 제가 직접 보았고 체험했습니다. 결혼교실, 사모교실과 목회자 모임에 정한나 사모님께서 강사로 강의하시는 현장에서 자녀교육 강의와 간증을 들을 때마다 눈물이 나도록 감동했었습니다. 요한 웨슬리와 찰스 웨슬리를 믿음으로 키워 영국을 변화시켰던 수산나 같다는 생각이 들게 했던 엄마입니다.

저를 비롯하여 정 사모님의 간증을 들었던 많은 분들이 오랫동안 정 사모님의 책 출판을 기다려왔습니다. 이 책에는 6남매를 믿음으로 키운 엄마의 진솔한 이야기들이 담겨 있습니다. 주님께서 세우신 아름다운 가정에 부흥이 일어나기를 기도하는 부모라면 모두에게, 특별히 엄마들에게 필요한 책입니다.

자녀양육으로 고민하는 한국과 이민 가정에 건강한 자녀를 균형 있게 키우는데 이 시대에 꼭 필요한 책이라고 생각하며 강력하게 이 책을 추천합니다.

양병무 | 인천재능대 교수, 감자탕교회 이야기 저자

'여섯 아이 엄마 정한나!' 16년 전 감자탕교회로 알려진 서울광염교회 홈페이지에 글이 올라왔을 때 제목부터 사람들을 놀라게 했다. 여섯 아이라는 말이 믿어지지 않았다. 제목 자체가 기적이었다. 글이 올라올 때마다 성도들이 재미있게 읽고 감동을 받으며 다음 글을 기다렸다. 드라마처럼 인기 넘치는 글이었다. "모든 것을 하나님께 맡기고 기도하는 엄마니까 가능하겠구나. 그래서 이름도 사무엘의 어머니 한나구나!" 여섯 아이를 만나보니 서로가 사랑하며 살아가는 모습이 어찌나 아름다운지 저절로 은혜가 되었다. 저렇게 키우면 "여섯도 안 많아요!"라는 말이 가능하겠다는 생각이 들었다. 이 책은 "항상 기뻐하라. 쉬지 말고 기도하라. 범사에 감사하라."는 성경 말씀을 실감나게 만든다. 책이 재미있어서 시종 웃으며 읽을 수 있다. 저출산으로 가정이 위기에 처해 있는 때에 가정의 행복을 전해 주는 신선한 충격을 주고 있어 쉼과 은혜를 맛볼 수 있다.

양동일 | 하브루타문화협회 사무총장

자녀교육에 대해 누구나 좋은 생각을 할 수 있습니다. 하지만 그것을 삶속에서 실천하는 것은 또 다른 이야기입니다.

결국 자녀교육은 생각으로 하는 것이 아니라 가슴으로 키우는 것이기 때문입니다.

정한나 사모님은 6남매를 키우며 가족 간의 하브루타 대화법과 의사소통 기술을 삶의 곳곳에서 실천했습니다.

한국의 부모들이 책의 내용을 그대로 따라 해보는 것만으로도 가족 간의 큰 변화가 생길 것입니다.

프롤로그 ----- 5

축하글 ----- 8

추천글 ----- 12

Part.1 여섯도 안 많아요!

1. 청국장? 천국장?(식탁 하브루타) ----- 27

2. 쉿...! 쉿...!!! 쉿!!! 아빠처럼~^^ ----- 30

3. 천국에는 없는 것 ----- 36

4. 왜 때려 미(Me)??? ----- 40

5. 감사연습(감사 하브루타) ----- 47

6. 예나야, 정말 미안하구나(격려 하브루타) ----- 55

7. 새벽을 깨운 조수아의 찬송(찬양 하브루타) ----- 60

8. 이 땅에서 경험하는 하늘보약(웃음 하브루타) ----- 64

9. 빈 마요네즈 통에 담긴 가슴벅찬 하늘소망
   (쩨다카 / 구제 하브루타) ----- 70

10. Happy Father's Day~!!^^(편지 하브루타) ----- 77

11. 손톱깎이 ----- 81

12. 식구 하나가 줄었습니다 ----- 86

차례

Part.2 성공적인 양육의 비결, 행복한 부부

1. 이왕에 만났으니 성경공부나 할까요? 95
2. 첫날밤의 성령세례 104
3. 김치부침개 감사 113
4. 입양 에피소드(여섯도 많지 않아요) 120
5. 주유소 사건 128
6. 하나님의 밸런타인데이 카드(편지 하브루타) 135
7. 빨간색 립스틱 도장(웰컴 하브루타) 138
8. 저도 기도 들어가요(기도 하브루타) 141
9. 참 좋은 당신께(한나가 드려요) 146
10. 결혼 20주년 감사바구니~~^^* 151

Part.3 하브루타는 삶이다

1. 설거지 예배 — 161
2. 내리사랑 — 168
3. 문틈에 옷이 끼었잖아요? — 172
4. 천국표 반짇고리(바느질 하브루타) — 177
5. 천국방언을 소개합니다(언어 하브루타) — 183
6. 파 뿌리 묵상 — 188
7. 거룩한 청소부(청소 하브루타) — 191
8. 공짜인데... 진짜랍니다!!! — 196
9. 다시 또 새로운 시작(예배 하브루타) — 202
10. 장미꽃 가시 감사(감사 하브루타) — 208
11. 내 맘대로 안경 — 214
12. 잠잠할수록 들려지는 주님 음성 — 221
13. 속옷은 매일 갈아입으면서도 — 225
14. 아침마다 새롭습니다 — 233
15. 손가락을 다치고 발견한 15가지 감사^^* — 237

차례

Part.4 천국의 비밀코드, 기도 하브루타

1. 태몽 ... 247
2. 세계 최고의 정형외과 의사 ... 258
3. 엄마! 절대로 아프면 안 돼 ... 267
4. 천국을 경험하는 행복한 돌림기도 ... 271
5. 하물며 호박순일까 보냐 ... 278
6. 아빠, 이거 잘 안 돼요!
   (Daddy.... It's not working!) ... 287
7. 어머니의 기도 ... 295

에필로그 ... 303

은혜

Part. 1
여섯도 안 많아요!

여섯 아이와
부부가
함께 살면서
겪은
좌충우돌
에피소드

청국장? 천국장?
식탁 하브루타

우리 집은 청국장을 자주 해 먹습니다. 일주일에 서너 번씩 약간은 고약한(?) 냄새가 나는 청국장을 큼직하게 두어 숟갈 풀어 넣고서, 김치와 두부와 파를 넉넉히 추가합니다. 뚝배기 속에서 보글보글 끓어대는 구수한 냄새가 진동할 즈음이면 저마다 놀던 아이들이 제 주위에 몰려듭니다.

"엄마 오늘도 청국장찌개야?"

"야! 맛있겠다!! 쩝쩝쩝."

십대인 큰딸부터 세 살짜리 막내까지 여섯 명의 아이들이 간을 봐주겠다고 앞다퉈 달려들어 차례를 기다리는 진풍경이 벌어집니다. 특히 요즘 같이 쌀쌀한 날씨에는 더욱더 입맛을 당기게 하는 찌개지요.

"엄마! 천국장 많이 먹으면 천국에 빨리 가?"

며칠 전 저녁 밥상을 차리는 저한테 우리 집 넷째가 물었습니다.

"...??????"

옆에 있던 셋째가 금방 말을 받았어요.

"야! 천국 가는 건 죽는 건데 너 빨리 죽을래?"

"아니, 난 천국장 많이 먹고 집에서 천국놀이하면 되잖아?"

"야! 그건 그게 아니야. 엄마 설명 좀 해줘!"

"???? 우하하하ㅎㅎㅎㅎㅎ"

듣고 있던 저와 큰 아이들은 참지 못하고 봇물 터지듯 웃음보를 터뜨립니다. 청국장을 '천국에서 먹는 된장(?)' 쯤으로 알고 궁금한 나머지 엄마에게 진지한 질문을 던진 넷째 예나의 어리둥절해 하는 표정이 어찌나 우스웠는지요. 미국에서 이민목회를 하시는 목사의 자녀로 태어나 이제 막 한글을 배워 한국말이 서툰 넷째 예나의 고백(?)이 어찌나 사랑스럽고 예쁘던지 행복한 마음을 감출 수가 없었습니다.

'청국장'과 '천국장'이 발음은 비슷해도 뜻은 다르다고 열심히 설명을 했지만 다섯 살짜리 넷째는 여전히 갸우뚱합니다. 청국장에 밥을 쓱쓱 비벼 맛있게 저녁을 먹으면서 청국장과 천국장의 관계에 대해 각자 생각나는 대로 이야기를 쏟아놓았습니다. 그 중에서 가장 많은 공감을 얻은 것은 역시 첫째인 예은이의 해석이었습니다. 청국장은 냄새가 많이 나지만 우리가 감사함으로 맛있게 먹을 수 있다면 그게 바로 천국장이 아니겠느냐는. ^^

천국의 밥상은 어떤 음식이 올라도 행복하게 한 숟갈씩 떠먹을 수 있는 밥상, 아니, 사랑하는 마음으로 긴 젓가락으로 서로를 먹여주는 식탁이라잖아요? 아무튼 매일 우리 집 밥상에 '천국장'이 올라온다는 사실만으로도 우리는 영혼이 살찌는 기분입니다.

어디 그 뿐인가요? 너무나 맛이 있어서 다른 반찬이 필요 없는 영양 만점의 훌륭한 완전식품이고, 게다가 천국까지 경험할 수 있는 사랑 듬뿍한 행복 맛보기 찌개인 천국장! 여러 가지 재료가 섞어져서 훌륭한 맛을 낼 뿐만 아니라, 우리의 몸을 이롭게 하는 재주까지 갖추었으니 그야말로 '천국을 맛볼 수 있는 된장' 맞네요.

나 혼자만 튀어나오면 별 볼일 없지만, 서로 서로 사랑으로 섞이는 과정이 있고, 게다가 내 안의 고유한 성분까지 녹여서 감칠맛을 만들어 내고야 마는 청국장.

'나도 혼자서 잘난 체 하는 따로국밥이 되지 말고, 타인과 자연스럽게, 아름답게, 섞어지고 어우러지는 섞어찌개가 되고야 말리라.'

내 안의 열정처럼 끓고 있는 청국장을 한 숟갈 떠서 간을 보며 다시 한 번 마음을 다집니다. 오늘은 은혜의 조미료까지 듬뿍 들어갔으니, 한 솥 가득한 천국장이 금방 동이 나겠는 걸요? 날씨가 포근해지기 전에, 이렇게 기가 막힌 천국의 찌개를 많이 많이 드시기 바랍니다. 사랑합니다.

 (하브루타, Havruta)
하브루타는 짝을 이뤄 서로 질문을 주고 받으면서 공부하는 것에 대해 논쟁하는 유대인의 전통적인 토론 교육 방법입니다.

2. 쉿...! 쉿...!!! 쉿!!! 아빠처럼~^^

우리 집에는 아들이 둘입니다. 큰아들은 목사님도 되고, 선생님도 되고, 연인도 되고, 친구도 되고, 아들도 되는, 그야말로 전천후(?) 아드님이신, 사랑하는 룸메이트입니다. 둘째 아들은 제가 열 달 동안 뱃속에 고이고이 간직했다가 복된 날, 복된 시간에 눈물로 반갑게 첫인사를 했던 아직까지는(?) '아들'이란 이름밖에 없는, 진짜 내 아들, 조수아(Joshua)이지요. 그런데 말입니다. 그 두 아드님께서 똑같이 정기적으로 하시는 일이 딱 한 가지 있답니다. 그게 뭐냐구요? 하하 다름 아닌 '설교 준비'입니다.

　큰아드님 되시는 제 남편, 정우성 목사님께서는 별빛 가득한 새벽에 나가셨다가 자정 넘은 한밤중에 들어오시는 (집에서는 뵐 수가 없는) 스타 아빠이기에 일주일에 하루, 새벽 기도 후 쉬시는 날인 목요일 오후에만 그 묵직한 행복지수 만점의 백만 불짜리 미소를 볼 수가 있지요. 그것도 거의 같은 표정, 같은 자세, 같은 자리에서^^

거의 일주일 내내 주일 설교를 묵상하시면서 사시느라 앉으나 서나 '당신' 생각이시긴 한데, 문제는 그 '당신'이 같이 사는 저보다도, 위에 사시는 '그분'이시니 저는 그런 그분을 모신 멋진(?) 남편과 같이 사는 것만도 그저 황송해야 할 처지입니다.

그러다 보니 아이들 눈에 비친 '아빠가 있는 풍경'은 이렇습니다. 응접실 소파 위에 편안히 앉은 채로 한 손엔 성경이나, 여기저기 접혀지고 줄 쳐진 책이, 다른 한 손엔 빨간색 볼펜이나, 형광펜, 아니면 연필이 들려져 있습니다. 앉으신 자리도 항상 그 자리. 그 옆에는 늘 수북이 쌓인 열댓 권의 책들과 그 가운데 자리 잡고 있는 검정색 표지의 두꺼운 성경책이 있지요. 목사님, 전도사님들은 고개를 끄덕이며 공감하실 거예요. 늘 부담이 되는 설교 준비!

"모름지기 설교 한 편을 준비하는 일은 모든 정력을 쏟아 만든 장인의 마지막 작품과 같다"

오십 평생을 설교하신 저희 친정아버지와 이제는 은퇴하신 시아버님께서도 늘 하시는 말씀입니다. 설교 한 편을 준비하고 선포하는 일이 그만큼 어렵고 힘든 일이라는 뜻이겠지요. 물론 그보다 복되고 보람있는 일이 세상에 없긴 하지만요.

저도 어린 시절을 목사님이신 아버님을 보면서 자랐고, 목사님인 남편을 내조하는 사모로 지내면서 설교가 얼마나 중요한지는 너무도 잘 알기에 시간만 나면 설교 준비와 묵상, 기도에 온 정신을 쏟는 남편이 오히려 고맙고 존경스럽기까지한 팔불출(?) 아내로 살고 있습니다.

　그런데 요사이 우리 집에 있는 진짜 아들인, 조수아가 말입니다 매일 하루에 두 번씩 그 힘든 '설교 준비'를 시작했습니다. 아장아장 걷기 시작할 때부터, 아니 그 이전부터 보고 또 봤던 아빠의 그 모습을 얼마 전부터 똑같이 흉내내기 시작한 겁니다.

　아빠처럼, 아빠가 앉는 그 자리에 같은 자세로 앉아서 사방에 널려있는 책들 중에서 꼭 아빠가 보시는 책만 골라서 아빠랑 똑같이 열댓 권을 쌓아 놓습니다. 그리고는 반드시 검정 표지로된 책인 찬송가 혹은 성경책을 한 권 들고 옵니다. 그리고 빨간색 볼펜도 찾아서 갖다 놓고는 드디어 설교 준비에 들어갑니다. 전혀 힘들지 않고 어렵지 않은 자세로 말이죠. ^^

　두 눈을 지긋하게 아래로 내리깔고는 한 손엔 검은 표지로 된 책을 들고(가끔씩 거꾸로 들고도 설교 준비를 마치는 능력을 발휘하기도 하지요^^) 다른 한 손엔 빨간색 볼펜을 들고는 가끔씩 줄을 긋는 시늉을 합니다. 한참을 그러고 있다가 고개를 아래위로 끄덕끄덕하다가 '음'하는 심각한 표정으로 엄청난 진리를 깨달았다는듯 온 몸으로 감동을 표현합니다.

　그런데 하필이면 그럴 때 갑자기 누나들(4번, 5번)이 뛰어오면서 도움을 청합니다.

　"조수아~! 우리랑 아빠놀이 하자. 응? Please~!!!"

　아마도 소꿉장난 하는데 아빠가 필요한가 봅니다. 아, 근데요, 조수아의 반응이 심상치가 않습니다.

"쉿....!!!"

그 자그마한 얼굴에 미간을 잔뜩 찌푸려 엄한 얼굴을 만든 후에 둘째 손가락을 쭉 펴서 입에 바짝 갖다 댑니다. 그리곤 계속해서 아무런 대답도 안하고 "쉿! 쉿! 쉿!" 숨이 새는 소리만 냅니다. 그러면 손잡고 신나게 왔던 넷째, 다섯째인 예나와 예일이가 잔뜩 실망한 표정으로 둘이 번갈아 쳐다보다가 포기하고 저만치 갑니다. 뒤에서 가만히 보고 있던 제게 꼭 이렇게 한마디 던지고 가지요.

"칫! 자기가 뭐 목사님인가? 아직 책도 못 읽는 꼬맹이 주제에."

누나들이 그러거나 말거나 우리 꼬마 목사님께선 계속해서 설교 준비를 하시고 계시네요. ^^

지난 여름, 다녀가신 친정 부모님과 이번에 오셨던 시어머님께서도 조수아의 설교 준비를 보시곤 이렇게 말씀하셨죠.

"야. 조수아는 아무래도 목사님이 되어야 될 것 같다. 벌써부터 저렇게 열심히 설교 준비를 하니까 말이다. 하하하"

아무튼 요즘 전 우리 집 꼬마 목사님 설교 준비를 도와드리느라 행복하고 바쁘답니다.

이제 막 세 살이 된 어린아이지만 그 영혼까지 세밀히 만지시고 다듬으시는 너무도 자상하신 주님을 만납니다. 앞으로 진짜 목사님이 될지는 아무도 모르지만 그저 주님 앞에서 그를 잠깐 맡은 청지기 엄마로서 정성껏 도우려 합니다.

"주님! 저에게 맡겨주신 이 귀한 축복의 기업들을 바라보기만 해도 가슴이 벅차오릅니다. 오늘 한 순간, 한 순간을 지켜주시고, 행여 나의 무지와 게으름으로 이 귀한 기업들에게 생채기가 나지 않도록 전폭적인 주님의 간섭을 구합니다. 절대로 저에게만 맡겨두지 마시고, 완전하시고 모든 것을 감찰하시고 도와주시는 주님께서 이 아이들을 돌봐 주세요! 저는 그저 주님의 심부름꾼으로, 잠깐 아이들을 맡았음을 잊지 않게 해주세요. 감정에 끌려 함부로 아이들을 대하지 않게 하시고 말 한마디, 표정 하나, 몸짓 하나까지도 주님처럼 할 수 있도록 강권해 주세요.

하루에 스무 번 이상을 온 몸으로 꽉 끌어안아야 하는, 사랑이 절대적으로 필요한 아이들임을 항상 명심하게 하시고, 아이들이 그 사랑을 배불리 먹고 잘 자라서 이웃에게, 친구에게, 배우자에게 모든 것을 포용하는 바다와 같은 사람이 되게 하소서!

기도를 배우며 자라게 하시고, 그 무엇보다도 하나님을 경외하고 섬기는 것이 인생의 최우선순위임을 날마다 깨달아 알게 하소서.

많은 형제들과 자라지만 골고루 사랑을 먹고 자라도록 여섯 배의 기쁨과 사랑, 행복을 더해 주소서.

이 세상이 정말로 살맛나는 천국과 같은 곳임을 날마다 깨닫고 선포하는 하나님의 자녀들이 되게 하소서. 존귀하신 예수 그리스도의 이름으로 간절히, 간절히 기도드립니다!"

"엄마~ 나 우유 주세요오. 빨리요~ 응?"
설교 준비를 끝낸 꼬마 목사님의 요청에
여기저기서 합창을 합니다.
"나도요. 나도. 미 투! 미 투!!!"
한 컵, 두 컵, 세 컵, 네 컵 뽀얀 우유를
가득~ 가득~ 따라 주며
내 마음에 있는 사랑과 감사와
기쁨과 행복도 가득 가득 섞어줍니다.
"사랑한다. 나의 귀한 보물들아!!" ^&^

고등학생이 된 막내아들
조수아 생일을 축복하면서
42살 차이나는
늦둥이 막내와 아빠
(2006년 1월 18일)

천국에는 없는 것

아침나절, 막내 조수아를 데리고 은행에 갔습니다. 은행 볼 일을 보고 마켓도 들러 두부도 좀 사고 나간 김에 마켓 앞에서 조수아랑 전도하다가 12시 정각에 수업이 끝나는 다섯째 예일이를 픽업(pick up)하러 달렸습니다. 조수아의 손을 잡고 예일이 교실로 들어갔지요. 오늘 생일을 맞은 애슐리의 엄마가 친구들에게 돌린 선물과 풍선이 예일이의 손에 가득 들려 있었습니다. 교실 안 자녀픽업 서류에 사인을 하고는 선생님께 인사를 한 뒤 두 녀석을 데리고 차에 올랐지요. 그런데 이 녀석들이 차에 타자마자 티격태격 하는 겁니다. 왜 그러는지 살펴봤더니 글쎄 오늘 받은 그 선물 봉지 안에 캔디와 학용품이 가득했습니다. 그래서 조수아 보고 하나 고르라고 했는데 예일이가 제일 먹고 싶은 캔디를 집는 즉시 "그건 내 것!" 하고 소리 지르며 싸움이 났습니다.

운전하다 말고 꽥~ 소리를 질렀습니다. 도무지 정신이 헷갈려서 운전을 하기가 힘들었지요. 엄마의 고함에 놀란 두 녀석이 엄마의 뒤통수에 붙은 눈을 보곤 잠잠해졌습니다. 그리고 집으로 들어갔지요. 일단, 눈물이 글썽한 예일이의 그 선물을 가운데 놓고 일장연설을 했습니다.

"엄마가 왜 그렇게 소리 질렀는지 알아?"
"네에(다 기어들어가는 소리로)."
"엄마가 운전할 때 떠들면 어떻게 된다고 그랬지?"
"사고 나요."
"근데 아까 조용했어? 시끄러웠어?"
"흑흑흑 엄마 잘못했어요. 용서해 주세요."

벌써 엄마의 표정이 심상치 않자 예일이는 아예 눈물 작전에 들어갑니다. 금방 고사리 같은 손바닥을 비벼대며 눈물이 그렁그렁해서 엄마를 바라봅니다. 그렇지 않아도 자주 붙는(?) 끄트머리 두 놈간의 대결에 혼을 내주리라 마음을 먹었는데 이렇게 금방 눈물을 흘리며 싹싹 빌어대니 저도 조용하고 다소곳한 목소리로 단호하게 다짐을 받았지요.

"예일이가 뭘 잘못했는지 잘 아네? 예일이는 참 똑똑한 걸? 그럼 조수아한테 어떻게 해야 되지?"

"그러지 말라고 용서해 줘야 해요."

"그래 우리 예일이 참 착하네. 이리와. 엄마가 이번만 용서하는 거야? 오케이?"

안아 주려고 손을 내밀었더니 더 흐느끼며 웁니다. 별 것도 아닌 것에 이렇게 눈물을 쏟다니 나~ 원~ 참~, 역시 아이는 아이네요. 그 옆에 섰던 눈치 빠른 조수아가 잔뜩 겁을 먹고, (우리 조수아는 제가 막대기 하나만 들면 사시나무 떨듯 벌벌 떱니다 ^^) 자기 차례인 것을 벌써 눈치채곤 누나 말을 똑같이 재방송합니다.

"**엄마**. 잘 못했어요. 매 때리지 마세요. 흑흑흑"

그러니 어떡합니까? 용서해 줄 수밖에. 호호호^^ 그리고, 바로 옆 학교에서 끝난 넷째 예나를 데리러 갔지요. 예나가 걸어오면서 얼굴빛이 이상야릇한 두 동생을 번갈아 가며 보더니 저에게 소곤거리며 묻습니다.

"**엄마**! 왜 그래.......?"

그래서 입술에 힘을 줘서 길게 늘이곤 눈을 찡긋해 보였지요. 그랬더니 "아하~! ㅋㅋㅋ" 합니다.

다 알아들었다는 표정이네요. 며칠 전 이제 막 여섯 살이 되었지만 동생이 둘이나 있는 예나는 그 나이 또래에 비해 많이 어른스럽습니다. 아직은 어색한 얼굴인 두 동생을 데리고 집으로 걸어왔지요.

벌써 1시가 다 되어 뱃속에서 꼬르륵~~하고 신호가 오네요. ^^ 얼른 밥을 퍼서 구운 김이랑 김치랑 하나씩 싸서 놓으니 게 눈 감추듯 없어지네요. 그러면서.. 우리 넷째, 예나가 말합니다.

"엄마, 천국에도 없는 게 있네???"
"응? 그게 무슨 말이야?"
"엄마가 천국 갈 사람 이름을 예수님이 다 적어놓았다고 했잖아?"
"응. 그래서?"
"예수님이 말 잘들을 땐 적었다가, 우리가 싸우고 말 안들을 땐 속상해서 지우면 안 되잖아?"
".....???......"
"근데, 엄마가 그 이름은 한 번 쓰면 절대로 못 지운다고 했잖아? 그러니까 지우개가 없는 거지 뭐. 그치요???"
"뭐라고? $%#@#$%*&????? 우하하하하하^**^"

엉뚱하게 튀어나온 그 유머 아닌 유머에 엄마가 밥 먹는 것도 중단하고 목젖이 보이게 웃어젖히니까 그 옆에 앉았던 아직 구겨진 얼굴의 조수아, 예일이도 뭔지도 모르고 같이 웃기 시작합니다.

"하하하 호호호 히히히! 칵칵칵 깔깔깔!"
암튼, 오늘 점심식사는 엉뚱한 예나 덕분에 맛나고, 환상적이었습니다. 입에 넣자마자 소화가 되었지 뭡니까? 하하하. 지금 생각해 보니 진짜로 천국에 지우개가 없는 것이 왜 그렇게 고맙고, 고마운지요. 아예 지워지지 못하게 도장처럼 새겼을 우리의 이름들.

   아! 또 감동 먹었습니다~~~!!!! ^^* 사랑합니다.

4. 왜 때려 미(Me)???

우리 집 넷째, 다섯째의 이야기를 해 볼까 합니다. 아이들 여섯이 모두 미국에서 태어났지만 영아기와 유아기를 지날 때에는 거의 한국말을 많이 사용하며 자랐습니다. 그도 그럴 것이 할머니나 할아버지가 계시는 집에서는 부모가 바쁜 이민 생활 때문에 아침부터 저녁까지 조부모님께 아이들을 맡기고 일을 하는 경우가 많기 때문입니다. 저희 아이들도 큰아이와 둘째는 가까이 계시는 저희 친정 부모님께서 거의 다 키워주셨지요. 큰아이가 유치원에 들어갈 나이인 만 다섯 살 즈음엔 시아버님을 모시고 살아서 친할아버지에게 한글을 완전히 깨우치기도 했지요.

　요즘은 사람들이 핵가족이니, 신세대니 하며 단출한 생활을 좋아하지만 그래도 부모님을 모시고 사는 집에는 단출함의 행복이 발 벗고도 못 따라올 여러 가지 유익한 점이 많습니다. 그 중 한 가지가 한국말과 한국 문화에 더 익숙하다는 것이지요. 이곳에서 태어난 2세들도 조부모님과 같이 살거나 가까이서 자주 뵙는 아이들은 뭐가 달라도 많이 다릅니다. 그런 저런 이유로 미국 땅에서 태어난 이민 2세라 하더라도 유치원을 가는 만 다섯 살까지는 대부분의 이민 가정 아이들이 한국말을 많이 사용합니다.

　영어를 잘 하는 것도 중요하지만 자라나는 우리의 꿈나무들에게 확실한 정체성을 심어주고, 한국계 미국인으로서의 자긍심을 고취시키는 가장 좋은 방법이 한글 사용이라고 생각해서 우리의 뿌리인 한국어를 조금이라도 더 익히게 하기 위해, 가능하면 집에서는 한국말을 사용하게 하지요. 물론 아무리 그렇게 유도해도, 급할 땐 제일 먼저 튀어나오는 게 영어인 건 할 수 없네요. ^^ 그래도 가급적이면 한국말로 아이들과 대화하려고 하고, 가정예배 시간에는 반드시 한국말을 쓰도록 하는 규칙을 정해놓고 있답니다.

　네 살까지 아무리 한국말만 했다고 해도 일단 학교에 들어가면 영어는 자연적으로 늘고 잘하게 되는데 한국말은 안 쓰면 금방 잊어버리게 되니까요. 어릴 때 아무리 한국말을 잘 해도 열 살이 넘으면 한국말로 품위가 있는 대화(^?^)를 나누기란 하늘의 별을 따는 것처럼 힘든 일이 되는 것 같습니다. 그래서 주말마다 한국학교에 보내고 집에서 숙제도 시키고 한국말 동요도 같이 부르면서 뿌리를 찾는 일에 몸부림을 쳐 보기도 합니다.

이곳 아이들은 만 다섯 살이 되면 정식 학교 교육을 받게 되지요. 유치원에 들어가서 영어를 배우게 되면 일이 년동안에 영어가 완전히 익혀질 때까지는 영어와 한국말을 섞어서 사용하게 되는 시기를 만납니다. 큰아이 예은이가 그랬고, 둘째 예지도 그 과정을 거쳤는데 요즘은 셋째 예진이가 거의 마침의 단계(?)에 있고, 연년생인 넷째 예나와 다섯째 예일이는 이제 그 아름다운 혼동(?)을 즐기는 것 같습니다. 한국말과 영어가 어쩌면 그렇게도 기가 막히게 믹스되는지 그야말로 한마디 한마디가 명언이랍니다. ^~^

누가 벨을 누르면.
"**누구** 이즈 잇(IS IT)?"
서로 치고 받고(?) 싸우면서,
"**왜** 때려 미(ME)?"

일어나고 앉으면서,

"벌떡 업(up), 앉아 다운(down)"

배고프다고 엄마를 부르면서,

"기미(GIVE ME) 더(THE) 밥 빨리 빨리!"

화장실에서 안 나오기에 뭐하냐고 물었더니,

"아임 똥싸잉(ing)~~" 현재 진행 중임^^*

밖에 나가려고 신발을 찾으면서,

"웨얼쓰(WHERE'S) 마이(MY) 신발?"

늦었다고 재촉하면서,

"엄마 허리 허리(HURRY), 빨리 갓어 고(GOTTA GO)!"

여름 낮 뜨거운 햇볕이 내리쬘 때,

"엄마 썬글래스(SUNGLASSES) 입을(wear)거야?"

어디 아프냐고 물어보면,

"엄마 나 헤드(HEAD) 헐트잉(HURTING)~~"

영어와 한국말 사이를 오가면서 많이도 혼란스러워 하지만 영어만 깔끔하게 사용하는 것보다 왠지 더 귀엽고 한국인다운지 자기도 모르게 튀어나오는 기막힌 단어들에 웃는 부모들을 어리둥절 쳐다보는 맑은 눈동자도 그저 예쁘기만 합니다.

"역시 너희들은 된장을 먹어야 되는 한국 사람이라고~"

그런 모습을 내심 흐뭇하게 바라보면서 제 마음에 작은 소망을 가져봅니다. 한국과 미국을 잘 조화시켜서 자부심 있는 코리안 아메리칸으로서 내일의 조국과 세계를 책임질 자랑스러운 하나님의 사람들로 잘 자라나기를 마음 다해 기도해 봅니다. 나에게 주신 여섯 자녀들과, 이 시대의 많은 어린 새싹들이 믿음 안에서 꿈을 꾸면서, 기도의 능력을 체험하는 왕 같은 제사장들이 되어, 이 어두운 세상에 주님의 빛을 아름답게 비추기를 소원합니다.

자녀들이 학교에서 돌아오면 '무엇을 배웠니?'보다
'무엇을 질문했니?'를 물어야합니다.

주님!
자녀를 나의 소유로 생각하지 않고
하나님께서 잠깐 나에게 맡기신
축복의 기업으로 여기고,
충성된 청지기처럼 매사를
조심스럽게, 귀하게 여기면서,
나의 감정에 매여 함부로 아이들을
다루지 않게 하시옵소서!
부모로서 본이 되지는 못할망정
부끄러운 모습을 보이지 않게
도와주세요.

아이들을 사랑하셔서
그들과 함께 지내기를 즐거워하셨던
주님의 마음이
나의 마음에 새겨지게 하시고,
순수하고 깨끗한 아이들 마음과
영혼의 아름다움을
더럽히지 않는 부모가 되게 해 주세요.

아이들의 마음과 영혼을
주님 사랑의 흔적과
우리를 든든히 세우시는
능력의 말씀으로 가득 채울 수 있도록,
대대로 믿음을 물려주는 부모가 되게 하소서!
어려움이 있을 때마다 무릎 꿇고
주님 앞에 엎드릴 수 있는 자녀 되도록,
주님의 전능하심을 온전히 인정하며
순종하는 자녀들이 되도록,

그 어린 마음과 영혼에 말씀을 심고,
사랑을 심고,
매일 부모의 삶을 통해
배우고 익히게 하도록
진실한 삶을 살게 해주세요.

감사연습
감사 하브루타

샬롬~~!!! 이번 주간은 저희 가족이 1년에 한 번 집을 떠나 에너지를 충전하는 '휴가'기간입니다. 1주일 내내 아빠와 같이 얼굴을 맞대고 여덟 식구가 24시간을 보낸다는 사실 하나만으로도 이미 휴가의 제일 큰 행복과 기쁨을 반 이상 누린 것이나 다름없다는 게 우리 집 여섯 아이들의 공통적인 행복한 외침(^^)이랍니다.

  지난 주간도 1박 2일 교사수련회를 마치고 토요일 저녁에 도착해서 주일날 하루 종일 예배와 찬양, 교제와 섬김으로 종종거리다가 겨우 밤 10시가 넘어서야 집으로 돌아올 수 있었습니다. 다음 날 떠나는 가족휴가 준비는 하나도 못했지만 여전히 마음은 알 수 없는(^^) 여유로 가득 차 있어서 별 부담감 없이 잠자리에 들 수 있었지요. 새벽같이 잠을 깬 저희 목사님과 제가 고양이 걸음으로 이것저것 챙겨 넣고 아침 일찍 일어난 아이들과 아침밥을 서둘러 먹고 나서 여덟 명이 한 몸 되어 신속하게 차에 짐을 실었습니다. 8인승 미니밴에 뒤가 안보일 정도로 짐을 쌓아 올리고서 공간이란 공간은 작은 보따리를 꾸역꾸역 쑤셔 넣고서야 우리 집 여덟 식구가 발꿈치를 들어가며 간신히 차에 올라탔지요. ^^*

　차에 시동을 걸고 출발하기 전에 아빠가 물었습니다.

"자~~ 오늘은 누가 기도할래?"

"저요~" "아빠~~ 나요!" "내가~~! 내가~~!!!" ^★★^

　서로 행복한 가족여행 출발신고를 하겠다고 경쟁을 하는 통에 정신이 없네요. 결국 제일 어린 조수아가 그 신고식 기도를 따내고야 말았답니다. 아무래도 나이가 제일 어리다는 이유로 모두 다 양보한 거지요. ^*^

"하나님 아부지... 감짜합니다...."

　벌써 여기저기서 쿡쿡 킥킥 웃음을 참다가 새어나오는 행복한 신음소리가 온 차 안에 가득했습니다. ^^

"우리여~ 오늘날~~ 아빠랑 같이 조은~데 갈 꺼에요. 아빠랑, 엄마랑, 운전하는데 졸지 말게 해 주시구여. 사고두 안 나게 해 주세여. 그리구여~~ 누나들이랑 안 싸우구여. 아빠, 엄마 말씀 잘 듣게 해 주세여. 거기 가면 우리 빠삐가 배고픈데.... 외숙모가 빠삐 밥두 잘 주구여... 안 슬프게 해 주세여..."

　집이 비는 일주일 동안, 옆에 사는 올케에게 집 열쇠를 주고는 강아지 밥 주기, 우편함 비우기, 잔디에 물 주기, 수요일 밤 쓰레기통 내놓기 등을 부탁한 걸 알고 하나님께 기도하는 내용이었지요.

"그리구여~~ 산에 가서 수영도 잘 하구 싶어여… 밥두 맛있게 잘 먹구여… 키도 베끼처럼 많이 크게 해 주세여… 예수님… 사랑해여… 예수님두 조수아 많~이 많~~이 사랑하지요? 예수님 이름으로 기도합니다… 아멘~!!! "

"아~~~~멘~~~~!!! 푸하하하하"

겨우 겨우 웃음을 참고 있던 누나들이 아멘을 하기가 무섭게 배꼽을 잡으며 깔깔깔 뒤로 넘어갔습니다. ^*^

아무튼 그렇게 점심시간이 다 되어서야 겨우 집을 떠나 91번 동쪽 고속도로를 타고 달리기 시작했습니다. 4000피트가 넘는 높은 곳에 있는 유황온천에서 1주일간 묵으면서 가족 간의 사랑을 여러 겹으로 쌓고, 나누고, 공통분모를 찾아 올리려고 마음을 비우고 출발했지요. 굽이굽이 산길을 올라가고 또 올라가서 3시간이 조금 지나 '워너스프링' 이라는 리조트에 도착했습니다. 그곳에 멤버십이 있는 저희 교회 집사님께서 휴가 때마다 집을 두 채나 빌려주셔서 편안하게 쉼을 얻고 오곤 합니다.

오후 4시 30분에 집 열쇠를 받아 가지고 짐을 풀었습니다. 집 두 채가 연결되어 있어서 큰 아이들은 오른쪽에 있는 집으로 우리 내외와 작은 아이 둘은 왼쪽에 있는 집으로 각자 자기 짐들을 꺼내어 옷장에 넣고, 칫솔은 목욕탕에 두고 각 방의 냉장고에 우유랑 반찬, 과일을 제자리에 찾아 넣고 아이스박스와 부엌살림들은 우리 쪽 싱크대 위에 놓고 대강 정리를 끝냈습니다. 오자마자 압력솥에 쌀을 씻어 밥을 한 솥 가득 앉혀 놓았습니다. 그리고는 온 식구가 수영복으로 갈아입고 사막의 오아시스 같은 온천장에 나갔습니다. 계란 삶은 것 같은 유황냄새가 온 숲속에 진동하고, 한쪽에는 초록빛 온천물로 된 넓은 수영장이 또 한쪽은 푸른빛이 시원한 보통 수영장이 있었습니다. 두 수영장을 빙 둘러선 야자수 나무는 하늘을 찌를 듯했습니다.

주초라서 그런지 아이들은 우리 아이들 여섯이 전부이고 간간히 미국 노인들이 보이는 게 전부였습니다. 거의 우리 집 전용 수영장인 양 착각을 하게 할 만큼 넓디넓은 운동장 같은 온천장에 찬물, 더운물 번갈아가며 2시간가량 오랜만에 가족 수영잔치를 즐겼습니다. 오랜만에 아빠와 엄마가 같이 어우러진 물놀이에 여섯 아이들은 해가 뉘엿뉘엿 넘어가는 줄도 모를 정도였습니다. ^^

저녁 8시가 다 되어 배에서 꼬르륵 긴급신호를 받고서야 엄마의 재촉이 들리나 봅니다. 옆의 샤워실에서 샴푸하고 씻은 후에 비치타월을 어깨에 하나씩 걸치고 집으로 걸어 들어오네요. 조금 미리 들어와 상을 차리는 동안 옷을 갈아입고, 머리를 말리고선 배가 고픈지 숟가락, 젓가락을 챙기느라 야단법석을 떠네요. 후훗^^

재워온 갈비를 냄비에 넣고, 신식 갈비찜을 해 먹었지요. 김치만 있어도 맛있을 텐데 멸치볶음, 오징어채 무침, 오이장아찌, 모듬전, 총각김치, 배추김치, 상추, 고추, 깻잎에 쌈장까지, 구운 김에 어묵까지 그야말로 진수성찬이 따로 없네요. 알맞게 익은 갈비를 건져서 호호 불며 노르스름한 현미밥에 김치랑 얹어서 쌈을 싸서 먹느라고 서로 볼이 볼록, 볼록^^ 거기에 서로 마주보며 눈웃음까지 쳐 대느라 그야말로 여덟 식구 얼굴이 가관이었습니다. 2시간 수영 끝에 먹는 밥이니 얼마나 꿀맛일지는 따로 설명이 필요 없겠지요. 호호호 쌈 싸먹는 모습에 킥킥 쿡쿡 웃음을 반찬 삼아 넘기다 보니 소화는 저절로 쑤~~욱~~^^*

밥 먹고 몇 개 안 되는 설거지, 뒷정리를 나눠하곤 여덟 식구가 동그랗게 둘러앉았습니다. 감사예배 겸 비전여행을 하는 시간이지요. 큰아이가 가져온 기타로 흥겨운 찬양을 30여분 손바닥이 부르트도록 손뼉치며 부르며 어느새 마음이 활짝 열려 서로 들어오라고 야단이었습니다. 찬양 후 아빠가 먼저 간단한 시편의 말씀으로 주님께서 주신 감사를 헤아려 보았습니다.

여호와의 선하시고 온전하신 뜻 안에 거할 때 우리에게 부어주시는 하나님의 그 크신 사랑을 조목조목 짚어가면서 여섯 아이들의 얼굴에서 하나님의 사랑과 기쁨을 바라보게 하시네요. 어쩜 그렇게 하나같이 보배롭고 아름다운지요!!! 돌아가면서 큰아이 레베카부터 둘째 에스더, 셋째 앤 그리고 넷째 크리스틴, 다섯째 예일, 여섯째 조수아까지 나름대로의 감사를 세어 보았습니다.

큰아이 예은이가 감사한 것을 말하는데 거의 10분이 걸렸네요. 말하는 도중 몇 번씩 가슴이 뭉클해 눈물을 보이기도 하면서 그 아름다운 고백을 들으며 엄마도 아빠의 마음도 젖어들었습니다.

둘째 예지는 섬세하고 찬찬한 성격처럼 어쩌면 그렇게 세밀한 것들까지 감사를 노래하는지 지난 것들 뿐만 아니라 앞으로 될 일에 대해서도 믿음으로 감사하며 찬양하는 모습에 오히려 제가 큰 도전과 은혜를 받았습니다. 우리 예지는 어려서부터 기도할 때마다 꼭 자기 신랑감을 위해서, 그리고 형부 될 언니 신랑감은 물론이고, 동생들의 신랑감, 조수아의 신부감을 위해서도, 그 가족들을 위해서도 기도했답니다. 그렇게 잊지 않고 쌓아온 기도가 벌써 7년이 넘었습니다. ^^

그리고 우리 집 명물, 셋째 예진이의 차례가 되었지요. 여섯 중 가운데 끼어서 성격도 제일 좋고 사교성이 너무 좋아서 누구든지 남녀노소 안 가리고 1분 안에 친구로 만들어 버리는 아이라서 아빠가 가장 예뻐하는 셋째 딸 예진이는 또 얼마나 예쁜 감사를 늘어놓았는지요. ^^* 얼마 전 이사 간 친구를 위해, 그 가족이 예수 믿게 해 달라고 늘 기도하던 그 기도를 들어주신 것에 대해 감사를 말하면서 눈물이 글썽글썽하네요. 우리 예진이는 감수성이 너무나 풍부해서 기도할 때마다, 찬양할 때마다 눈시울이 젖어드는 사랑스런 딸이지요. ^^

그런 다음 넷째, 예나의 과학적인(?) 감사고백이 시작되었습니다. 여섯 중 제일 말이 없던 예나는 뛰어난 관찰력과 많은 독서를 통한 직관력이 누구보다 탁월한 아이랍니다. 이제 막 여섯 살이 지난 예나이지만 얼마나 예리하고 남이 못 보는 것을 집어내는지 나이가 많은 언니들과 엄마, 아빠를 깜짝 놀라게 하는 엉뚱한 이야기들을 하곤 한답니다.

다음은 우리 집 공주표 다섯째 예일이의 차례였습니다. 자기 차례가 오기 직전부터 왜 그리 비비 꼬며 웃음을 만발하는지 여섯 가지의 감사를 말하면서도 보조개가 양쪽 볼에 폭~폭~ 파이고 머리를 매만지며, 감사를 온 몸으로 우아하게 표현하는 예일이를 보면서 모두가 하하 호호 따따블의 감동과 박수를 보낼 수밖에 없었답니다. ^^

드디어 마지막으로 우리의 호프(^^) 막둥이 조수아 차례가 되자마자 "흐햣!!!" 하고 갑자기 일어나 파워레인저 기압을 외쳐대는 바람에 모두가 뒤로 벌러덩~~ 넘어갔다는 거 아니겠습니까?

"푸하하하.... @#$%*&#@%????"

중국식 영어발음으로, 가끔 한국말도 섞어가면서 무슨 말씀이 그리도 많으신지 '누나들에게 질소냐' 따따따따 손가락을 접어가며 감사를 외쳐댔습니다. 그중에 이번에 오신 외할머니가 사주신 스파이더맨 수영복에 대한 감사도 빠트리지 않더군요. 파워레인저와 스파이더맨 놀이는 우리 조수아가 요즘 흠뻑 빠져있는 놀이랍니다. ^&^

마지막으로 저와 남편이 돌아가면서 감사를 세어보았습니다. 노트북을 펴서 하나하나씩 감사를 적어보니 자그마치 우리 집 식구들의 감사거리가 100가지가 넘어가네요. 큰 녀석은 큰 녀석답게, 작은 녀석들은 자기 나이에 맞게 각자의 눈높이대로 쏟아내는 감사연습시간에 부어주시는 주님의 은혜가 한량이 없습니다.

아이가 여섯이라서 감사가 여섯 배인 줄 알았는데 이렇게 모아보니 육백 배, 육천 배, 육만 배의 감사가 되어 온 가슴에 차고 넘쳐 흘러내립니다. 사춘기 아이들서부터 3살짜리 꼬맹이까지 아이들을 키우며, 힘든 일도, 눈물 나는 순간도, 마음이 아픈 일들도 때론 없진 않지만 그 부족한 아이들이 모여서 뿜어대는 감사와 찬송과 기쁨의 연주는 아픔과 괴로움까지도 함께 어우러져서 완벽한 하모니를 이루기에 너무도 풍성합니다.

비록 늘 좋은 부모로, 좋은 모델로 살 수 없는 불완전한 우리 부부이지만 이렇게 존귀하고 보배로운 아이들을 통해서 늘 깨닫게 하시고, 사랑과 기쁨과 행복의 향연을 베풀어 주시는 좋으신 우리 주님. 그분의 한량없는 은혜가 두 눈과 가슴에 흘러내립니다.

합하여 100이 된 감사와 기쁨과 행복을 끌어안고 마주 잡은 열여섯 개의 손이 하나 되어 올려드린 간절한 기도와 찬양의 감격은 밤하늘의 은하수보다 찬란한 아름다운 보석 같은 밤을 우리에게 선물했습니다.

주님. 사랑합니다.
여호와 인자하심이……
하나님은 너를 지키시는 자……
너는 주님의 가장 보배로운 사람……
두 손을 들어 주를 찬양합니다……
우리에게 향하신 여호와의 인자하심이……
좋으신 하나님…… 향기로운 제물 되어……
손에 손을 맞잡고 밤하늘에 아름다운 별빛을 바라보며 아름다운 찬양을 올려 드렸습니다. 이 세상에서 가장 아름다운 사람들이 되어서 가장 존귀하신 주님을 하염없이 찬양했습니다.

   예수님 사. 랑. 합. 니. 다……

예나야, 정말 미안하구나
격려 하브루타

요 며칠 일곱살 예나에게 미안한 마음을 감출 수가 없었습니다. 예나는 우리 집 아이들 중 네 번째로 주신 보배로운 딸내미입니다. 큰 아이들은 나이 터울이 두 살 반씩 되어서 그래도 풍족한(?) 사랑을 받을 수 있었는데 넷째 예나는 제가 셋째 낳고 다음 해에 5개월 된 아들 녀석을 자연 유산 하고서 주님께서 세 달 만에 바로 주신 복된 딸이라 세상에 태어난지 14개월만에 다섯째 예일이를 만나 연년생 언니가 되었습니다. 그리고 그 다음해에 여섯째인 조수아가 태어났습니다. 그러니 예나는 두 살반쯤 되었을 때 또 다시 연년생 동생을 둘씩이나 둔 복 많은 서열로 올라간 거지요.

   그래서 그런지 우리 집 아이들 모두가 잘 웃고 밝은 편인데 유독 넷째 예나는 어지간해서는 잇몸을 보이고 웃는 법이 없었습니다. 아마도 어린 나이부터 젖먹이 동생들을 계속 돌아봐야 했던 알 수 없는 부담감이 예나로 하여금 웃음을 절제하게 했나봅니다. 여섯 중 유일하게 과묵한 딸이어서 다른 아이들과 달리 잘 안 웃는 점잖은 넷째가 엄마의 눈엔 아릿한 아픔으로 들어왔습니다.

'어린 동생들과 커다란 언니들 사이에 끼어서............ 그런가 보다.'

예나만 생각하면 왠지 가슴 한쪽에 미안 보따리가 생겨나는 것 같았습니다. 그도 그럴 것이 연년생으로 젖먹이 동생 둘을 보았는데도 아장아장 걷던 돌쟁이 아가인 예나가 엄마 옆엔 아예 얼씬도 하지 않더군요. 마치 새로 생긴 동생에게 엄마를 양보하는 것처럼요. 주위 사람들은 아무런 샘을 안 부리는 예나를 희한해했지요. 어쩌면 저렇게 어른스런 아가도 다 있냐구요.

그러나 엄마인 저는 고맙기보다는 칭얼거리고 달라붙지 않는 넷째가 안쓰럽기만 했습니다. 매년 산후조리차 우리 집에 오셨던 친정어머니께서도 말수도 적고 어려서부터 알아서 적응하는 예나가 제일 안 됐다고 늘 마음을 쓰셨습니다. 그래서 일부러 한 번 더 끌어안아 주시기도 하시고 유달리 식탐이 없어서 시장기만 가시면 절대로 과식을 하는 법이 없는 예나를 챙기시느라 과분할 정도의 사랑을 보여주시곤 하셨지요.

다른 아이들처럼 잘 먹지 않아서 그런지 자기보다 14개월 동생인 예일이보다 몸집도 그리 크지 않습니다. 키도 쌍둥이처럼 거의 비슷

하구요. 그런 예나를 챙겨 먹이느라 저도 식사 때마다 예나 밥그릇만 유달리 눈에 들어오곤 했습니다. 다른 다섯 아이들은 동서양식 안 가리고 무엇이든지 잘 먹는 반면에 넷째 예나는 한국음식 아니면 절대로 먹지를 않습니다. 그것도 건강식만 골라서 먹곤 하지요. 예나가 좋아하는 것들은 주로 현미밥, 콩 종류, 김치, 멸치, 된장국, 청국장 등입니다. 지난번에 청국장을 천국장이 되게 한 장본인이기도 하네요. 아이들이 좋아하는 갈비를 구워도 기껏해야 한 조각이면 배가 부른 아이입니다. 매끼마다 다른 아이들의 반 정도 분량을 먹고는 이내 숟가락을 놓아 버립니다. 미국에서 태어난 아이인데도 햄버거나 핫도그, 피자나 타코, 스파게티 등 이곳 미국 아이들이 즐겨 먹는 음식엔 아예 고개를 내젓습니다. 그래서 유치원 다닐 때부터 예나 음식은 특별히 순 한국식 도시락을 싸서 보내야 했지요.

  지금은 그래도 많이 나아져서 가끔씩 피자나 스파게티를 조금씩 먹는 발전을 이루었습니다. 보통 아이들이 좋아하는 캔디나 과자류도 별로 좋아하질 않기 때문에 당연히 건강 상태나 치아 상태가 제일 좋아야 하는데도 지난 여름 치과에서 충치가 발견된 아이는 예나 뿐이었습니다. 단 것도 싫어하고 매일 저녁 다른 아이들과 같이 한 번도 거르지 않고 양치질했던 예나이기에 충치가, 그것도 어금니에 있다는 사실이 믿어지지 않았습니다.

  아이들이 많다보니 일일이 골고루 사랑을 주고, 관심을 가져야 했는데 아무래도 엄마의 사랑이 많이도 모자랐나 봅니다. 다른 아이들처럼 엄살 부리는 일도 거의 없고 아파도 그냥 아무 소리 안 하고 이불 뒤집어쓰고 우는 것이 전부인 예나여서 이렇게 충치가 생기도록 몰랐으니 말입니다. 참으로 미련한 엄마네요...ㅠㅠ

치과에 가서 치료 받으며 아파서 우는 예나를 보고 있자니 얼마나 가슴이 아프고 목이 메어 오던지 바라보면서 같이 울어 버렸습니다.

그런데요 그런 예나가 오늘 상을 받아왔네요. 전국 IQ 테스트에서 최고 점수를 받았답니다. 예나의 점수를 본 큰 언니들이 환호성을 지르며 야단이 났습니다.

"엄마! 예나가 천재야~ 천재!!!"

"와우~~~~~~~ 이건 정말 사건이다! 사건!!!"

손뼉을 쳐대고 하이파이브를 몇 번씩 해대면서 예나 사기 높이기 프로젝트에 정신이 없네요. 아마도 엄마가 예나 때문에 맘이 아픈 것을 눈치챘나 봅니다. 오늘은 아예 팀을 이뤄서 무지하게 오버를 하고 있네요. 기쁨에 젖어있는 여섯 아이들을 바라보는 미련한 엄마의 눈가에는 어느새 뜨거운 무엇인가가 흘러내리고 있습니다. 아! 주님 감사합니다. 저처럼 미련한 엄마에게도 이런 상을 주시는군요. 너무나 과분한 상인걸요. 아무런 자격도 없는 엄마인걸요.

주님께서 오늘도 베푸시는 놀라운 사랑에 감격합니다. 상급으로 주신 여섯 남매를 통해서 만나게 하시는 아버지의 마음에 얼굴을 묻습니다. 언제나 넘치도록 부으시는 그 사랑에 겨워 오늘도 저녁 반찬은 황홀한 진수성찬일 것 같네요. 왜냐구요? 천국에서 값없이 보내주신 귀하고 귀한 재료를 받았기 때문이지요. 아낌없이 마구 부어 주시는 바닥이 안 보이는 그 놀라운 맛난 재료들로 오늘도 영혼의 살을 찌우렵니다.

　사랑합니다.

큰딸 베키와 둘째딸 에스더의 함박미소~^^(1992년 봄날)

새벽을 깨운 조수아의 찬송
찬양 하브루타

지난 토요일 새벽이었습니다. 저희 교회에선 매주 토요일마다 전교인 총동원 새벽기도를 갖고 있답니다. 평일에는 아이들 모두가 이른 아침에 학교에 등교하기에 일주일에 하루, 토요일만은 온 가족이 다 함께 새벽에 나와 기도하기로 약속한 거지요.

우리 집도 월요일부터 금요일까지는 아빠만 새벽기도에 나가시지만 토요일 새벽만은 여섯 아이들을 다 데리고 나가려고 노력하고 있습니다. 저희 부부도 목사의 자녀로 자라면서 어렸을 때 부모님의 손을 붙잡고 새벽이슬을 맞으며 배웠던 새벽기도의 열매를 사십을 넘긴 지금까지 배불리 먹고 있으니까요. 그 좋은 것을 아이들에게 물려주기 위해서 '훌륭한 용장은 훈련에 의해 만들어진다!'는 복된 구호를 외쳐가면서 잠이 많은 여섯 아이들을 반은 업고 반은 걷게 해서 새벽을 깨우는 훈련에 임하고 있는 중이랍니다.

마침 지난 토요일엔 막내 조수아가 속한 영아 유아부 특송이 있었습니다. 평소 같으면 누나들이 잠이 덜 깬 조수아에게 옷을 입히고 신발을 챙겨든 뒤 조수아를 들쳐 업어 차에 태우기가 일수인데 그날만은 기특하게도 제 발로 걸어서 차를 탔답니다. 일주일 동안 새벽기도 특송을 연습한 효과를 보았는지 새벽 4시가 넘어서 아이들을 깨우려고 불을 켰더니 제일 먼저, 눈을 번쩍 뜨는 게 아니겠어요? 하도 신통해서 미소를 머금고 물어보았지요.

"아니 조수아가 젤 먼저 일어났네? 오늘 무슨 날인지 알고 있구나. 하하하"

"응, 엄마. 오늘 내가 노래하는 날이잖아요."

"와우~ 울 조수아가 최고야~ 최고~!!!"

그러면서 두 팔을 벌리고 끌어안아 주었지요. 그랬더니 금방 씨익 하고 함박웃음을 지어 보이네요. 그리고는 벌떡 일어나더니 누나들을 깨워 주겠다는 거예요. 하하하

"누나 빨랑 일어나! 오늘 내가 특송 한단 말이야~~~ 허리 허리(Hurry!)"

"하하 그 녀석 참 기특하네. 하하하"

아빠도 응접실에서 성경을 읽으시다 말고 대견해서 미소 지으시네요. 그렇게 시작부터 쿨~하게 첫 단추를 끼더니만 교회 가는 내내 눈빛이 초롱초롱한 것이 잠이 저만치 달아난 모습이네요. 새벽 특송 때 어린 꼬마 친구들이 잠이 덜 깨서 칭얼거리고 눈도 못 뜨는 친구도 있었는데 울 조수아가 그나마 마이크 잡고 제일 크게 찬양을 했

다는 거 아닙니까? 다른 때엔 멍석체질이라서 늘 폼만 잡다가 내려왔는데 오늘은 갑자기 무대체질로 바꿔져서 시종일관 성공적인 무대 매너를 보여줬답니다. 옆에 섰던 케일이 엄마가 "사모님 조수아가 원래 저런 모습이 아니었는데 오늘 보니 새벽 영빨(?)이 무지하게 센가 보네요. 하하하" 격려사랑에 서로 마주보며 웃고 말았지요. 암튼 새벽을 깨운 조수아의 찬양소리에 늦둥이 엄마는 무지하게 행복했구요. 그 찬양을 듣던 늦둥이 아빠 또한 그 힘찬 노랫소리가 지금까지도 귀에 생생하게 들린다고 하시네요. ^^

예배 후에 특송을 부른 모든 아가들이 강단에 올라 축복기도를 받았는데 그 아름다운 모습에서 이민교회의 소망을 볼 수 있었답니다. 아직 철모르는 어린아이들이지만 새벽에 맞은 하나님의 은혜의 단비가 건강한 영성을 소유한 믿음의 사람들로 잘 자라나게 할 것이니까요. 주님께서 그 아름다운 미래를 바라보며 새벽을 깨우는 작은 수고를 커다란 행복이 되게 하시네요. ^^

"아... 가슴이 뛰는 행복한 날들입니다... ^!!^"

아무런 자격이 없는 저에게도 귀한 자녀들을 여섯이나 허락하시고 날마다 때마다 복된 꿈을 현실로 만들어 주시는 좋으신 아버지께 마음 가득한 감사와 감동의 박수를 손바닥이 부르트도록 치면서 가슴 벅찬 행복의 찬양을 힘차게 부릅니다.

"네 상에 둘린 자식은
어린 감람나무 같으리로다."
시편 128편 3절

"자식은 여호와의 주신 기업이요.
태의 열매는 그의 상급이로다.
이것이 그 전통에 가득한 자는 복되도다."
시편 127편 3, 5절

아멘! 아멘...!!!
사랑합니다...

8. 이 땅에서 경험하는 하늘보약
웃음 하브루타

요즘엔 하루에 한 번씩 온 가족이 웃는 연습을 공식적으로 한답니다. 지난번 아빠의 웃음강의가 있은 후에 세미나 차 오셨던 친정아버지까지 웃음실습 제 2탄을 보여주셨거든요. 볼펜을 입에 물고서 잇몸이 다 보일 듯한 크기로 입을 벌리고 배가 들락날락할 정도로 큰 웃음을 웃어 보세요. 그리구요 가능하시면 옆에 있는 친구나 가족들에게 사랑의 터치를 하시면서 손뼉을 치며 웃어보는 겁니다.

우리 집 여섯 아이들과 저희 부부, 그리고 저희 친정아버지까지 동그랗게 원을 그리고 서서는 그렇게 웃기를 20여분동안 계속했지요. ^^^^

하하하하하... 우하하하하하하... 핫핫핫핫.. 으핫핫핫핫핫핫ㅇㅇㅇㅇㅇㅇㅇㅇㅇㅇ ^^^^^^^^^^^^^^^^^^^^^^^^^

나중엔 눈물이 다 나더군요. 그렇게 매일같이 저녁 먹고는 웃는 연습에 들어갑니다. 이 세상에서 가장 훌륭한 소화제가 웃음이더군요. 처음엔 어색해서 웃었는데 다음 날은 웃는 모습이 전염되어 배가 울리는 복(?)장대소를 했구요, 그 다음 날은 하도 웃어서 허리가 아플 정도의 요절복통^^이 되더군요. 우리 집 아래로 네 명의 3, 4, 5, 6번은요 밥만 먹으면 "엄마. 빨리 웃는 연습해요. 빨리요~~~~"하면서 어찌나 졸라대던지 설거지도 끝나기 전에 저희들끼리 시작을 한답니다. ㅎㅎㅎㅎ

  온 식구가 박장대소하며 웃는 행복한 웃음소리가 집안을 들썩거리니 참 좋네요. 그 웃음소리가 우리 집 골목과 동네에 번져가고 있습니다. 많이 웃으면 죽었던 세포도 살아난다고 하네요. 가슴을 활짝 펴고 눈물이 나올 정도의 웃음은 온 몸의 기능을 활성화시킬 뿐만 아니라 새롭게 만든다는 기적적인 연구결과도 있답니다. 우리 모두 온 세상이 활짝 웃는 아름다운 사월에 잇몸이 보이도록 활짝 웃는 예수 꽃으로 만개했으면 좋겠어요.

  참, 여기 행복한 참고서가 있어서 소개해 드립니다.
'35가지 웃음의 법칙'이랍니다. ^^

  1. 힘차게 웃으며 하루를 시작하라.
     활기찬 하루가 펼쳐진다.

  2. 세수할 때 거울을 보고 미소를 지어라.
     거울 속의 사람도 나에게 미소를 보낸다.

3. 밥을 그냥 먹지 말라, 웃으며 먹고나면
   피가 되고 살이 된다.

4. 모르는 사람에게도 미소를 보여라.
   마음이 열리고 기쁨이 넘친다.

5. 웃으며 출근하고 웃으며 퇴근하라.
   그 안에 천국이 들어 있다.

6. 만나는 사람마다 웃으며 대하라.
   인기인 1위가 된다.

7. 꽃을 그냥 보지 말라.
   꽃처럼 웃으며 감상하라.

8. 남을 웃겨라.
   내가 있는 곳이 웃음천국이 된다.

9. 결혼식에서 떠들지 말고 큰 소리로 웃어라.
   그것이 축하의 표시이다.

10. 신랑 신부는 식이 끝날 때까지 웃어라.
    새로운 출발이 기쁨으로 충만해진다.

11. 집에 들어올 때 웃어라.
    행복한 가정이 꽃피게 된다.

12. 사랑을 고백할 때 웃으면서 하라.
　　　틀림없이 점수가 올라간다.

13. 화장실은 근심을 날려 보내는 곳이다.
　　　웃으면 근심걱정 모두 날아간다.

14. 웃으면서 물건을 팔라.
　　　하나 살 것 두 개를 사게 된다.

15. 물건을 살 때 웃으면서 사라.
　　　서비스가 달라진다.

16. 돈을 빌릴 때 웃으면서 말하라.
　　　웃는 얼굴에 침 뱉지 못한다.

17. 옛날 웃었던 일을 회상하며 웃어라.
　　　웃음의 양이 배로 늘어난다.

18. 실수했던 일을 떠올려라.
　　　기쁨이 샘솟고 웃음이 절로 난다.

19. 웃기는 책을 그냥 읽지 말라.
　　　웃으면서 읽어보라.

20. 도둑이 들어와도 두려워하지 말고 웃어라.
　　　도둑이 놀라서 도망친다.

21. 웃기는 개그맨처럼 행동해 보라.
어디서나 환영받는다.

22. 비디오도 웃기는 것을 선택하라.
웃음 전문가가 된다.

23. 화날 때 화내는 것은 누구나 한다.
화가 나도 웃으면 화가 복이 된다.

24. 우울할 때 웃어라.
우울증도 웃음 앞에서는 맥을 못 춘다.

25. 힘들 때 웃어라.
모르던 힘이 저절로 생겨난다.

26. 웃는 사진을 걸어 놓고 수시로 바라보라.
웃음이 절로 난다.

27. 웃음노트를 만들고 웃겼던 일,
웃었던 일을 기록하라. 웃음도 학습이다.

28. 시간을 정해놓고 웃어라.
그리고 시간을 점점 늘려라.

29. 만나는 사람을
죽은 부모가 살아온 것 같이 대하라.

30. 속상하게 하는 뉴스를 보지 말라.
그것은 웃음의 적이다.

31. 회의할 때 먼저 웃고 시작하라.
아이디어가 샘솟는다.

32. 오래 살려면 웃어라.
1분 웃으면 이틀을 더 산다.

33. 돈을 벌려면 웃어라. 5분간 웃을 때
5백만 원 상당의 엔도르핀이 몸에서 생산된다.

34. 죽을 때도 웃어라.
천국의 문은 저절로 열리게 된다.

35. 그리운 사람들을 만나라. 마음까지도 웃게 된다.
특히 주안에서 교제했던 동역자들을 만나
주님의 역사하심을 나누고 공유하라.

위의 35가지 웃음법칙을 카피해서 제일 잘 보이는 곳에 붙여 놓고 온 가족이 하루에 한 번씩 모여서 얼굴을 마주하며 웃어 보세요. 이 땅에서 미리 경험하는 천국의 맛을 보실 수 있을 거예요. 매일 매순간 다시 일어나게 하는 천국의 보약! 모두모두 열심히 드시고 행복하세요. 사랑합니다. ^J^

 ## 9. 빈 마요네즈 통에 담긴 가슴벅찬 하늘소망
쩨다카 / 구제 하브루타

지난 화요일 아침이었습니다. 집에 두고 간 남편의 핸드폰이 별안간 요란하게 울렸습니다.

'누굴까? 이 아침에.......'

남편이 없는 기간 동안 제 핸드폰을 큰딸에게 건네주고 제가 남편의 핸드폰을 사용하기로 했거든요. 알지 못하는 전화번호지만 어쩐 일인지 급히 받아야 할 전화인 것 같은 예감이 들어서 서둘러 받았습니다. 전화를 거신 분은 남편의 목소리가 아닌 저의 목소리에 조금은 당황하신 듯 했습니다.

"저 혹시 정우성 목사님 핸드폰 아닌가요?"

전화하신 분은 남편의 오래된 대학 친구였습니다. 어제 새벽에 그리스로 선교여행을 떠나셨다고 말씀드리자 조금은 떨리는 목소리로 본인의 소개를 하시더군요. 남편과는 얼마 전 두세 차례 만남을 가졌고, 미국에 오신지는 거의 1년이 되어간다고 하시더군요. 그런데

약 한 달 전에 교통사고를 크게 당하셔서 지금까지 병원에 있다가 며칠 전 퇴원을 하셨다고 말씀하셨습니다.

  그런데 전해주신 상황이 너무나 안타까운 내용이었습니다. 사고당시, 친구 목사님 차가 받힌 상황이었기에 상대방은 차만 조금 부서지고 아무런 외상이 없는 상태였습니다. 그런데 그는 자유자재로 영어가 가능한 미국인이었기에 거의 일방적으로 경찰에게 유리한 보고서를 작성했다는군요. 말은 고사하고 그 자리에서 정신을 잃으신 목사님은 그 사실을 수술이 끝나고 한참 후에야 알게 되셨답니다. 친구 목사님은 사고 난 직후에 정신을 잃을 정도로 심하게 다치셔서 바로 응급실로 실려가신 데다가 갈비뼈가 5개나 부러지시고 여러 곳에 심한 부상을 입으셔서 큰 수술을 두 차례나 받으시는 바람에 거의 한 달 간을 병원에 누워계셨다고 하는군요. 설상가상으로 이곳에 같이 오신 사모님과 어린 삼남매는 어려운 생활고를 겪고 계시구요. 목사님도 아주 작은 이민교회에서 영주권 신청을 하신 상태라서 아무런 혜택을 받을 수가 없다는군요. 그래도 생활을 하셔야 하기에 아침부터 저녁까지 힘든 일을 맡아서 하셨답니다. 경찰의 사고 보고서가 너무나 불리하게 작성되었기에 보험 회사도 자꾸만 발뺌을 하려고만 한다네요. 물론 변호해줄 변호사도 선임할 수 없는 형편이구요. 기본적인 보험만 들었기 때문에 보험 회사 측에서도 상대편 보상금만 일부 지급하고는 손을 떼려고 한다는군요. 병원비로 20만 불 정도의 엄청난 치료비가 나왔는데도 정부에서 하는 메디컬 프로그램도 이제 막 신청한 상태이고 그 많은 치료비를 어떻게 해결해야 할지도 막막한 형편이라고 하시네요.

　아이들이 어려서 사모님께서 일을 하실 수도 없는 형편이고 매달 생활비를 마련했던 목사님께서는 앞으로도 서너 달을 침대에 누워서 지내셔야 하며, 지금도 침대에서 일어나려면 누군가에게 도움을 받아야하는 상황이라고 말씀하시네요. 아무도 의논할 사람이 없어서 저에게 얘기했노라고 쉬엄쉬엄 사정을 전하시면서도 너무나 미안해 하시는 거예요. 아직도 말씀을 하시는 것이 어려우신 듯 하셔서 전화를 받는 내내 그 아픔이 피부로 느껴졌습니다.

　거의 한 달 간을 정신없이 병원에서 지내다가 이제야 겨우 정신을 차리고 살 길을 찾아봐야겠다고 생각하다가 제일 먼저 떠오른 사람이 대학동기인 남편이라고 하시네요. 그래서 제일 먼저 전화를 하신 거구요. 전화를 받는 내내 너무나 안타까워 자꾸만 눈물이 났습니다. '어떻게 이런 상황까지 가게 하셨나요. 제가 어떻게 도와드려야 하지요? 주님. 지금 이곳엔 남편도 없고 돌아오려면 2주나 기다려야 하는데 제가 어떤 도움을 드릴 수 있나요.'

　일단 다섯 가족 생활비라도 도와드려야 하는데 이럴 땐 제가 큰 부자가 아닌 게 참 많이 아쉽기도 했습니다. 그런 기가 막힌 상황을 말씀하시는 목사님께 아무런 위로의 말씀을 드릴 능력이 없는 제가 참으로 한심하더군요. 그래도 힘을 내시라고 마침 우리 교회에서 연쇄금식기도 중인데 기도하시는 분들과 저희 아이들에게 알려서 같이 기도하겠노라고 말씀드렸습니다.

"전화 주시길 잘 하셨어요. 목사님. 제가 지금은 아무런 도움을 드릴수가 없지만요. 기다려보세요. 반드시 주님께서 좋은 길을 열어주실 거예요. 부족하지만 특별히 기도하겠습니다. 힘을 내세요. 사모님께도 안부를 전해주세요. 며칠 안에 연락을 드리겠습니다. 사랑합니다. 목사님."

어떻게 전화를 끊었는지 모릅니다. 아이들을 픽업하는 시간까지 두 시간이 조금 넘게 남아있네요. '사방이 막힌 것 같은 이런 상황에서 나 같으면 어떻게 했을까? 아 주님 어떻게 도와드려야 할까요? 제가 어떤 도움이 되어드릴 수 있을까요?' 억제할 수 없는 안타까움에 바로 무릎을 꿇었습니다. 알 수 없는 뜨거운 마음에 바로 통곡기도가 나오더군요. 가슴이 너무나 아파서 금방 목이 메었습니다. 한참을 그렇게 기도하다가 전화 소리에 기도를 끊었습니다. 오래 전에 아이들을 지도하셨던 큰딸아이 학교 선생님이시네요.. 목이 쉬어 있는 저에게 어디 많이 아프냐고 걱정을 하십니다. 아무런 일도 아니라고 짧게 안부를 나누곤 전화를 끊었습니다.

조금 후에 아이들을 데리러 큰딸아이 학교에 먼저 갔습니다. 눈이 부어있는 저를 보며 딸아이가 놀라더군요.

"엄마, 무슨 일 있어요?"

물어보는 한마디에 나도 모르게 눈물이 주르르 흘렀습니다. 간신히 감정을 억제하곤 자초지종을 이야기했습니다.

"아, 엄마 어떻게 그런 일이........"

그런 상황에서 거짓으로 유리하게 보고를 한 백인청년에게 너무나 화가 난답니다. 어떻게 다 죽어가는 사람을 보고도 그런 거짓 보고서를 쓸 수가 있냐고요.

그러면서

"**엄**마, 우리가 도울 수 있어요." 하네요. 둘째를 픽업하면서 큰아이가 엄마대신 동생에게 그 안타까운 이야기를 숨도 안 쉬고 전하더군요. 감성이 풍부한 둘째는 금방 눈물이 그렁그렁해서 연신 눈물을 닦아냅니다. 집으로 돌아오자마자 인터넷으로 친구들에게 SOS기도 요청을 시작하네요. 그리고 아빠 친구 목사님을 돕는 긴급 자선모금을 시작하겠다는 거예요. 그래서 하도 신속하게 움직이는 아이들의 모습이 기특하기도 하고 어떻게 하나 지켜보았지요.

저녁에는 아이들과 함께 가정예배를 드리면서 아빠 친구 목사님을 위해 간절한 합심기도를 올렸습니다. 지금 당장 아무런 직접적인 도움을 줄 수 없는 안타까움을 주님께 아뢰었지요. 그 말도 잘 안 나올 정도로 기가 막히고 사방에 우겨쌈을 당한 것 같은 안타까운 형편을 누구보다 잘 알고 계시는 하늘아버지시니까요.

그렇게 갑갑하고 바쁜 마음으로 며칠을 지냈습니다. 저녁엔 아이들과 함께 눈물로 중보기도를 드리고 아침이면 큰아이 둘이 씻어놓은 투명하고 커다란 빈 플라스틱 마요네즈 통을 모금함으로 하나씩 들고서 학교에 갔습니다. 믿음이 좋으신 학교 선생님과도 상담을 드렸더니 실제적인 지혜를 모아서 방안을 마련해 주시기도 하시네요. 큰딸아이가 다니는 고등학교엔 예수클럽이라는 신실한 모임이 있는데 그 멤버 친구들이 서로들 인터넷으로 이 사실을 공지하곤 각각 모금을 시작했답니다. 작은딸이 다니는 중학교에도 첫날부터 모금함이 가득하도록 사랑을 담아 왔습니다.

하루, 이틀 아이들로부터 흥분된 보고를 듣는 제 마음은 한없이 기뻤습니다. 학교 선생님들과 아이들이 한 푼 두 푼 모은 사랑이 눈물겹기도 했지만 잘 알지도 못하는 딱한 한국인 목사님의 소식에 자기 일인 양 자원해서 기쁨으로 사랑을 쏟아붓는 그 마음이 참으로 예뻤습니다. 그 복된 손길엔 인종의 벽도, 언어의 벽도 도무지 찾아볼 수 없었습니다. 그렇게 지금까지 모아온 금액이 몇 백 불이나 되네요.

조금씩 있는 용돈을 몽땅 내놓은 아이들, 일주일분 점심 값을 아낌없이 모금함에 넣는 온정과 사랑, 아이들의 안타까운 호소에 주머니를 비우는 선생님들, 현실적으로 그렇게 큰 도움이 되는 액수는 아닐지라도 이렇게 사랑으로 함께 애쓴 이웃들이 있다는 사실 하나만으로도 친구 목사님께 큰 위로와 힘이 될 것 같았습니다. 그리고 주위에 믿음 있는 선한 변호사 집사님과 연락중입니다. 법적인 정리를 다시 해야 할 것 같아서요. 주님께서 그 마음도 감동하시고 선한 손길을 펴게 하실 줄 믿습니다.

오늘도 사랑의 기대로 아이들을 기다립니다. 오늘은 또 얼마나 따뜻한 사랑을 담아올 것인가 벌써부터 가슴이 두근거립니다. 요즘 세상이 많이 각박하다고 하지만 아직도 이 세상은 황홀한 소망이 넘쳐나는 살 만한 곳임을 확인했습니다. 우리의 꿈나무들인 이곳 아이들에게서 얻은 온기 가득한 사랑으로 그 어떤 상처와 아픔도 말끔히 치유될 것이라 믿기 때문입니다. 더구나 그 안에 예수 사랑의 씨앗이 뿌려졌기에 싹이 나고 꽃이 피고 열매 맺는 그 아름다운 날을 바라봅니다.

어제는 밤새 비가 내렸습니다. 천둥, 번개소리에 놀라서 잠을 깨기도 했네요. 그런데 그 캄캄한 새벽에도 마음에 평안과 소망이 있어서 행복했습니다. 바라만 봐도 황홀한 그 아름다운 소망을 어젯밤엔 손으로 만지작만지작 그렇게 꿈결같이 지나갔네요. 이 글을 읽으시는 귀한 성도님들께서도 친구 목사님 가정을 위한 기도를 부탁드립니다. 어려움 속에서 살아갈 힘과 용기와 회복의 축복을 주시는 주님을 바라봅니다.

사랑합니다...

인간의 존재를 'Being', 인간의 행동을 'Doing'이라고 합니다. 존재(Being)는 인격, 성품, 사람됨을 말합니다. 사람이 사람답게 살려면 행동(Doing)이 있어야 합니다. 사람됨은 Being과 Doing의 균형이 적절할 때 이뤄집니다. 이것을 연결 하는 힘은 '좋은 질문/ 하브루타'입니다. 스스로에게 질문하는 습관, 깨달은 것을 실천하는 행동이 더해질 때 성숙한 인생이 됩니다.

Happy Father's Day~!!^^
편지 하브루타

지난 주일이 미국에선 아버지날이었습니다. 남편과 저는 어머니날이 지난 지 얼마 되지 않아서 아이들에게 다른 기대는 하지 않고 있었습니다. 그런데 주일날 새벽에 교회에 가신 아빠를 위해 아이들이 주일예배가 끝나고 먼저 집으로 와서 아빠에게 드릴 사랑의 편지와 선물들을 쏟아놓네요.

큰딸 베키는 늘 그랬듯이 가슴 가득한 사랑을 쏟아놓은 카드를 멋지게 만들었습니다. 그리고 깜짝 보너스로 아빠가 1, 2부 예배를 마치시고 새신자실에서 새로 오신 성도님들과 점심식사를 하시는 틈새를 이용해서 아빠 방 노트북에다 멋들어진 컴퓨터 디자인으로 아버지날 카드를 온 스크린 가득하게 배경화면으로 깔아 놓았네요. 어른들이 말씀하시던 살림 밑천 큰딸답게 그동안 아껴둔 용돈으로 유명 브랜드 매장에 가서 구입한 멋진 연두색 티셔츠를 아빠에게 입혀주네요.

감동한 아빠의 입이 어찌나 큼직하게 벌어지던지요. ㅎㅎㅎ

  둘째, 에스더는 앙증맞은 입체카드 속에 투명 펜으로 한글, 영어로 짧지만 농축된 아빠사랑을 표현했네요. 그리고 언제 구입했는지 귀여운 차량 액세서리 흔들인형을 내어 놓았습니다. 어쩜 그렇게 아빠랑 똑같이 생겼는지요. 눈이 안보이게 웃는 사각형 아빠 인형이 아빠 차 안에 흔들거리며 붙어 있습니다. 그걸 매일 보면서 백만 불짜리 아빠의 둘째 딸 예지를 생각하라나요? ㅎㅎㅎ

  며칠 전 아홉 살이 된 셋째 앤은 '아버지(Father)' 첫 자를 따서 6행시를 지었네요. 그리고 아빠를 향한 사랑을 담은 연장바구니를 만들었는데요. 그 속엔 색색 종이로 만든 각종 연장을 넣고, 그 연장 속에 아빠가 보여준 신실한 사랑을 굵은 매직으로 써 놓았네요. 과연 우리 집 명물 셋째딸답다고 아빠가 아주 좋아했답니다. ㅎㅎ

  그리고 일곱 살이 된 넷째 크리스틴은 컴퓨터 모자이크로 너무도 멋진 아버지날 카드를 만들었네요. 독특한 활자로 컬러풀하게 디자인한 솜씨도 멋지지만요 어쩜 그렇게 근사한 선물을 만들었는지요. 테니스공 케이스인 기다란 플라스틱 통을 가지고 색색으로 모자이크 아빠 얼굴을 오려 붙였답니다. 그리고 뚜껑에는 저금통처럼 기다란 구멍을 만들고 그 속으로 수십 가지 색깔로 만든 아빠의 사랑을 그려 넣었더군요. 이 웹사이트에 사진이 두 장밖에 안 올라가서 카드와 선물들을 올릴 수 없는 게 오늘따라 참 안타깝네요.

막내딸인 다섯 살 예일이는 아빠와 자기를 그린 커다란 달력을 만들어 왔네요. 크고 두꺼운 도화지에다 아빠와 예일이만 커다랗게 수채화로 멋지게 그려 넣었습니다. 그 아래엔 아버지날이 있는 6월부터 내년 6월까지의 달력이 차례로 붙어있네요. 교회에 있는 아빠 방에 걸어놓고 매일 예일이를 생각하라나요? 일 년 내내 아빠랑 웃고 있는 행복한 예일이만 보라는 거지요. 역시 막내다운 깜찍한 그림 달력이네요. 후훗^^

그리구요 우리 집 호프 귀염둥이 네 살배기 조수아는요. 삐뚤빼뚤 간신히 그려 넣은 커다란 글씨가 적힌 카드와 함께 "아빠가 최고!"라며 커다란 허그와 아주 찐한 뽀뽀를 선물로 드렸답니다. 지금은 돈이 없어서 선물을 못 샀지만 나중엔 자기가 젤 좋은 선물을 사 드릴 거라나요??? 하하

암튼 고사리 손으로 쓴 카드만 보고도 아빠는 이미 정신을 잃을 정도인 것 같습니다요... ^^

주일 오후에 집에 들어서는 아빠를 향해서 두 손을 벌리며 축복송을 불러드리고, 준비한 선물과 카드, 그리고 뜨거운 사랑의 허그를 여섯 배로 받았습니다. 이른 새벽부터 말씀을 선포하시느라 주일 저

녁엔 많이 지치시거든요. 그런데 오늘은 하늘녹용을 여섯 첩이나 드셨으니 앞으로 일 년은 너끈하시겠지요?

  여섯 첩의 녹용효과를 본 행복한 여섯 아이의 팔불출 엄마는 행복의 노래를 부르며 큰딸아이의 카드부터 고사리 손으로 쓴 막내 조수아의 카드까지 행복의 노래를 부르며 이곳에 옮겨봅니다. 큰 아이들이 선물한 연두색 티셔츠를 입고서 그날 저녁엔 큰아이가 미리 예약한 근사한 식당에서 모두가 맛난 저녁을 먹었습니다. 그리고 집으로 돌아와 저녁 늦은 시간이지만 이 행복을 기념하기 위해서 현관 앞에서 사진을 찍었습니다. 올해 유행이 연한 그린색이라고 하네요. 감각이 뛰어난^^ 울 큰딸아이의 지휘아래 아빠를 축하하기 위해 모두가 그린 색으로 옷까지 맞춰 입었네요. ^^ 그래서 딸들이 많으면 날마다 천국이라지요? 오늘 보니 그 말이 맞는 것 같습니다.

아름다운 여섯 남매를 주신
주님께 감사드리며
여섯 배의 감사가
육십 배, 육백 배, 육천 배로
커감을 고백합니다.

사랑합니다.

손톱깎이

우리 집엔 손톱깎이가 여러 개 있습니다. 식구가 아이들이 여섯에 어른 둘을 합쳐 기본이 여덟이다보니 손톱깎이도 여러 개가 필요하네요. 사람이 사는 세상은 참 재미있습니다. 가만히 관찰해 보면 흥미로운 것이 한둘이 아니네요. 하루에도 아이들이 자라는 과정이나 오고가는 대화를 통해서 여러 가지를 깨닫고 배울 수 있음은 참 고마운 일입니다.

어제 작은 아이들, 넷째~여섯째 손톱을 깎게 되었습니다. 큰 아이들은 언제부턴가 스스로 해결을 하는데 아직까지 작은 녀석들은 제 손을 거쳐야 단정한 손톱이 된답니다. 손톱을 깎아주다 보면 이것저것 얻어지는 게 한두 가지가 아닙니다.

먼저 손톱을 깎으려면 두 손으로 아이들의 열 손가락을 하나 하나 만져야 합니다. 그것도 대강 만지는 게 아니라 아주 조심스럽게, 그리고 사랑스런 터치로 그 여리고 고운 손가락을 만지는 기쁨이 있습니다. 아이들이 태어날 때마다 인형 같은 아기의 손가락에 반했던 기억이 새롭습니다. 어쩜 그렇게 정교하게 만들어졌는지 눈곱만큼 작고 여린 아기의 손톱이지만 어디 하나 흠 잡을 데 없이 아름답게 생긴 모양에 신기한 두 눈이 더더욱 커집니다. 처음엔 하루 종일 주먹을 쥐며 열 손가락을 펼 줄도 몰랐는데 언제 이렇게 자라서 고사리 같은 손으로 엄마도 주물러 주고 잔심부름도 서로 하겠다는 등 예쁜 짓을 해대는지 아이들만 바라봐도 주님 주신 축복이 너무 고마워 눈시울이 젖어듭니다.

그래서 그런지 저는 아이들 손톱을 깎는 일이 얼마나 감사한지 모릅니다. 그 시간에 아이들과 가장 가까운 일대일 대화를 합니다. 아이들이 여럿이라 골고루 사랑을 주기가 쉽지 않은데 손톱 깎는 시간을 통해서 적게는 10분에서부터 많게는 20분이 넘도록 열개의 손가락과 열개의 발가락을 하나, 하나 만져가면서 사랑의 대화를 이어갑니다.

땀이 많은 다섯째 예일이는 손톱을 깎을 때마다 물수건을 준비해서 손톱 하나를 깎으면 물수건에 손을 문지르고 엄마 손에도 시원하게 대어주며 애교를 떨곤 합니다. 여섯 중에서 제일 날씬한(?) 넷째 예나는 살이 없어서 손톱을 깎을 때마다 마음으로 사랑살을 손가락마다 붙여 주곤 하지요.

"우리 예나가 이렇게 예쁘고 날씬하게 자라서 엄마는 얼마나 좋은지 몰라. 검지에도 통통하게 살이 붙고, 약지에도 복스럽게 살이 붙으면 좋겠네. 그치 예나야? ^^"

열 손가락을 엄마한테 떠맡긴 예나는 너무나 행복한 표정을 짓습니다. 그 행복한 미소에 엄마는 뭔지 모르게 미안한 마음이 들기도 하구요. 여섯 중 제일로 머리가 좋은 예나에게 주님께서 육적인 건강도 듬뿍~ 허락하시길 간절히 기도하며 손톱을 깎아줍니다.

우리 집 귀염둥이, 막내 조수아 차례가 되었네요. 아들 녀석이지만 여섯째라서 그런지 유난히 샘이 많고 곰살맞은 녀석입니다. 누나들도 간지럼을 잘 타지 않는데 유독 간지럼을 많이 타서 손톱 깎는 시간에 엄마랑 같이 여러 번 뒹굴 곤 하지요.

"하하 히히 엄마 간지러워요. ^^^^^"

"하하, 가만 좀 있어봐. 무슨 남자가 이렇게 간지럼을 타니? ^^"

손가락만 잡아도 간지럽다며 몸을 비트는 조수아를 품안에 쏘옥~ 끌어안아 무릎에 앉히며 손톱을 깎다말고 얼굴을 비벼댑니다. 그러면 금방 엄마 품으로 파고들면서 엄마 볼에다 뽀뽀를 해댑니다.

"마미. 조수아는 엄마를 너무너무 사랑해용."

코맹맹이 소리를 내면서 엄마를 끌어안다가 뒤로 벌러덩 넘어지기도 하지요.

"하하 이러다 손톱은 언제 깎으려고 그래? 아이쿠 우리 아들이 언제 이렇게 무거워졌지? 엄마가 일어나질 못하겠는 걸? 하하하하"

손톱 깎는 시간이 순식간에 레슬링 시간이 되어 버렸습니다. 그러면 언제 들었는지 3, 4, 5,번이 달려와서 엄마를 저마다 껴안겠다고 난동(?)을 부립니다. 별로 잘 해준 것도 없는 엄마인데도 이렇게 엄마가 좋다고 서로 끌어안으려고 손을 벌려대다니요. 아이들이 많은 덕에 하루에도 수십 번씩 허깅을 당한답니다. 생각할수록 송구하고도 감사합니다. 나같이 부족한 사람에게 어쩜 이렇게 귀하고 복된 아이들을 여섯이나 허락하셨는지 매일 매순간마다 주님 주시는 축복과 기쁨이 여섯 배이지만 일주일에 한 번씩 손톱을 깎는 날엔 그 감사가 수십 배로 늘어만 갑니다.

  그리고 가끔씩 이지만 시간이 날 때면 남편 손톱도 서비스해 드립니다. 발톱은 군대서 생긴 무좀 때문에 발가락 두개가 속으로 파고 들어 가는 어려움이 있긴 하지만 그래도 손톱 발톱을 깎아드리면 얼마나 좋아하시는지 모릅니다. 열 손가락, 발가락을 만지면서 알콩달콩 사랑이 자꾸만 깊어진답니다.

  그런데 저만 서비스를 한 것은 아니지요. 여섯 번 임신해서 배가 만삭이 될 때마다 배가 불러서 혼자서 발톱을 어떻게 깎겠냐고 매번 손수 발톱을 깎아 줬던 남편입니다. 그때 진 빚이 쌓이고 쌓였기에 이젠 제가 시간을 내어서 그 사랑 빚을 갚고 있는 거구요. ^^

  암튼 우리 집 여기저기에 비치해 둔 손톱깎이는 행복을 만드는 도구입니다. 그 작은 손톱깎이가 쏟아내는 행복이 이미 우리 집 모든 구석구석을 덮고 있으니까요. 조근조근 나누는 사랑의 대화가 마음을 순화시켜주구요. 부드럽게 만져주는 사랑의 스킨십이 사랑의 깊이를 자꾸만 깊게 합니다.

매일매일 자라나는 손톱 발톱을 깎아내듯이, 매일매일 자라나는 나의 이기심과 죄성도 같이 깎을 수 있었으면 좋겠습니다. 그래서 영적 손톱깎이인 무릎 꿇음과 기도 손으로 매순간, 내 안의 욕심을 깎아냅니다. 더러운 것을 만지면 손톱 밑에 새까맣게 때가 끼듯이 죄악 많은 세상에서 사느라 묻게 된 영적 먼지와 까만 때도 예수님의 보혈로 깨끗하게 씻기길 기도합니다.

좋은 손톱깎이엔 잘 드는 두 날이 있듯이 영적 손톱깎이인 낙타 무릎에는 예수의 보혈이 있습니다.

하늘로 내려오는 그 신비한 능력이 우리를 정결하게 만듭니다.

작고 연약한 무릎인데도 접기만 하면 세상이 감당하지 못할 하나님의 능력으로 변하게 합니다.

작은 가시도 못 견뎌 하는 연약한 두 손인데 모아서 맞잡기만 하면 어두움의 권세를 단칼에 날려버리는 성령의 검이 됩니다.

기도 없이는 아무런 일도 기대할 수 없습니다. 기도 밖에는 세상을 이길 아무런 능력을 만나지 못했습니다. 기도할수록 마귀가 일곱 길로 도망가는 통쾌한 승리를 누렸습니다. 실낱같은 기도를 드려도 밧줄 같은 응답으로 되돌려 주십니다.

그 놀라운 기적 속에 날마다 세상이 천국으로 바뀌는 축복도 허락하시네요. 작고 보잘것없는 손톱깎이를 볼 때마다 주님의 사랑과 은혜를 기억하게 하시는 것도 세상이 이해할 수 없는 하나님의 특별한 사랑인 것 같습니다.

   사랑합니다.

12. 식구 하나가 줄었습니다

지난 수요일, 새벽부터 집안이 들썩거렸습니다. 큰딸아이가 대학 기숙사로 이사 가는 날이기 때문입니다. 어느 정도 예상은 하고 있었지만 자녀가 집을 떠난다는 사실이 이렇게 큰일인 줄은 정말 몰랐습니다. 멀리 다른 주로 가는 것도 아니고 2시간 남짓한 샌디에이고로 이사 가는 것인데도, 아직 집에 남은 자녀가 다섯이나 있는데도 왜 이렇게 마음이 텅 빈 것 같고 자꾸만 눈물이 나는지 모르겠습니다. 집을 떠나는 큰딸아이도 밤새 잠을 못자고 거실을 왔다 갔다 하는 것이 느껴졌지만 못 들은 척, 잠을 자는 척, 침대에서만 뒤척거렸습니다. 그런데 가만 보니 저만 그런 게 아니었네요. 옆에 자는 남편도 깊은 잠을 자지 못하시고 잠이 많은 둘째 에스더도 언니 곁을 떠나지 못하고 있는 것 같습니다. 아직 어린 꼬마 동생들도 새벽같이 일어나서 큰언니, 누나를 배웅 한다고 눈을 비비고 나오더군요.

　학교에 도착해야하는 시간이 아침 9시였는데도 차가 많이 밀리는 것을 생각해서 좀 더 일찍 떠나야했습니다. 아직 동트기 전인 이른 새벽, 미니밴 의자를 반으로 접어놓고 뒤창이 안보일 정도로 가득한 짐을 꾸역꾸역 실었습니다. 이제 엄마 없이 혼자서 세상을 헤쳐 나가야 할 큰딸이 미덥지 못해서, 사랑과 기도를 눌러 담은 살림살이들로 차 안을 가득 채웠습니다. 짐을 다 실은 후에 여섯 아이와 우리 부부가 동그랗게 손을 맞잡은 후에 아빠의 기도가 시작되었습니다.

　"사랑하는 하나님 아버지 ……………………………"

　기도를 시작하자마자 목이 메어 한참동안 사랑의 쉼표를 찍는 남편 때문에 그동안 애써 참았던 눈물샘이 저도 모르게 터져버렸습니다. 훌쩍 훌쩍 흑흑흑… 아주 작은 소리들이었지만 손과 손이 연결된 여덟 개의 이음줄을 따라 진하고 진한 사랑의 액체가 가슴 깊숙이까지 촉촉이 흘러들었습니다.

　잠시 고요한 적막이 흐른 뒤에 젖었지만 멋진 아빠의 간절한 사랑을 담은 축복기도가 쏟아졌습니다.

　"하나님이 주신 귀한 딸, 베키. 이 딸을 통하여 지금까지 너무도 큰 행복과 감사를 누렸습니다. 이제 더 큰 하나님의 사람으로 세우시고

자 대학 기숙사로 거처를 옮깁니다. 지금까지 함께하셨던 하나님의 은혜와 사랑이 사랑하는 딸의 가는 곳마다 함께 하실 줄 믿습니다. 낮엔 구름기둥으로 밤엔 불기둥으로 순간순간 도우시는 성령님의 보호하심과 인도하심의 손을 잡고 세상을 이기고 정복하는 당당한 하나님의 딸이 되게 해 주시옵소서. 보이는 세상보다 보이지 않는 하나님을 더욱 신뢰하게 하옵시고 주님 주신 꿈과 비전을 손과 발로 이루어 가는 믿음의 딸로 살게 하옵소서. 특별히 함께 사는 두 명의 룸메이트들에게 은혜를 더하시고, 함께하는 1년 동안 그리스도의 사랑을 전할 수 있는 복된 딸이 되게 하옵소서. 스승보다 지혜롭게 하옵시며, 육체의 건강과 영혼의 건강까지도 주님께서 지키시고 간섭하여 주시옵소서. 신실한 믿음의 친구들을 만나게 하시고, 평생 마음을 나눌 수 있는 진실한 우정을 키우게 하옵소서. 비록 몸은 떨어져서 지내지만 늘 함께 기도로 교통하며 사랑을 나누는 우리 가족이 되게 하옵소서. 운전하는 엄마에게도 은혜를 더하시고 샌디에이고까지 안전하게 동행하시고, 차 안에서도 복된 시간 보내게 하옵소서. 우리의 기도에 신실하게 응답하시는 예수님의 이름으로 감사하며, 축복하며 기도드립니다. 아멘, 아멘. 아멘. 아멘....!!!!"

여기저기서 아쉬움을 가득 담은 사랑의 합창이 새벽 공기를 덥히고 있네요. 떠나는 큰딸을 차례로 포옹하면서 벌써부터 셋째 예진이는 눈물이 글썽거립니다. 누구보다 누나를 좋아했던 조수아는 아예 얼굴 근육이 실룩거리니 어떡하지요?

 한 사람 한 사람 가슴을 맞대고 진한 사랑을 나눈 뒤에 아쉬움을 뒤로 하고 큰딸아이를 태운 뒤 시동을 걸었습니다. 그렇게 2시간 반을 달리고 달리다 보니 어느새 차가운 바닷바람이 코끝에 느껴지는 샌디에이고에 도착했네요.

 칠백 명이 넘는 많은 신입생들이 차 안에서 등록을 하는 바람에 반나절이 걸려서 기숙사방 열쇠를 받게 되었습니다. 학교 측에서 준비해 준 커다란 카트에 짐을 내리고, 환한 얼굴로 섬겨주는 선배 언니, 오빠들 덕분에 수월하게 이삿짐을 옮겼습니다. 한 시간 남짓 걸려 짐을 다 풀어 정리하곤 오후 2시가 넘어서야 늦은 점심을 먹었습니다.

 다시 기숙사에 들어오니 룸메이트 중 마지막 한 명이 막 도착하더군요. 하와이에서 온 학생인데 첫인상이 너무 좋아 감사할 뿐이었어요. 함께 오신 부모님과 사촌동생도 너무 좋은 사람들임을 첫눈에 알 수 있었습니다. 또 한 명의 룸메이트는 우리 집과 불과 20여분 거리에 사는 중국계 여학생입니다. 저희와는 달리 무남독녀 외딸을 곱게 키워 대학에 보내는 터라 부모님께서 여간 섭섭해 하는 게 아니더군요. 아예 저녁까지 딸과 함께 지낸 후에 돌아가신다고 하셨지만 얼굴엔 아쉬움이 가득하네요. 그동안 두 명의 룸메이트를 위해 기도하곤 했었는데 이렇게 좋은 학생들과 함께 지낼 수 있게 하시니 이 또한 감사, 감사할 뿐입니다.

오후 6시부터 신입생 오리엔테이션이 시작되었지만 수요일이라 교회로 가신 남편 때문에 서둘러 딸아이와 헤어져야 했습니다. 집에서 기다리는 꼬마 녀석들도 언제 오냐고 계속 전화를 해대네요. 멀리 있는 주차장까지 가는 학교 셔틀버스 정류장까지 큰딸아이가 배웅을 해주네요. 마음이 저와 같아 보여 서로 말을 줄이고 버스를 기다렸습니다. 오히려 제 걱정을 하더군요.

"엄마, 나 없어도 동생 다섯 명이랑 잘 할 수 있지???"

"하하 엄마는 걱정 말아. 밥도 매끼 잘 챙겨먹고 우리 베키는 잘 해낼 거야. 그치?"

어깨를 끌어안으며 애써 웃음지려 하는데 왜 그렇게 자꾸만 눈물이 나오던지 그런 내 마음을 달래기위해 창밖에서 손을 흔드는 딸아이에게 셔틀버스에 올라타면서 손을 흔들었습니다.

"엄마! 사랑해!!!" 쪽~~~!!!

큰 소리로 외치면서 두 손을 입에 대고 키스를 해서 날려 보내는 큰딸아이에게 "그래 엄마도 사랑해." 작은 소리지만 마음의 확성기의 볼륨을 최고로 높여서 하트사인을 보냈습니다. 그렇게 이틀이 지나갔네요. 첫날은 베키랑 전화하고 문자 보내느라 모두들 바쁘게 지나갔습니다. 아직 일곱 식구가 남았는데도 집안이 왜 이리 휑~해 보이는지 어제는 괜히 이것 저것 쓸고 닦고 대청소를 했습니다.

대학 기숙사로 보내는 것도 이러한데 시집보낼 때는 어떡할까 싶네요. 문득 첫딸인 저를 시집보내시며 눈물을 보이셨던 부모님 모습도 어른거리구요. 여러 가지 아릿한 생각들이 하나하나 스쳐지나갑니다. 이러면서 인생을 조금씩 배워가는 건가 봐요. 주님 주신 귀한 자녀가 내 소유가 아님을, 자녀를 통해서 영육 간에 조금씩 철들어 가는 인생의 축복... 그런 자녀를 여섯이나 주셨으니 얼마나 감사하고 행복한지요.

잠깐 맡아 키우는 시간 동안 나의 부족함으로 인해 생채기가 나지 않도록 최선을 다해 섬길 수 있는 엄마가 되기를 소원하며 기도합니다. 사랑합니다.

사랑

Part. 2
성공적인 양육의 비결, 행복한 부부

아이들 교육 때문에 부부가 떨어져 산다?
가장 성공적인 자녀 교육은
행복한 부부의 모습에서 시작된다.
첫날밤에 2베드룸을 신청한 남편의 깊은 뜻(?)과
첫날밤을 통성 기도로 보낸 부부의 만남과 결혼,
그리고 아름다운 20년 결혼생활 이야기

1.

이왕에 만났으니 성경공부나 할까요?

내일 저녁에는 어제 세례를 받은 싱싱한 젊은이 두 사람이 아름다운 가정을 이루는 경사가 있을 예정입니다. 담임목사인 남편이 주례를 맡으셨기에 복된 가정에 줄 선물을 챙기다가 피아노 위에 놓여있는 우리 부부의 약혼 사진이 눈에 들어오더군요. 어느 부부에게나 아름다운 로맨스가 있겠지만 우리 부부에게도 누구 못지않은 기막히게 재밌는 이야기가 있답니다.

저희 커플은 중매인이 밀어붙여서 결혼에 이른 커플이 분명합니다. 중매인이 누구냐구요? 그거야 물어서 뭐하나요! 두 사람이 올린 10년 동안의 배우자 기도를 들으신 하나님이시죠.

80년도 초 미국에 이민을 와서 5년이 지나는 동안에 저는 한국에 갈 수가 없었습니다. 친정아버지께서 엘에이에서 이민목회를 하고 계셨을 뿐더러 저도 고등학교를 졸업하고 와서 미국생활에 적응하기 어려웠고 영어공부를 하느라 하루하루를 정신없이 바쁘게 지내고 있었습니다.

그러던 차에 아버지의 친한 친구분인 이 목사님이 미국에 처음으로 방문을 하셨습니다. 저희 친정집에 한 달간 지내시면서 여기저기 구경도 하시고 집회도 하셨는데, 마침 제가 대학생이었기 때문에 시간도 있고 차도 있어서 목사님의 가이드 역할을 하게 되었습니다.

목사님과 이곳저곳을 다니면서 많은 대화를 나누었는데, 그때 목사님께서 저를 좋게 보셨는지 저에게 신랑감이 있느냐고 자꾸 물어보셨습니다. 저는 그때 상큼한(!) 이십대 중반이었고, 미국 대학생 선교회(KCCC) 스태프로 열심히 섬기고 있었던 때라 전혀 결혼에 대한 그림이 없었습니다. 그때 미국에 첫 순을 만드시고 가끔씩 오셔서 귀한 말씀을 주셨던 김준곤 목사님께서 제가 속했던 12명의 아브라함 순원들을 앉혀놓고 형제들은 결혼을 해도 주님께서 주신 비전을 계속 이룰 수 있지만, 자매들은 결혼을 하면 일단 5년은 남편을 섬기랴 살림하랴 아기 키우랴 전혀 시간을 낼 수가 없기 때문에 결혼하기 전에 주님께서 주신 소명들을 잘 점검하고 최선을 다해 섬겨야 한다고 말씀하셨습니다.

그래서 저도 이것저것 따져보니까 단기선교도 한 2년 갔다 와야 하고, 학교도 마쳐야 하고, 하고 싶은 공부도 많고, 맡겨진 순들도 열심히 섬겨야 해서 결혼할 시간이 없더라구요. 아무래도 30이 넘어야 결혼이란 것을 하게 될 거라고 나름대로 계산하면서 이왕이면 힘들이지 않고 준비된 형제를 제시간에 딱 하니 만나게 해 달라고 기도를

했습니다. 결혼 날짜만 잡아놓고, 결혼 연도는 하나님께 몽땅 맡긴 채 말이죠. ^^

그러나 제가 5남매 중 맏딸이고 서른이 넘어 저를 낳으신 저희 부모님은 친구들처럼 빨리 맏사위를 보시기 원하셨습니다. 그래서 드디어는 저를 달래기 시작하셨죠. "네가 만약 맞선을 본다면 한국여행을 시켜주겠다"고 달콤하게 말입니다! 아직 결혼이란 단어가 무지하게 낯설었지만, 친구들이 너무나 보고 싶고 충성된 애국자 못지않게 조국이 그리워 견딜 수가 없는 간절함에 결국 저는 그 어색한 맞선(?)을 보겠노라고 말씀드렸습니다. 드디어 비행기를 타고 태평양을 건너 그리움에 사무친 친구들을 만나서 보름 이상을 재미있게 지냈습니다. 선을 보기로 한 약속을 까맣게 잊고 매일 놀러 다니느라 시간 가는 줄 몰랐습니다. 참 철이 없었지요? ㅋㅋㅋ

그러다가 이 목사님의 전화를 받게 되었습니다. 평양 분답게 불호령을 하시며 혼을 내셨습니다.

"도대체 한국에 나온 지가 언젠가? 선을 볼 거야? 안 볼 거야?"

죄송하다고 빌다가 그 다음 날 이태원에 있는 목사님의 교회로 찾아가게 되었습니다.

그날 마침 부흥회가 있었는데 그 목사님이 아들처럼 생각하고 아끼는 정우성 전도사님이 찬송을 인도한다는 것입니다. 그래서 예배 시간 40분 전에 와서 꼭 찬송 인도하는 모습을 보라는 명령이 내려졌습니다. 그래서 무서운 목사님 때문에 잔뜩 기합이 들어 시간을 맞춰 교회에 도착했습니다. 본당에 들어가려니까 이미 사람들이 많아서 전 이층 예배실로 올라가 앉아서 찬양인도 하시는 전도사님을 찾아보았습니다.

그런데 이게 웬일입니까? 정우성 전도사님은 데모대처럼 두 손을 들고 군인 같은 기합을 넣어가며, 땀을 뻘뻘 흘리면서 찬송을 인도하는 것이 아닙니까? 평생을 장로교회에서 자란 저는 왠지 그런 모습이 익숙하지 않았고, 너무나 어색한 모습으로 얼떨떨해 했습니다. 예배가 끝난 후 목사님 사모님께서 목사님 사택으로 저를 인도하셨습니다.

"오늘 어땠어? 찬송인도 너무 잘 하지? 찬송인도만 잘하는 게 아니야, 대학원에서도 전교 1등이고, 대학교도 전체 수석졸업이고, 박력 있고, 실력 있고, 건강하고, 착하고, 미남이고(?)······"

목사님과 사모님께서는 입에 침이 마르도록 칭찬을 하셨습니다. 조금 후에 숨을 씩씩거리면서 전도사님이 뛰어 들어오셨습니다. 겨울이라 방안에 들어오자마자 안경에 김이 서려 금방 안경을 벗으면서 "안녕하세요? 정우성입니다."하며 인사를 하셨지요. 좀 전에 소개대로 상상되는 모습이 아닌, 약간은 모자란(^.^) 사람처럼 계속 웃어대는 전도사님이 꼭 시골소년 같았습니다. 전교에서 1등하는 분이라고는 전혀 생각이 안 되는 순진한 모습이었습니다. '조금 죄송한 표현' 이지만 '무언가 나사가 하나 빠지셨구나'하는 첫인상을 품은 채 다음 날 만나기로 약속을 하고 헤어졌습니다.

중매하신 목사님이 이북분이라서 내일은 남산에 가서 점심 먹고, 다음 날은 어디로 가라고까지 말씀하시면서 전도사님에게 용돈까지 두둑이 주셨습니다. 다음 날 남산타워에 올라가 점심을 먹으면서 제가 이런 제안을 했습니다.

"전도사님! 사실 저는 지금 전혀 결혼에 대해 흥미가 없습니다. 죄송한 말씀이지만, 친구도 보고 싶고 한국에 나오고 싶어서 전도사님과 선을 보겠다고 했습니다. 선이라는 것도 너무 어색하고, 이것저것 통성명하며 묻는 것도 별로 의미가 없는 일이구요. 저도 대학생선교회의 간사고 성경공부도 많이 인도하고 제자훈련도 받았는데, 이왕에 만났으니 하루씩 돌아가면서 성경공부나 하지요."

전도사님은 저의 기막힌 제안에 흔쾌히 동의를 하셨고, 그 길로 엠마오 서점에 가서 '미혼 남녀를 위한 일대일 성경공부'란 교제를 두 권 구입했습니다. 그리고 신대방동에 있는 전도사님 집에서 성경공부를 시작했습니다. 한 번은 전도사님이 인도하고, 한 번은 제가 인도했는데 너무나 재미있게 시간 가는 줄 모르고, 1시간짜리 공부를 2시간 반씩 공부하고, 이어서 1시간 이상 서로 기도제목을 나누면서 기도회를 하는 바람에 나중에 시어머님께서 "나도 목사 사모지만 너희 같은 애들은 처음 봤다" 하시면서 두고두고 말씀하시곤 했습니다.

그러기를 세 번. 그 날도 성경공부를 끝내고 논현동에 사시는 고모님 댁으로 가려고 버스에 몸을 실었습니다. 밤 9시가 넘은 시각이라

피곤했던지 잠깐 잠이 들었습니다. 그런데 갑자기 누가 저에게 큰 소리로 말하는 것이었습니다. "바로 이 사람이다. 바로 이 사람이다."

깜짝 놀라서 눈을 번쩍 뜨고는 주위를 둘러봤지만 아무도 나에게 말하는 사람은 없었습니다. 너무도 생생하게 들려진 소리에 나의 반응은 의외로 나타났습니다. '그래 바로 이 사람이야. 내가 평생을 같이해도 좋을 것 같아.'

거의 습관적으로 배우자감에 대해 기도만 해왔던 내가 이렇듯 쉽게 상대방을 결정하리라고는 예상치 못했는데, 나의 계획과 의지와는 상관없이 너무나 강하게 오는 충격적인 느낌에 나 자신도 당황스러웠습니다.

그런데 이상하리만치 내 마음이 평안하고 오래 동안 결혼을 준비하고 원했던 사람처럼 자연스럽게 그 이상한 느낌을 받아들이는 것이었습니다. 아마도 주님께서 중학교 때부터 아버님께서 배우자를 위해 기도하라는 설교에 단순하게 순종하며 기도했던 일을 기억하시고, 짧은 만남 속에서도 확실한 배우자를 만나게 하신 것 같습니다. 역시 기도는 공짜가 없고 에누리가 없는 확실한 보험인 것 같습니다. 나중에 알고 보니까 전도사님께서도 중학교 때부터 배우자에 대해서 기도를 시작하셨다고 하시더군요. 10가지 구체적인 제목을 적어놓고서 말입니다. 당시에 전도사님이 고백하시기를 그 열 가지 기도제목들이 다 맞아떨어져서 너무나 놀랍고 감사하고 정신이 없다고 선수를 치셨습니다. ^^

저도 8가지 배우자를 위해 번호를 달아가며 기도했던 제목들이 있었는데 지금 생각해 보니 1가지만 빼고는 완벽한 응답이 되었습니다.

그 한 가지는 제가 어려서 부터 반주를 하고 음악을 엄청 좋아해서, 저와 같이 음악사역도 하고 기타도 무지하게 잘 치고 화음도 기가 막히게(?) 잘 넣는 '환상의 듀엣'을 기대했거든요? 그런데 우리 목사님 성대는 성악가가 울고 갈 만큼 훌륭하시고 좋으시긴 하지만 글쎄 제가 알토를 하면 금방 저를 따라오시는 확실한 음치시랍니다. ^^

우리의 중매자이신 하나님께서는 그렇게 우리 부부를 만나게 하셨습니다. 그런데 어쩌면 그렇게 모든 게 반대인지 결혼 초기에는 조금 힘들었지만, 지금은 완벽한 환상의 하모니를 이룹니다. 하나님이 너무도 강하게 밀어붙이셔서 데이트도 못하고 결혼했기에 살면서 날마다 찐하게 데이트하는 놀라운 축복도 허락하셨습니다. 역시 하나님은 참 공평하신 것 같아요.

올해로 결혼 16주년을 맞지만, 저는 아직도 남편만 생각하면 가슴이 콩콩콩 뛸 때가 많이 있습니다. 산 같은 믿음과 넓은 가슴으로 늘 이해해주시고 감싸주시는 좋은 사람, 나보다 하나님을 더 사랑하시는 뜨거운 사랑과 열정이 존경스러운 분, 때마다 일마다 챙겨주시고 아이들을 너무도 좋아하시는 순수한 모습들로 인해 생각하면 생각할수록 존경이 가고 사랑이 절로 우러나는 귀한 남편이지요. 저같이 부족한 사람이 이렇게 좋은 분과 한 평생을 살 수 있다는 것은 정말로 커다란 축복이고 행복이지요.

아직 미혼이신 여러분들께 참고가 될까 하여 말씀드리지만, 배우자를 고르시는 일에 있어서 사실 성경공부만큼 확실한 방법이 없는 것 같습니다. 왜냐하면 전도사님과 세 번 만나서 성경공부를 했지만, 두세 시간씩 '말씀속의 나'를 찾으면서 서로의 인생관, 결혼관, 가정관, 신앙관, 가치관, 물질관 등 전반적인 그분의 생각을 볼 수 있었고, 가장 중요한 점인 어떤 비전과 인격을 가진 사람인가를 거의 확실하게 감을 잡을 수 있었기 때문입니다. 가장 확~실한 탐색 방법이라니까요!

그럼 다시 그 시절로 돌아가서 진도 나갈게요. 밤을 꼬박 새우고 그 다음 날 전도사님이 다니시던 사당동 총신대신학대학원에서 만나서 학교 구경을 하고 학교 뒷산에 올라가서 저의 결정을 말씀드렸습니다.

"전도사님, 저 어제 결정했습니다. 전도사님과 룸메이트 하기로요."

"한나 자매님! 저는 첫날 성경공부 할 때 이미 결정하고 있었습니다."

"………………"

저보다 한 수 위에 계신 정우성 전도사님 앞에서 저는 할 말이 없었습니다. 그때 서로 마주보면서 수줍게 웃던 겨울날의 미소가 만 15년이 지난 지금에도 귀한 보약처럼 '약효'를 발휘하고 있다는 사실을 말씀드려도 되는지요.

아무튼 우리는 그 길로 우체국으로 가서 미국에 있는 저희 집으로, 신대방동 전도사님 댁으로, 논현동 고모 댁으로, 각각 결혼의사를 전격 통보하고는 "이게 도대체 어떻게 된 일이냐?"는 어른들의 반응에 "하나님께서 하셨습니다."라고 말씀드리는 해프닝을 벌였습니다.

그리고 며칠 후에 성경 한 권씩을 교환하며 결혼을 약속하는 약혼예배를 드리고, 미국으로 들어왔다가 9개월 만에 부모님과 서울로 날아가서 전도사님이 시무하셨던 이태원 꼭대기의 한광교회에서 혼인예식을 올렸습니다. 바야흐로 태평양을 건너 견우와 직녀가 만나는(?) 국제결혼이었지요. 그때, 서울은 88올림픽이 막 시작된 시기라서 저희의 결혼식도 축제의 무드로 아름답게 첫 행진을 시작했답니다. 참으로 은혜롭고 멋진 결혼예배를 드릴 수 있도록 주님께서 모든 것을 '여호와 이레'로 준비하셨던 것 같아요. 지금 생각해도 참으로 감사한 일입니다. ^^

첫날밤의 성령세례

하나님이 마구 밀어붙여서 세 번 만나고 결혼한 그 날은 하루 종일 정신이 없었습니다. 결혼준비를 위해 신부인 저는 3주 전에 태평양을 건너 신랑을 만나러 날아왔기 때문에 여러 날을 고모님 댁에 거처하게 되었지요. 다행히 대학원생이었던 사촌언니의 도움으로 결혼준비를 일사천리로 할 수 있었습니다.

  결혼하기 전, 양가 집안이 목사님 댁이고 우리도 평생 주님 일을 해야 할 사명을 가진 사람들이기 때문에 무언가 세상 사람들이 하는 결혼과는 색깔이 달라야 한다고 생각했지요. 그 점에선 우리 두 사람이 의견 일치를 보았기 때문에 혼수는 서로 생략하고 신랑 신부 예복 등 아주 기본적인 것만 하기로 했습니다. 결혼식 당일에 입을 신랑의 양복과 와이셔츠, 넥타이, 구두는 우리집에서 준비하고, 신혼여행 때 필요한 잠옷, 속옷 1벌씩은 가까운 시장에서 구입했지요. 옷은 평소에 입던 간편한 복장으로 서로 준비하기로 했습니다. 제가 입을 웨딩드레스는 미국에서 대여해 왔기 때문에 결혼식이 끝나고 2달 후 돌아갈 때, 세탁해서 돌려 드리기로 했노라고 시부모님께 말씀드렸습니다.

그러자 시부모님께서도 "그래. 잘 했다! 혼수가 중요한 게 아니고, 결혼해서 믿음과 사랑으로 가정을 든든히 세워가는 것이 더 중요하지. 암~ 그렇고 말구!"하시며 기뻐해 주시면서 제가 입을 양장 1벌, 한복 1벌을 사랑으로 준비해 주셨습니다.

친정 부모님께도 이민목회로 어려운 중에 갑자기 하는 결혼이니만큼 조금도 경제적인 부담을 드리고 싶지 않았습니다. 처녀 때 피아노 레슨하면서 조금씩 모아놓은 통장을 털고 동생들의 쌈짓돈과 이곳저곳에서 모아진 오병이어의 기적으로 힘들지 않게 깔끔한 결혼준비를 할 수 있었습니다.

더구나 감사하게도 저희를 중매해 주신 이 목사님께서 결혼식에 필요한 장소와 꽃, 특송할 자매님 등 여러 가지 세밀한 것들을 기쁨으로 준비해 주셨고, 전도사님이 섬기시던 중고등부 학생들과 선생님들이 축하송과 여러 가지 아름다운 이벤트를 비밀리에 멋지게 준비해 주셨습니다. 사진과 비디오도 거품을 빼야 한다고 생각해서 교회 선생님들과 저희 사촌들이 사진을 찍고, 최소한의 결혼식 예배를 볼 수 있는 비디오와 앨범만을 만들어 주시기로 약속을 받았지요.

드디어 갈빗대를 찾아 짝을 맞추는 날이 되었습니다. 아무리 그렇다 해도 명색이 신부인데 비싼 신부화장은 못해도, 내가 할 수 있는 한도에서 예쁘게 단장은 해야 할 것 같아서 사촌언니가 아시는 미용실 원장이셨던 분께 제 화장을 맡겼습니다. 그분이 바로 고모님댁 옆에 사셨기에 아침 8시쯤 가니 마사지와 화장도 해 주시고 머리도 예쁘게 올려 주셨습니다. 결혼식 스타일은 미국식으로 결혼식 중에 신랑이 신부의 베일을 젖히는 방식을 택했기에 레이스로 된 얇은 베일로 얼굴을 가리고는 식장으로 출발했습니다.

  식장은 이태원 꼭대기에 있는 교회였습니다. 이 목사님과 신랑인 정 전도사님이 섬기시는 교회였지요. 그날따라 이태원에서 축제가 있던 날이라서 모든 길이 막혔습니다. 그래서 이태원 꼭대기에 빨간 벽돌로 아름답게 우뚝 선 교회에 올라와야 하는 하객들은 결혼식이 시작하는 2시까지 오기가 하늘의 별을 따는 만큼이나 어려우셨다고 하더군요. 그래서 친정아버지께서 14년 목회하셨던 인천에서 올라온 관광버스 2대의 많은 교인들도 식이 다 끝날 때쯤에야 교회로 들어오실 수 있었습니다.

  하늘에서 보슬보슬 축하 비를 내려주신 그 날, 우리 두 사람의 결혼예배는 올림픽 때라서 그런지 온통 축제 분위기와 은혜로운 감동이 어우러진 그야말로 아름다운 예배였습니다.

  요즘 생각해도 쿡쿡 웃음이 나는 그 날의 하이라이트는 바로 결혼식을 마치고 신랑 신부가 퇴장을 할 때 일어난 일이었습니다. 신부인 저보다 더 긴장한 우리 전도사님께서 신랑 신부 퇴장 때 그만 왼팔을 꺾어 올렸던 것입니다. 오른팔을 접어 신부의 손을 끼고서 멋지게 행진을 했어야 했는데 태어나서 생전 처음 해보는 결혼식이라서(^^) 당황한 나머지 오른팔은 아래로 쭉~ 편 채 왼팔을 씩씩하게 올린 신랑에게 양옆의 하객들이 자꾸 팔을 올리라고 성화를 해대니 신랑은 어쩔 줄을 몰랐습니다. 그래서 결국은 눈부신 하얀 융단이 다 끝나는 지점까지 신랑은 행진을 하면서 계속 내려야 할 왼팔을 접었다 폈다 하다가 결혼행진곡이 끝났습니다. 하하하! 지금도 그때 생각만 하면 어찌나 웃음이 나는지 앞으로 결혼 25주년이나, 결혼 50주년이 되면 꼭 다시 결혼 예배를 드리자고 그 땐 정말 제대로 잘 할 수 있다고 남편은 결혼식 주례를 설 때마다 다짐을 한답니다.

아무튼 결혼식 후 시댁 식구들께 교회 교육관에 마련된 폐백실에서 연지 곤지 찍고 큰절을 올리고 축하하러 오신 여러 손님들께 감사를 드린 후 신혼부부의 친구들이 모여 교회 근처 카페에서 잠시 모였습니다. 남편 친구들은 99%가 신학생들이었고, 제 친구들은 인천에서 자란 교회친구, 중고등학교 동창들이 대부분이었지요. 부케를 받은 친구가 신랑친구들에게 내기를 걸고, 저녁 값을 신랑친구들이 몽땅 내기로 손가락을 걸고서야 부케를 내어 주었지요. 아무튼 2시간 가량 하하 호호 행복한 웃음을 나누었습니다. 그리고는 전도사님 교회의 대학부 청년들이 마련해주신 깡통이 줄줄이 사탕처럼 여러 줄 걸린 신혼부부용 작은 승용차를 타고서 김포공항으로 출발했습니다.

그때 신랑 친구분 중 한 전도사님은 공항에서 축하하려고 폭죽을 준비해 왔다가 88올림픽이라 삼엄한 경비를 섰던 특수부대원들에게 걸려서, 단체로 나온 신랑신부 친구들과 맛있는 아이스크림도 못 먹고 수갑이 채워져 보안대로 넘겨졌습니다. 그 전도사님은 그 다음 날 새벽 4시가 넘어 그 교회 담임목사님이 오셔서 해명을 하시고야 겨우 풀려나온 기가 막힌 일도 있었답니다.

어쨌든 20명이 넘는 들러리 친구들을 달래서 겨우 보내드리고 오후 8시 반 제주행 비행기에 올랐습니다. 비행기는 신혼여행용으로 제작된 전세 비행기처럼 거의 신혼부부로 가득 채워져 있어서 코미디의 한 장면을 찍는 것처럼 계속 웃음이 나왔습니다. 마치 웨딩회사에서 제작한 똑같은 복장의 인형들처럼 비슷한 포즈, 복장, 표정, 들려지는 소리의 억양까지 거의 동일한 수준이었지요. 우리도 그 무리들 중 하나로 어설프게 끼어 있었답니다. ㅋㅋ

방금 비행기를 탔나 싶었는데 내리라는 방송이 곧 나왔습니다. 비행기에서 내려 줄을 서서 여행용 가방을 밀면서 공항택시를 타고 호텔로 갔습니다. 사실은 처음부터 '~~장'인가 하는 곳에 묵으려고 했었지만 첫날밤은 호텔에서 지내야 한다고 우기는 신랑 때문에 할 수 없이 하루만 예약을 하고 다음 날부터 2박 3일은 '장'으로 장소를 옮기기로 했습니다. 저희 고모부님의 친한 친구분이 제주도에서 작은 모텔을 하고 계셨거든요. 아무튼 프런트에서 호텔 키를 받아들고 엘리베이터를 탔지요. 바다가 보이는 좋은 방을 예약하셨더군요! (순간 감동~^^)

아, 그런데 이게 웬일입니까? 방안에 침대가 둘이나 있는 게 아니겠어요? 가운데 티 테이블이 놓여있고, 양 쪽 끝으로 싱글침대가 벽에 붙어 있더군요. 그래서 제가 물었지요.

"전도사님! 왜 침대가 둘이지요?"

"한나 자매님! 제가 미리 말씀 드리지 못한 것이 하나 있는데 그게 다름이 아니고 고등학교 2학년 때 큰 은혜를 받고서 하나님께 약속한 게 있습니다. 모든 것의 첫 열매를 하나님께 온전히 드리겠다구요."

"…………????……………"

"그래서 그 이후로 지금까지, 내 시간과 생겨지는 물질까지 첫 열매와 첫 시간을 주님께 드리며 살았습니다. 오늘이 바로 가정을 이룬 첫 밤이고, 무엇보다 첫날밤이 소중하다고들 하는데 이 귀한 시간을 하나님께 드리기로 했습니다. 결혼 전에 말씀드리려고 했는데 기회가 없었습니다. 미안해요."

순간 괘씸하다는 생각보다는 '신혼 첫날밤을 주님께 온전히 드린다'는 그 마음이 어찌나 귀하고 아름답게 느껴졌던지 그만 따따블로 감동을 먹었습니다.

그리고 모든 결혼식 비용에 거품을 뺐던 전도사님이 왜 한사코 첫날밤 호텔 행을 우기셨는지 그제야 끄덕끄덕 이해가 갔습니다. (다음날부터 묶을 작은 여인숙과 같은 '~장' 에서는 반을 딱~하니 나누어 놓은 두 개의 침대가 없었고, 바닥에 반듯한 1장짜리 이불이 깔려 있었기 때문에 첫날밤을 온전히 드리기가 그리 쉽지만은 않았을 것

같다는 소견? ^^)

"아! 전도사님! 참 좋은 생각이네요. 그래서…… 침대가 둘이군요!!!!!!!"

이래서 다 '제 눈에 안경'이라고 하던가요? ㅋㅋㅋ

도착한 시간이 저녁 9시가 넘었기에 대강 요기를 하고는 잠 잘 준비를 했습니다. 저부터 샤워를 하라고 하셔서 따뜻하게 쏟아지는 물줄기에 하루의 피로와 긴장을 말끔히 씻어버리고 나왔지요. 그리고 전도사님께서 샤워를 하셨구요. 젖은 머리를 대강 말리고 거울을 보고 단정히 빗은 전도사님께서 이렇게 말씀하시는 것이 아니겠어요?

"한나 자매님! 피곤하지만 오늘 새로 시작하는 귀한 가정을 이루게 하셨는데 우리 서로 감사기도를 하고 자는 게 어때요?"

"아, 조~오치요!"

저도 약간 수줍은 새신부의 표정(?)으로 다소곳이 대답했지요. 드디어 가운데 테이블에 마주 앉아서 기도할 준비를 마쳤습니다. 전도사님께서 준비한 예쁜 편지지에 서로의 감사를 적었습니다. 약 5분 가량이 지난 후 1번부터 감사를 나누면서 기도했습니다. 처음에는 간단히 30분만 하고 자려고 했습니다. 사실 발바닥이 아플 정도로 지쳐 있었거든요. 그런데 1번, 2번, 3번, 4번 돌아가며 감사를 나누고 기도를 하다 보니 서로가 열다섯 가지 이상의 감사가 넘쳤습니다.

처음엔 살살 소리를 낮추어 기도를 시작했지요. 그런데 시간이 지나고, 번호가 넘어갈수록 마음이 뜨거워지고, 성령의 불같은 은혜가 쏟아지는 거예요. 그래서 점점 소리가 높아지고 눈물이 쏟아지고 시간이 가는 줄도 모르게 뜨거운 열기의 기도가 끝날 줄을 몰랐습니다. 급기야는 옆방에서 자고 있던 신혼부부들이 카운터에 신고해서 웨이터와 매니저가 올라오는 바람에 새벽 4시가 지나서야 겨우 불길을 잡을 수가 있었습니다요. 하하하

지금 생각해도 우째 그런 일이 있었는지? 가끔씩 그 얘기를 하면서 배꼽을 찾아 다닙니다.

그 거센 불길을 잡은 후에 전 오른쪽 침대에서 그냥 곯아 떨어졌는데 우리 전도사님은 글쎄 왼쪽 침대에서 밤새 1초도 못 주무시고 꼬박 새우셨다나요? 그 순수하고 고상한 고백(^^)을 결혼하고 한 달이 지나서야 들을 수 있었습니다.

그 후에, 신혼첫날밤 철야기도를 한 이야기를 아직 미혼인 청년들에게 소개하셨답니다. 거룩한 도전(?)을 주시고자 소개하신 분의 뜻대로 많은 형제들이 시도를 해 보았지만 아직도 성공했다는 보고는 없네요. 아무튼 그 후로 생겨지는 첫 시간, 첫 월급, 첫 열매를 온전히 드리는 일들이 약속처럼 시행되었습니다. 매년 첫 시간은 원단금식으로, 매달 첫 날은 감사의 나눔으로, 어느 교회에 가든지 첫 수입은 봉투째 주님께 돌려 드리고 감사를 올려 드렸지요.

아! 얼마나 좋던지요! 내가 가지고 있는 것보다 주님께 드리는 순간 주님께서는 넘치는 기쁨을 허락하셨고, 매일의 삶 속에서 세밀히 간섭하시고 인도하시는 놀라운 은혜를 주셨습니다. 그 이후로 지금

까지 만 15년이 넘게 결혼 생활을 해오고 있지만 아직까지 권태기란 단어를 경험하지 못했고, 셋만 구한 자녀를 더블로 주시는 놀라운 축복도 허락하셨습니다.

  이 모두가 하나님 앞에 첫 것을 드리겠다고 약속하고 지금까지 신실하게 지키고자 노력했던 우리의 작은 마음을 보시고 그저 불쌍히 여기셨던 주님의 긍휼 덕이었습니다. 두 배 세 배가 아니라 여섯 배로 심으시고, 앞으로 펼쳐질 무한대의 꿈을 꾸게 하셨고, 그 안에서 육십 배, 육백 배, 육천 배 이상의 가능성을 보게 하셨습니다. 저는 이 땅의 모든 믿는 자들의 결혼을 통해 온 지구촌에 신실하게 펼쳐질 하나님 나라를 바라보고 싶습니다. 그리고 오늘도 짝을 찾아 헤매는 자매들에게 이렇게 외치고 싶습니다.

"될 수 있으면 사모가 되세요!
평생 동안 엄청 수지맞아요(?) ^^"

사랑합니다. ^&^

가장 효과적인 하브루타의 장소는 매일 가정의 식탁입니다.
가족들이 함께 밥을 먹으면서 자기의 생각을 나누고 질문하는 습관은
자녀들의 미래와 삶의 목표를 정해주는 귀한 시간입니다.

 김치부침개 감사

요즘 며칠간을 찌뿌드드하게 지냈습니다. 모두가 기도하기에 '감사해야지'하고 마음을 다잡아도 왠지 말수도 적어지고 일이 손에 잡히지가 않았지요. 즐거운 마음이 사라진 상태에서 일을 하려니 힘만 들었습니다. 게다가 그런 엄마의 얼굴에 울고 웃고 하는 아이들의 눈동자가 저를 따라 다녀서 괜히 신경도 쓰였습니다.

오늘은 매일 채소밭에 물을 주는 둘째가 요즘 시험기간이라서 제가 꼬마들을 데리고 뒤뜰로 나갔습니다. 얼마 전 뒤꼍에 뿌려놓은 씨앗들이 벌써 고개를 내밀었네요. 얼마나 반갑던지 가까이 가서 쪼그리고 앉아 한참을 보았지요.

"얘들아~~ 이리 와 봐. 상추랑 쑥갓이랑 깻잎이랑 호박, 오이 너무 예쁘다. 이것 좀 보라니까."

엄마 소리를 듣고 잔디밭 가장자리 시멘트 블록 위로 쌩쌩 스쿠터를 타던 아이들이 이곳저곳에 타던 것을 내던지고 달려옵니다.

"어디~ 엄마? 어디~~? 우와>>>>>>>!!!"

우리 집 꼬마들 눈이 휘둥그레집니다.

"엄마, 이게 상추야? 이건 뭐지?"

"응. 쑥갓, 이건 근대고 이건 아욱, 그리고 이건 약쑥이라는 거야."

"엄마, 맛있는 거만 심지. 쑥갓은 맛이 없는 건데." 야채를 싫어하는 다섯째 예일이의 입이 쭉 나옵니다. 그러더니 곧 "와 이건 깻잎이네? 엄마, 깻잎이 커~지면 나 다 줘야 돼? 응?" 양념깻잎을 유난히 좋아하는 예일이가 먼저 찜을 하네요. ^^

"예일아, 이거 너 혼자 다 못 먹어, 지금은 작지만 커지면 잎이 굉장히 많아지거든? 그때 엄마가 맛있게 반찬 만들어 줄게. 다 같이 먹는 거야. 알았지?"

"네에."

대답 소리가 어째 힘이 없네요. 그저 욕심은 많아 가지고. 어쩜 꼭 절 닮았는지 막내 조수아랑 넷째는 벌써 물을 준다고 호스를 가지고 서로 싸웁니다.

"내가 먼저 할래~ "

"아니야 내가 누나니까 먼저 해야 돼~~~ 엄마~~~"

"너희들 싸우면 다 들어가라고 그런다? 한 사람씩 나눠서 하면 되잖아."

결국 누나인 예나가 조수아에게 지고 말았네요. ^^

얼마 전 시어머님께서 다녀가셨을 때 밭도 다시 갈아주시고, 씨도 뿌려 주셔서 물만 며칠 준 것밖엔 한 것이 없는데 이렇게 파란 싹이 돋고 한 뼘씩 자라주다니 참으로 고맙고 귀하다는 생각이 들었습니다. 지난 겨울 흑염소 가게 하시는 집사님께서 흑염소 즙을 만들고 버리시는 찌꺼기를 여러 봉지 건네 주셨지요. 아무래도 다른 비료보다도 땅을 비옥하게 하는 데는 영양만점일 것 같아서 큰아이랑 땅을 파서 묻어 놓았지요. 그래서 이번 농사는 벌써부터 남다른 기대를 걸게 되네요. 사람이 먹는 그 좋은 보약을 같이 먹고 클 테니까요. ^^

아무튼 한참을 돌아가며 물을 주고 아이들과 "깔깔깔, 호호호" 하다가 무성하게 자란 4년 넘은 부추가 눈에 들어와 소쿠리를 가져다가 밑동까지 잘라낸 부추 다발을 한 바구니 가득 담았습니다. 다른 채소와는 달리 4년이 넘도록 잘라먹으면 또 자라고 씨가 퍼져 많아지고 또 잘라먹고 하면서 지금까지 우리 집 식탁에 풍성한 비타민을 공급했던 고마운 부추. 나의 삶도 부추처럼 주고 또 주어도 계속 자라나고 풍성해지는 넉넉한 삶이었으면 참 좋겠다는 생각이 드네요.

싱싱하고 푸짐한 부추를 씻는데, 언제 나왔는지 둘째 예지가 메뉴를 정해놓습니다.

"엄마! 오늘은 부침개 해 먹으면 되겠네요? 김치도 많이 있고, 부추도 이렇게 많으니까."

"그래. 안 그래도 김치부침개를 할 참이었지. 거기 밀가루 좀 꺼내줄래?"

"엄마, 새우는 안 넣을 거야?"

셋째, 예진이가 참견을 하네요.

"난 새우는 싫은데 언니 거만 넣어요"

까다로운 넷째 예나가 주문을 따로 합니다.

"알았어. 엄마가 따로 따로 만들 거야. 맛있겠다. 그치?"

밀가루에 칡가루도 조금 섞고, 생식도 한 봉지 넣고, 소금, 후추도 조금 뿌려서 물을 넣어가며 거품기로 휘~휘~ 저었습니다. 냉장고에서 신 김치를 꺼내서 송송송 썰어 반죽에 붓습니다. 깨끗이 씻어놓은 부추를 거의 국물이 없을 정도로 가득 썰어서 넣습니다. 작은 볼에다 새우 섞을 반죽을 따로 붓고는 레인지에 프라이팬을 두 개 올려놓습니다. 아이들이 궁금할 시간이니 프라이팬 하나 가지고는 입맛만 다시게 되거든요? 저까지 일곱이니까요. ^^

달궈진 팬에 올리브기름을 한 방울 둘러 돌리고는 국자로 반죽을 얇게 폅니다. 한쪽에는 '부추를 넣은 김치부침개'를, 다른 한쪽은 마른 새우를 보기 좋게 뿌려 놓은 '새우도 넣은 부추김치부침개(?)'를 부칩니다. 벌써 젓가락을 든 아이들 중 반은 제 옆에 서있고, 반은 식탁에 앉아서 입맛만 다시고 있네요. 금방 익어서 뒤집어진 따끈따끈한 부침개 때문에 고소한 냄새가 온 집안을 진동합니다.

"엄마~~~ 아직 안 됐어요? 와 냄새 좋다~~ 킁킁ㅋㅋㅋ"

저까지 일곱 개의 코가 들썩들썩합니다.

"엄마~ 나 레디 투 잇(ready to eat)! 오케이?"

"나도~요!" "미 투(me too)!"

"미 투" "미 투" "미 투~~~"

아이들의 6중창이 시작될 쯤 큰 접시 두 개를 들고 서 있던 예은이와 예지의 두 손 위에 먹음직스런 부침개가 떠억~하고 얹혀 집니다.

"자. 뜨거워. 조심해라~" 식탁으로 달려가 가위로 재빠르게 한입 크기로 썰어 놓습니다.

"후후후 아, 뜨거워. 쩝쩝쩝 오물오물 짭짭짭 ^ㅁ^"

6부로 울려 퍼지던 합창이 막을 내리고 누구 하나 말하는 사람이 없습니다. 그저 한 조각이라도 더 먹으려고 열심히 입을 다물고 오물오물 조용하네요.

금방 두 접시가 동이 나고 마지막 조각이 날아가기 전에 또 김이 모락모락 오르는 부침개 두 판이 빈 접시에 올려 집니다. 얼른 가위로 조각을 내주면 또 눈 깜짝 할 사이에 없어집니다. 전 그저 부쳐서 나르고 잘라 주고 하면서 종종걸음을 칩니다. 두 판씩 세 번을 나르고야 겨우 제 차례가 옵니다. 가운데 놓고 떠먹던 동치미가 어느새 동이 났네요. 냉장고 김치 병에서 동치미를 꺼내 채워 놓고는 물병을 갖다 놓습니다. 컵 여섯 개에 일제히 따라놓은 가득한 물이 삽시간에 사라집니다. 이제 거의 배가 부른지 하나 둘씩 일어나네요.

큰 아이들은 산더미 같은 숙제하러 다시 제 방으로 들어가고 3, 4, 5, 6번은 화장실에 들러 볼일 보고 손을 씻고는 둘씩 짝지어 놀이방으로 가네요. 배가 불러 기분이 좋아져서 쿵쿵 쾅쾅 하하 호호 금방 시끌시끌 집안이 왁자지껄한 장터로 변합니다. 아까 놀던 소꿉장난도 마저 하고 한쪽에선 엎드려 그림도 그립니다. 아이들이 뿔뿔이 흩어지고 저만 덩그러니 식탁에 앉아 맛난 부침개를 독차지합니다. 아이들이 얼마나 맛있게 먹던지 저는 이제 막 젓가락을 들었는데 먹기도 전에 벌써 배가 부르네요.

잘 먹어 주는 아이들이 있고, 좋은 먹을거리가 있어서 감사한 마음이 듭니다. 육해공이 두루 들어있는 진수성찬은 아니지만 얄팍한 부침개 몇 장으로도 행복할 수 있으니 이미 풍성한 천국이네요. 아이들이 많아 까다롭지 않게 이것저것 맛있게 먹을 수 있는 것도 참 고마운 일이구요. 건강도 주셔서 지칠 만하면 아이들 때문에 에너지를 얻고 즐겁게 살게 해 주시니 이 또한 큰 감사네요. 작은 집이지만 뒤뜰도 있고 채소도 심을 수 있는 마당이 있어서 작은 사랑을 심고 먹게 하시니 얼마나 감사한지.......

방이 3개 뿐인 작은 집이지만, 아직 아이들이 어려서인지 조금도 작다고 느껴지지 않게 넉넉한 마음을 주신 것도 큰 감사구요. 채소는 물론 여섯째 딸(?)인 우리 집 강아지 '빠삐'와 어항의 열대어들. 주님이 주신 축복의 기업, 예은, 예지, 예진, 예나, 예일, 윤호 모두가 무럭무럭 잘 자라는 축복을 날마다 보게 하시니 김치부침개를 한가득 입에 넣으며 쏟아지는 감사로 목이 메네요.

'하필 이럴 때 눈물이 나올 게 뭐람? 요즘은 왜 이리 눈물이 많아졌는지. 원!'

눈물이 글썽해져 앞이 희미해진 눈을 껌뻑거리며 입안 가득한 행복을 꼭꼭 씹어 삼킵니다. 오늘따라 늘 해 먹던 부침개가 왜 이렇게 맛이 있는지. 쩝쩝 짭짭. ^^

저녁에 오실 사랑하는 남편을 위해 남겨놓은 반죽에 비닐 랩을 씌우면서, 오른손으로 쓱쓱 기쁨의 눈물을 훔칩니다.

"여보~ 빨리 오세요. 오늘 부침개는 특별히 더 맛있다니까요? 후후 하하하ㅎㅎㅎㅎㅎ......" ^*~

왼쪽) 2006년 가을. 여섯째 막내.
조수아의 킨더가든 (유치원) 발표회

2007년 여름. 레돈도 비치에서
넷째, 다섯째, 여섯째, 연년생 막내들^^

입양 에피소드
여섯도 많지 않아요

저희 집엔 보물단지가 여섯입니다. 처음부터 계획한 건 아니지만 완벽하신 주님께선 우리의 계획 속에 있는 빈틈을 주님의 은혜로 빼곡히 채우셨습니다.

처음에는 하나는 너무 외로울 것 같고, '아들 둘에 딸이 하나 있으면 참 좋겠다' 막연하게 그림을 그렸지요. 그러다가 첫째도, 둘째도, 셋째도 계속해서 딸을 주시기에 '딸도 귀한데 이제 그만 낳아야겠다' 마음먹었습니다. 그래서 선도 안보고 데려간다는 셋째 딸을 낳고는 아예 돌 사진을 대형가족사진으로 박아 버렸습니다. 이제 끝인 줄 알고 큰맘 먹고 거금(?)을 들여서 가족사진을 찍었답니다. 지금도 우리 집 거실 한복판에 걸려있는 '1차 가족사진' 속에는 저희 부부와 우리 집 아이들 셋(1, 2, 3번)이 환하게 웃고 있습니다. 진짜로 마지막 가족사진이 될, 2차는 언제 찍게 될지 아직 모르지만요. ^*^

그런데 주님께서 저희 집에 정해 놓으신 아이들은 그 후에도 계속해서 저희의 계획하고는 상관없이 앞을 다투어 나왔습니다. 셋째 이후로 6개월짜리 아이를 자연유산하고서 상심한 저에게 위로하고자 작정하신 주님께서 만 3개월이 지난 어느 날, 넷째 예나가 깨끗이 청소된 제 자궁에 새 생명의 움을 틔우고 있었습니다. 그리고 그 다음 해에는 다섯째가 14개월 차이로 태어나고, (넷째 돌잔치를 제 손으로 음식을 해서 차렸는데 그날 제 배가 남산보다 조금 낮은(?) 높이여서 음식을 배에 걸쳐 날랐다는 이야기가 전해 내려오고 있답니다요. 하하하) 그리고 조금 쉬었다가(^*^) 18개월 차이로 여섯째 조수아가 태어났습니다.

　막내 돌잔치 때는 한 살짜리, 두 살짜리, 세 살짜리 아장거리는 베이비 셋을 데리고 어마어마한 손님들을 모신 떠들썩한 잔치를 했었지요. 저희는 그저 조촐하게 하려고 했는데 딸 다섯을 낳고 여섯째에 아들을 낳으니 여기저기에서 소문을 듣고 달려오시는 통에 처음 계획의 3배가 되는 손님들이 오셨습니다. 뭐 '인간승리'라나요? 하하하하. 그래서 그날 저희의 모든 일가친척들은 마지막까지 배를 움켜쥐고, 금식 아닌, 굶식을 하다가 결국에는 남은 음식으로 먹어야 했답니다. 그렇게 주님께서 주신 아름다운 아이들이 여섯이 되었는데 아무리 생각해도 많다는 느낌이 안 드니 참 대책 없는 엄마이지요? 하하하 ^&&^

　그런데 얼마 전부터 남편과 저는 심각한 고민을 해야만 했습니다. 저희 집하고는 오래 전부터 잘 알고 지내는 가족 같은 성도님 부부가 저희 아이들 중 하나를 입양하시겠다는 의사를 조심스레 밝히신 것입니다. 이곳에서도 모범적인 부부로 손꼽히시는 분들이고, 모든 일에 존경을 받는 부부이신데 단 한 가지 안타까운 일은 결혼하신지 20년 가까이 되시는데 아직 아이가 없는 것이었습니다. 두 분이 자녀 문제로 오랫동안 기도를 하시던 끝에 입양을 하기로 결정하셨답니다. 그런데 이왕이면 저희 집 아이들 중 하나를 데려다가 친자식 이상으로 잘 키워주시겠다는 말씀이었습니다. 모르는 분도 아니고 가난한 이민목회자인 저희 부부와 아이들의 어려움을 덜어주시고자 하는 그분들의 따뜻한 마음을 알기에 처음에는 깜짝 놀랐지만 그 마음은 고마웠습니다.

그도 그럴 것이 저희 집 식구가 총 여덟 식구인데 목회자 사례가 이곳 미국에서의 생활비 평균치에도 못 미치는 수준인 걸 잘 아시는 분들이라서 더더구나 그런 제안을 하신 것 같았지요. 그래도 우린 교역자 집안에서 자란 사람들이라 목사들은 으레 이렇게 사는 것이 행복한 것이라 여기며, 불편한 것도 없고 부족함 없이 잘 지내고 있었는데 모든 것이 풍족하신 그분들이 보시기에 많이 안타까우셨나 봅니다. 그 마음을 알기에 저희 부부는 서로 얼굴만 바라보고 금방 대답을 못 드렸습니다. 그리고 좀 기도해 보겠노라고, 생각해 주셔서 참 고맙다고 인사를 드리고 헤어졌지요.

그런데 참 이상하지요?

아무리 생각하고 아무리 따져 봐도 도무지 보낼 만한 아이가 없더라구요. 큰아이 예은이는 그 이름대로 '예수님의 은혜'로 만 15살이 되도록 잘 자라주었고, 초등학교, 중학교 졸업 땐 백악관의 금딱지가 붙은 부시 대통령의 사인이 있는 대통령상을 받은 딸인 만큼 예은이의 꿈인 '산부인과 전문의'로 잘 키워보고 싶은 부모의 자랑스러운 첫 딸이기에 도저히 누구에게도 줄 수가 없었습니다. 맏딸은 살림밑천이라고 하듯이 모든 면에 생각이 깊고, 다섯 동생들을 잘 다루고 이끄는 착한 딸을 말이지요.

둘째 예지는 이름처럼 '예수님의 지혜'로 잘 자라주었고 언니처럼 초등학교 졸업 때, 대통령상을 받았을 뿐만 아니라 듬직한 맏딸과는 달리 하루 종일 보조개가 움푹 패도록 잘 웃어서 '백만 불의 미소'라는 별명이 붙은 애교만점의 딸입니다. 엄마를 제일 많이 도와주는 살림꾼이라서 저희 두 어머님께서 오시면 한결같이 예지는 지금 시집보내도 되겠다고 말씀하십니다. 그런 예지를 어떻게 보낼 수 있겠습니까?

그 다음 셋째 예진이(예수님은 최고의 진리)를 생각했는데, 셋째는 아예 저희 남편이 안 된다고 손부터 내저었습니다. 왜냐구요? 둘째 낳고 6년 만에 낳은 아이라서 아이를 가졌을 때부터 아빠가 정신을 못 차리셨거든요. 매일 밤 그 아이가 자라고 있는 배에 손을 대고 그만하라고 할 때까지(^^) 축복의 안수기도로 부흥회를 하셨고, 아이가 태어나자마자 '100미터 녹용'이라는 별명을 지어주셨습니다. 왜 100미터 녹용이냐구요? 그 예쁜 셋째 딸의 그림자가 100미터 앞에서 비치기만 해도 녹용의 효과가 나기 때문이라네요. 그 효과는 모든 피로가 한꺼번에 풀리는 것은 물론이고 눈꺼풀의 힘이 풀리면서 그냥 말을 할 수도 없이 좋은 기분이 드는 것이랍니다. 남편이 하도 셋째를 예뻐하니까 옆에 계신 저희 시어머님께서 세상에 딸 셋 낳고 저렇게 좋아하는 남자는 내 평생에 처음 본다고 하셨지요. 색동저고리 요셉과 같은(지금도 아빠의 특별 사랑을 받고 있기에) 딸, 선도 안 보고 데려간다는 셋째 딸이기 때문에 아예 셋째는 생각도 하지 말라고 했습니다.

그리고 밑으로 연년생 동생을 둘이나 본 넷째 딸 예나는 여섯 중에 제일 약했습니다. 이름의 뜻도 '예수님의 나라'이기에 너무도 귀한 딸이지요. 우리 가문에 예수님의 나라를 이룰 보배라고 할까? 우리 집 아이들이 다른 집 아이들보다 많이 건강한 편입니다. 음식도 동, 서양 가리지 않고 다 잘 먹는 편인데 유독 넷째 예나만 순 한국식 음식이 아니면 거의 입에도 대지 않습니다. 다섯 살이 지난 지금까지 햄버거, 핫도그, 피자 같은 음식은 아예 입에도 대지 않으려 하고 그저 잡곡밥에 김치, 청국장, 된장찌개 같은 순 한국음식만 좋아하네요. 식탐도 거의 없어서 매 끼니마다 배가 고프지 않을 정도로만 적당히 먹고, 아무리 맛있는 것이 있어도 절대로 과식을 하는 법이 없어서, 어떤 때는 이 아이가 정말 다섯 살짜리 꼬마인지 다 큰 어른인지 고개가 갸우뚱해지곤 합니다.

그리고 여섯 중 제일 말이 없는 편이라 꼭 필요한 말 이외에는 잘

하지 않는 과묵형이지요. 그래서인지 관찰력이 뛰어나고 책을 엄청 많이 읽으며 하루를 보내는 '학구파?'로서 우리 집 과학자이지요. 더구나 가슴이 아픈 것은 돌 지난 지 두 달이 채 안되어 동생을 보고, 또 두 살이 조금 넘어 또 동생을 맞아야 했던 아이라는 점입니다. 엄마 사랑을 가장 많이 못 받은 아이랍니다. 그래도 착하고 순해서 아직 아기였으면서도 두 동생 보느라 바쁜 엄마 근처에는 오지도 않고, 샘도 부리지 않았던 예나입니다. 오히려 치근대고 징징대지 않는 것이 더 안쓰럽고 미안한 마음이 들어 엄마를 안 보이는 데서 울게 했던 속이 깊은 아이지요. 그러니 더욱 엄마 품을 떠나보낼 수가 없었습니다.

아이들을 재워놓고 저희 부부 둘이서 서로 얼굴만 쳐다보고 긴긴 한숨을 쉬었습니다. 이제 남은 막둥이 둘은 딸 막내, 아들 막내라서 아예 생각하기도 싫었습니다. 여섯 아이가 다 예쁘고 귀하지만 막둥이 둘 예일이와 윤호는 내리사랑이라고 내려갈수록 아주 우리 부부의 혼을 빼놓습니다. 애교와 재롱을 곱빼기로 피우는 두 녀석 중에서 예일이는 '예수님의 일꾼, 예수님이 제일'이라는 이름 뜻이고, 윤호는 장손이라고 시부모님께서 호적에 있는 항렬 돌림자로 이름을 지어주시는 바람에 우리 집 돌림자로 지은 '예찬'(예수님 찬양)이란 이름을 쓰지 못하고 있어서 영어 이름 조수아로 통일했습니다. 마지막 5번 6번은 엄마, 아빠의 피로 회복제이고, 웃음의 도가니이고, 하루 종일 보아도 싫증이 안 나는 눈에 넣어도 아프지 않다는 막내둥이랍니다.

"아, 여보. 어떡하지?"

".."

둘이서 거의 며칠 밤을 새우며 고민 고민하다가 드디어 결론을 내렸습니다. 아무리 생각해도 보낼 아이가 없다구요. 절대로 절대로 여섯이 많지 않다구요. 아직 아이들이 어려서 그런지 여섯을 다 한곳에 모아놓아도 전혀 많다는 느낌이 안 드네요. 저 뿐 아니라 남편도 100%, 200% 같은 생각이랍니다.

"여보! 정말로 여섯이 안 많네? 요즘사람들이 이 비밀을 알면 우리보다 더 많이 낳을 텐데... 그렇죠? 하하 호호 ^^"

며칠 뒤에 입양 제의를 하셨던 부부를 만나 정중하고 작은 목소리로 저희의 사정을 말씀드렸습니다. 물론 그분들께서 저희 가족에게 호의와 사랑을 가지고 주셨던 제안인 것을 잘 알고 있기에 죄송하고 미안한 마음이었습니다. 그분들도 "목사님 댁 사정을 누구보다도 잘 알고, 또 우리도 귀한 아이를 입양해서 키워보고자 마음에 결례가 되는 줄 알면서도 이런 말씀을 드렸습니다. 목사님과 사모님께서 이렇게 말씀하실 줄 알았습니다. 정말 미안합니다."라고 말씀하셨습니다. 그렇게 서로가 미안해하면서 우리 네 사람이 손을 맞잡고 서로를 위해 울면서 축복기도를 하고는 헤어졌습니다.

돌아오는 길에 저희 부부는 서로 마주보고 새끼손가락을 걸며 약속을 했지요. 이 아이들을 주신 하나님 앞에 늘 감사하며 살자구요.

세상 사람들이 이해 못 하는 기쁨을 주셨는데 행여나 이 아이들의 마음에 생채기를 내는 잘못을 범하지 말자고요. 이 아이들을 잠깐 주님께서 우리 부부에게 맡기신 하나님의 보배로운 기업으로 여기고. 우리는 지혜롭고 충성된 청지기로서 최상의 사랑을 맘껏 먹이자고요. 우리 힘으로 안 되는 부분은 철저하게 주님께 맡기고, 기도하며 인내하면서 겸손한 마음가짐으로 잘 섬기는 친구같이, 형같이, 누나같이 탁 트인 부모가 되어 보자고요.

그게 그렇게 쉽지만은 않지만 우리 안에 계신 주님께서 늘 도우시기에 가능함을 알고 있지요. 이번 일을 통하여 더욱더 우리 가정을 하나로 묶어 주시고, 감사를 되찾는 축복을 주신 하나님을 두 손 들어 찬양했습니다.

"주님! 너무도 부족한 저희들인데 이렇듯 귀하고 복된 자녀를 여섯이나 주시다니요. 아! 너무도 가슴이 벅차고, 목이 메어서 어찌할 줄을 모르겠네요. 주님! 귀한 축복을 잘 받아 누리는 준비된, 긍휼을 입은, 은혜로 사는 겸손한 부모가 되게 하소서. 아멘! 아멘! 아멘!"

* 우리 집 보물들 다 예쁘지요?
이젠 누구도 달라고 하지 마세요? ㅋㅋㅋ
절대로 절대로 여섯이 많지 않다니까요.

 주유소 사건

어제 저녁이었습니다. 저는 금요일 '목자훈련'에, 큰 아이들 둘은 중고등부 성경공부에, 그리고 나머지 3, 4, 5, 6번은 엄마 들러리 일을 하러 갈 시간이었습니다. 학교에서 돌아온 아이들을 부랴부랴 숙제 시키고 저녁밥을 일찌감치 먹인 후 교회로 달렸습니다. 신나게 달리다가 이제 조금만 더 가면 교회에 도착하겠다 싶었는데 그만 고속도로 위에서 연료 게이지가 껌뻑거리더군요. 기름이 다 된 것입니다. 천장에 붙은 연료 게이지 버튼을 눌러보니 기름이 바닥이었습니다.

 순간 기름을 준비 못해 슬피 울며 이를 갈던 미련한 다섯 처녀의 비유가 생각나면서 준비성 부족했던 저를 자책했습니다. '다저녁인데 어디 가서 기름을 채워 넣는담? 아무튼 고속도로가 끝나는 길까지 조심해서 가야 될 텐데. 어째 아까 시동 걸 때 이것이 안 보였단 말인가? 그러게 미리 미리 점검했어야지. 아이들 가득 싣고 다니는 소대장이 되어가지고서는 쯧쯧쯧!!!'

그런 엄마의 맘을 아는지 모르는지 우리의 아가들은 뒤에서 노래를 하고, 깔깔깔 넘어가고, 언니야~ 누나야~ 그야말로 차가 들썩거리는 볼 만한 수준이었지요. ^^

그래도 큰아이라고 옆에 앉은 큰딸 예은이만 걱정스런 눈빛으로 엄마를 위로하네요.

"엄마, 금방 고속도로가 끝나요. 로컬(Local)로 나가자마자 주유소가 있고, 아직 6시가 안 됐으니까 사람들도 꽤 있을 거예요. 내가 보디가드 해 줄게요."

사실, 이곳에서 해가 진 저녁에 주유소에서 기름을 넣는다는 것이 그리 권할만한 일이 못 되기에, 저도 조금은 걱정이 되었습니다. 그래도 엄마라고 안 그런 척 넉살을 떨었지요.

"괜찮아, 이 정도면 주유소까지는 안전하게 갈 수 있어. 아직 초저녁이고."

엄마의 자존심을 살리려 애써 태연한 표정으로 큰소리는 쳤지만 그래도 상황이 상황인지라 속으로만 "주님! 도와주세요!"를 되뇌면서 조심조심 기어갔습니다.

드디어 고속도로가 끝나고 시내로 들어섰습니다. 눈앞에 보이는 가까운 주유소로 무조건 들어갔지요. 다행히 기름을 넣고 있는 사람들이 서너 명 보였습니다. '휴~! 감사합니다!' 하고는 사방을 둘러보면서 조심스럽게 내렸습니다. 만약을 대비해 큰아이보고 문을 안으로 잠그라고 했지요. 그리고는 창구로 가서 돈을 내고 얼른 기름을 넣기 시작했습니다.

그런데 저 쪽 맞은편에서 온통 얼굴에 수염이 가득한 흑인이 이리로 걸어오는 게 아니겠어요? 순간 온 머리칼이 주뼛주뼛 서고 한기가 온몸을 휘감았습니다. 그리고는 거의 무의식적으로 간절한 기도가 터져 나왔습니다. 두 손으로 기름 넣는 호수를 꽉 부여잡은 채로 말입니다.

"하나님! 살려주세요. 지금 교회 가는 길이잖아요? 저 지금 많이 무서워요. 차 안에 아이들이 가득하고, 기름은 넣어야 하는데 아무 일 없게 해 주세요! 눈동자같이 지켜주신다는 약속을 믿습니다. 주님....!!!"

눈을 꼭 감고 소리를 내어 기도하고 있는데 누가 내 옆에 서 있는 느낌이 들었습니다. 순간 헉하고 놀랐지만, 그래도 '기도했는데 별 일이야 있으려고?'하는 마음에 한편으론 안심이 되었습니다. "주여!"하고 외치고선, 눈을 떠보니 산타크로스 같은 흑인 할아버지가 허름한 옷을 걸치고는 얼굴에 웃음을 가득 담고 서 계셨습니다. '아까는 분명히 험상궂은 인상이었는데 어찌된 일이지?' 아마도 컴컴한 불빛에다가 놀란 가슴까지 겹쳐서 제대로 볼 수 없었던 것이지요.

"Do you have a quarter? I'm so hungry
(돈 좀 주세요. 배고파요)!"

배가 많이 고픈 표정으로 동전을 구하는 흑인 할아버지의 눈빛이 너무도 처량해 보였습니다. 순간 아이들 간식으로 빵이랑 음료수를 넣어 온 게 번뜩 생각이 났지요. 그래서 잠깐 기다리라고 하고는 차문을 열고 간식으로 가지고 온 빵과 음료수를 꺼내 내밀었습니다.

"땡큐! 땡큐..! God bless you! bless you! Thanks!"

정말 별것도 아닌, 작은 빵 한 조각에 온 몸을 굽실거리며 인사를 해대는 흑인 할아버지가 너무도 불쌍하고 안쓰러웠습니다. 다행히 싸늘했던 추위가 지나고 선선한 바람만 불어와 할아버지가 걸쳐 입은 얇은 외투가 그리 추워 보이진 않았지만요. 그래도 허겁지겁 찬 빵을 목이 메어져라 입에 넣으며, 허기를 채우는 모습이 안쓰러웠습니다.

그런 내 마음을 아는지 차 안에 있던 큰딸아이가 문을 열고 두 손을 내미네요. 차 안에 있는 동전 통에 가득 채워졌던 동전들과 1불짜리 지폐 몇 장이 두 손에 가득 채워져 있었습니다. 빵을 얼추 다 드신 후 주스를 마시던 할아버지가 돈을 보시더니, 먹던 것을 다 내려놓고 두 손을 내밉니다. 양쪽 주머니에 한가득 동전을 넣고는 다시 고맙다는 인사를 연거푸 하시면서 다른 손님에게로 다가갑니다. 이곳 고속도로 근처와 주유소 등에서 흔히 보아왔던 노숙자들이지만, 오늘따라 유난히 마음이 저려옵니다.

"주님! 저들도 나와 똑같은 행복을 누려야 할 사람들인데요. 이까짓 몇 푼의 돈이 얼마나 저들의 삶에 도움이 되겠어요? 영원한 것,

주님의 생명만이 저들을 살릴 수 있을 텐데. 주님 오늘도 내 주위에 헐벗고 연약한 이들이 너무나 많이 보입니다. 제가 할 수 있는 일이 무엇이 있을까요? 저들을 위해 어떤 기도를 해야 하나요? 주님!...........!!!"

기도를 하면서 다시 기름을 넣었습니다. 그런데 이상한 게 보였습니다. 그동안 그 많은 주유소를 찾아다니며 20년이 넘도록 기름을 넣었지만, 기름 넣는 호스를 작은 구멍에 넣었을 때 휘발유가 콸콸콸 소리를 내며 시원하게 쏟아져 들어가는 것을 새롭게 본 것은 그날이 처음이었습니다.

"아! 성령의 기름, 성령의 기름!!!"

갑자기 두 눈에서 눈물이 콸콸 휘발유처럼 쏟아졌습니다. 순간 제 남편 생각이 났기 때문입니다. 주님께서 평생 주님의 종이 되라고 세워주신 남편인데 사랑하는 남편에게 이처럼 쏟아지는 성령의 기름이 날마다 부어진다면 얼마나 좋을까? 날마다, 순간마다 성령의 충만한 기름을 공급받는 종이 되어야만 이 어려운 이민목회를 거뜬히 감당할 수 있을 텐데....... 주님! 주님......!!!

기름을 넣다 말고 너무나 눈물이 쏟아져서 안경을 벗어야 했습니다. 안에서 유심히 살펴보던 아이들의 눈동자 12개가, 일제히 커다란 사이즈로 늘어나서 오른쪽 차창 밖으로 쏟아지면서 선팅이 된 두꺼운 유리가 깨질 지경입니다. 급기야는 큰아이가 문을 열고나왔습니다.

"**엄**마 왜 그래요? 어디 아파요?"

벌써 키가 엄마보다 훌쩍 커 버린 큰 딸은 동생을 달래듯이 저의 어깨를 껴안고 걱정스레 묻더군요.

"아니 아무것도 아니야. 흑흑!"

아무것도 아니라면서 눈물, 콧물 범벅이 된 안경을 아예 벗어 들고 우는 엄마의 손에서 딸내미는 안경을 받아들며 난처해했습니다.

"근데 왜 이렇게 울어. 다른 사람들이 쳐다보잖아요?"

"그냥 아빠를 위해서 기도하느라고........ 갑자기 눈물이 쏟아진 거야"

딸아이가 내민 냅킨으로 대강 닦아 준 안경을 끼고 나니 벌써 기름이 다 들어가 펌프가 멈춰 있었습니다. 빨리 빼서 제자리에 넣고 운전석에 앉으니 놀란 토끼같이 동그래진 눈들이 심상치 않아 보이는 엄마의 얼굴을 살피고 있었습니다. 엄마의 얼굴에 천국과 지옥을 느끼는 사랑스런 아이들을 바라보면서 또다시 감사와 감격의 눈물이 솟구쳤습니다.

"아! 하나님! 참 감사합니다, 고맙습니다!"

"어? 엄마가 또 우네?"

"우리 엄마는 울보야, 울보!"

막내 조수아가 인상을 쓰며 소리쳤습니다.

"조수아. 엄마가 너무 좋아서 그래, 기뻐서 말이야."

"좋은데 왜 울어? 난 엄마가 우니까 슬픈데."

안되겠다 싶어 옆에 있는 휴지로 팽팽 코를 풀고서, 화사한 웃음을 지으며 우리 아가들을 안심시켰습니다.

"애들아~ 엄만 하나도 안 슬퍼요. 이것 봐, 엄마가 웃고 있지? 기름을 넣다가 하나님이 너무 귀한 선물들을 주셔서 그래. 너무 너무 좋으면 이렇게 눈물이 나는 거야. 흐흐하하하핫ㅎㅎㅎ"

아직 눈가에 덜 마른 따뜻한 액체가 오늘따라 왜 이리 소중하게 느껴지는지 다시 시동을 걸면서 핸들을 꽉 잡고 이렇게 중얼거립니다.

"주님! 기름만 차면 이렇게 잘 달릴 수 있는 차처럼 저와 제 남편도 날마다 성령의 기름으로 충만히 채워져서 날마다 신나고 행복하게 맡겨진 사명을 위해 달려가게 하소서!!!"

너무나 감사합니다! 행복합니다! 날아갈 듯 신바람이 납니다!

하나님의 밸런타인데이 카드
편지 하브루타

내일이 바로 밸런타인데이(Valentine Day)네요. 해마다 이 날이 되면 바빠지는 사람들이 있습니다. 초콜릿을 파는 가게들과 아름다운 꽃을 파는 꽃집이지요. 저마다 사랑하는 사람들에게 무엇인가 선물을 하고 싶어 하네요. 초콜릿처럼 달콤한 사랑을 오래 오래 간직하고파서 예쁘게 포장된 선물상자를 고르기도 하고, 환상적인 분위기의 카드를 골라서 깨알같이 작은 글씨로 사랑의 마음을 가득 채우며 행복해 합니다.

  미국 사람들은 우리네보다도 더 요란하고 화려하게 이 날을 준비하고 기다리는 것 같습니다. 다른 날 보다도 몇 배가 비싼 빨간 장미를 여러 묶음씩 사면서도 조금도 아까워하는 기색이 없네요. 오히려 더 싱싱하고 예쁜 꽃다발을 골라들고는 너무나 행복해합니다. 아마도 사랑하는 사람에게 줄 선물이기에 그렇겠지요. 주고 또 주어도 더 주고 싶은 마음들. 사랑하는 이가 행복해 할 모습만 상상해도 그 얼굴에 천국미소가 떠오릅니다.

저희 아이들도 며칠 전부터 비밀리에(?) 작업에 들어갔습니다. 매년 밸런타인데이가 되면 큰아이의 지도하에 극비로 깜짝 선물을 만들어 내곤 합니다. 아이들이 많다보니 그룹 프로젝트가 되어 버리는 거지요.

저는 벌써부터 눈치를 채고 있지만, 당일까지 모르는 체 딴청을 피웁니다. 그러면서도 은근히 기다려집니다. '이번엔 또 어떤 작품으로 만들어질까?' '근사하게 놀라는 표정을 연출해야 하는데 연습을 할까?ㅋㅋ' 거울을 보며 꼬마 아이들처럼 놀라는 표정을 지어도 봅니다. 제가 봐도 영락없는 코미디지요.. ^^

그런 저를 힐끔 쳐다보며 남편도 한마디 합니다. "이번엔 괴성을 지르지는 말라구. 그냥 입을 딱 벌리고 눈을 있는 대로 크게 늘려서 돌아보다가 순식간에 굳어버린 롯의 아내처럼 말이지 ㅎㅎ" 능숙한 PD의 연출에 귀를 기울이며 도움을 요청해 봅니다. "이렇게요? ㅋㅋㅋㅎㅎㅎㅎ" 그런데 남편이 한참 연습하고 있는 저를 보면서 뭐라고 중얼중얼 하네요.

"하나님의 밸런타인데이 카드는 잘 챙기고 있지?"

별안간 튀어나온 말에 저도 특유의 임기응변으로 받아 넘깁니다.

"그럼요! 올해로 벌써 40장이 넘었는걸요?"

농담처럼 오고간 말끝에 괜스레 분위기가 촉촉해집니다.

'하나님의 밸런타인데이 카드'라? 40장이 넘도록 매해마다 꼬박꼬

박 챙겨주시는 너무도 자상하시고 사랑이 많으신 주님!!! 그러고 보니 정말 당신의 가득한 사랑을 우리에게 주시고자 이 땅에 보내신 예수 그리스도! 그가 바로 하나님의 밸런타인데이 카드였네요. 너무도 소중하고 존귀하신 그분이 미천한 우리들을 위해서 이 땅에 오신 그 크신 사랑을 어떻게 말로 다 표현할 수 있을까요? 우리는 주고 또 주어도 더 주고 싶어 안타까워 하시는 다함이 없는 그분의 사랑을, 이 세상의 그 어떤 것으로도 바꿀 수 없는 놀라운 사랑의 기적을, 아무 대가도 없이 거저 또 거저 받기만 하고 있었습니다.

아...............!

이 귀한 사랑을 받을 땐 어떻게 해야 하지요? 작은 아이들의 사랑에도 그들을 기쁘게 해 주려고 애를 쓰는데 늘 거저 주시고 넘치게 채우시는 하나님의 사랑을 받는 나의 모습을 돌아보았습니다. 너무도 부끄러웠습니다. 주시는 사랑을 받은 기쁨을 하나님께는 성의 있게 표현해 드린 적이 별로 없네요.

이번 밸런타인데이에는 사랑받는 자의 기쁨을 보여드리고 싶습니다. 보이는 사람들에게만이 아니라 보이지 않는 곳에서 항상 나를 지키시고 세밀히 간섭하시는 그분께 말입니다.

"아이 러브 유우.... *^^*!!!!!"

빨간색 립스틱 도장
웰컴 하브루타

샬롬! 비가 잘 오지 않는 캘리포니아에도 오랜만에 여러 날 동안 단비가 내렸답니다. 올해는 공교롭게도 2주 전 남편이 필리핀 집회를 떠난 다음 날부터 우기가 시작되더군요. 근 2주 동안 오락가락하며 온 대지를 적시던 비가 남편 돌아오기 전 날인 어제부터 말끔히 개었습니다.

"아빠가 안 계셔서 하나님도 슬프신가 봐"

"맞아, 하나님 이불이 너무 많아."

2주 동안 하늘에 온통 깔린 회색빛 구름을 보면서 4번과 6번이 나눈 대화입니다. 6번 조수아 눈에는 회색빛 구름이 하나님 이불로 보였나 봅니다. 아무튼 단비에 캘리포니아의 가을이 깊어가면서 아무리 가라고 떠밀어도 안가고 버틸 것 같은 시간들이 어느새 훌쩍 달아나버렸습니다. 드디어 아빠가 돌아오시기 전날 울 아이들의 특기인 그룹프로젝트, '아빠맞이 퍼레이드'를 준비했습니다.

저는 저대로 며칠 전부터 대청소에 들어갔습니다. 어제는 피곤한 줄도 모르고 새벽잠까지 달아나더군요. 문득 '주말부부들은 매주마다 신혼열차를 타겠구나?'하는 부러움까지 들더군요. 저도 고소~한 깨소금 뿌려 맛난 반찬도 만들어 놓고 신랑 맞는 신부의 기쁨을 오랜만에 누려보았습니다. 드디어 사랑프로젝트, '아빠맞이 퍼레이드' 완성!!!

대문 앞에 붙인 커다란 플래카드에는 "웰컴 백(Welcome Back)~!!!" "아빠~ 무지~~하게 보고 싶었어요~!!!"라는 커다란 글씨를 컬러풀하게 그려 넣고, 서로들 빽빽하게 사인을 해 채워놓은 아이들이, 마지막 제 사인은 빨간색^^ 립스틱을 진하게 발라서 한가운데다 찍으라고 성화를 해댔습니다. 아이들 이기는 부모가 없다고 하던가요? 못 이기는 척 있는 힘을 다해서 사랑마크를 찍었습니다. 그리고는 이것저것, 소곤소곤, 속닥속닥, 작전개시!!! ^^*

셋째 예진이는 아빠가 오시는가 사랑망^^을 보고, 다른 아이들은 저마다 가장 예쁜 모습으로 꽃단장을 하고선 현관 근처에 숨어 있었지요. 드디어 아빠를 태운 전도사님 차가 주차장으로 들어왔습니다. 눈치, 코치, 몸치, 발치로 사랑 사인을 주고받은 여섯 아이들과 저는 문이 열리자마자 사랑합창을 하고야 말았지요.

"아빠~ 사랑해요~~~ 무지~~~ 무지요~~~~"
"짝짝, 짝짝짝!!! >>>>>> 와))))))))))))))))))"

"밤빠라 밤빠람~~~ 두그두그두그두그 쨩!!!!!>>>>>"

전도사님과 함께 들어오시다 밖에 걸린 사인을 보시곤 감동하여 서있는 아빠에게 열네 개의 손을 길~게 뻗어 사랑합창이 쏟아지자 넋을 놓고 보던 남편의 두 눈에 행복이슬이 고였습니다. 남편은 두 팔을 벌려 여섯 아이들을 한꺼번에 끌어 안아주었습니다.

오랜만에 아빠가 오신 집안은 온통 기쁨으로 가득차고 그 덕분에 행복반찬으로 꿀맛 같은 저녁식사를 했지요.
역시 아이들에겐 아빠의 자리가 컸나봅니다. 모처럼 빈 공간이 없이 꽉 채워진 집안 거실에서는 사랑향기 가득한 밝은 불빛이 창틈을 통해서 환하게 삐져나왔습니다.

하하 호호 히히 후후후 웃음꽃이 가득한 집안 공기가 하도 훈훈해서 슬그머니 히터를 끄고는 아이들을 재우러 들어갔습니다. 내일 토요일이라 새벽기도를 가야 하는데 하도 흥분해서 잠이 다 달아났으니 어쩌지요?

맡겨진 일을 마치고 무사히 돌아와 준 남편에게 감사하고, 2주 동안 건강하게 잘 자라준 여섯 아이들에게 감사하고. 부족한 우리가정을 위해 시시때때로 중보하며 기도해주신 여러 성도님들과 우리 가정에 사랑을 쏟으시는 많은 분들께, 그리고 사방에 흩어져 성실하게 기도해주시는 양가부모님과 형제들에게 진심으로 감사의 인사를 올려 드립니다. 그리고 이 모든 감사의 노래를 가능하게 하신 좋으신 아버지 하나님께 영광의 박수를 올려 드립니다. 부족한 저희가정에 쏟으신 사랑의 기도가 축복의 부메랑이 되어 각 가정에 부어지기를 기도하면서 마음 가득한 감사와 사랑을 쏟아놓습니다. 사랑합니다.

저도 기도 들어가요
기도 하브루타

오늘 아침은 유난히 맑고 기분이 좋네요. 새벽녘에는 얇은 재킷을 입을 정도로 조금은 선선했는데 아침엔 화창한 봄 날씨가 따사로워서 둘째를 학교에 데려다 주고 오는 길엔 반팔차림으로 운전했습니다. 아침 7시 50분쯤 된 것 같네요. 10분정도 오고 가는 길에 AM.1190 '미주 복음방송'을 듣고 있었지요.

"오늘 하루의 방송순서를 말씀드리겠습니다."

차분한 목소리의 여자 아나운서로 부터 신선한 아침의 기운을 전

달받을 수 있었습니다.

'가만....... 오늘이 3월 24일, 수요일 아침인데~ 참, 오늘이 그날이구나!'

매주 수요일 아침이면 번뜩, 저 자신에게 재확인시키는 일이 있습니다. 남편이 작년 가을부터 갑자기 맡게 된 30분짜리 라디오 생방송 프로그램이 그것입니다. 처음에는 아침 10시 30분부터 11시까지 목요일 아침시간을 맡았었지요.

이곳 남가주 전역에는 한국말로 방송되는 '미주복음방송'이란 12시간짜리 기독교 라디오 방송이 있습니다. 하루 총 방송 시간이 12시간인 방송에서 남편이 맡은 프로그램은 '중보기도의 시간'이라는 생방송 기도 프로그램입니다. 걸려오는 전화도 받고, 팩스로 미리 받은 기도제목도 나누면서 진행되는 이 시간은 월요일부터 금요일까지 다섯 분의 목사님들께서 하루씩 담당하시며 간절히 기도하는 귀한 프로그램입니다. 저도 오래전 이 프로가 생겼을 때부터 지금까지 거의 운전 중에 오고 가며 들을 수 있어서 핸들을 잡고 같이 중보하며 기도했던 애청자 중 한 사람이랍니다.

그런데 작년 가을 갑자기 목요일 중보기도를 맡으신 목사님께서 중요한 일로 그 시간에 못 나오시게 되어서, 저희 남편이 '핀치히터'로 중보기도를 맡게 되셨답니다. 그리고 며칠이 지났는데 방송국에서 전화가 왔지요. 목요일에 담당하셨던 목사님께서 너무 오래 맡아 하셨기에 좀 쉬셔야 하신다며, 잠깐 대신 맡은 방송을 들으신 청취자들 반응이 좋다고 다음 주부터 매주 목요일 30분짜리 생방송을 맡아 달라는 전화였습니다.

이제 새로운 목회지에서 이것, 저것, 할 일이 많아 시간을 내기가 쉽지는 않았지만, 무엇보다 기도하는 일이고 또 다른 프로그램은 설교와 칼럼 등을 맡으신 분이 방송료를 내시면서 하셔야 하는데, 이 '중보기도의 시간'은 무보수로 봉사차원에서 섬기는 프로그램이라서 특별한 보람도 있고 늘 하는 기도지만 같은 마음을 가진 청취자들과 마음을 모두고 간절한 사랑을 모아 합심하여 기도하면 하나님의 마음을 더욱 기쁘게 해 드리는 귀한 방법인 것 같아서 2주일간 기도한 후 결정하기로 했었습니다.

물론 전혀 편집이 안 되는 완전 '생방송'의 공개적인 프로인지라 부담스러운 마음이 있었지만 일단 기도해 보기로 했었지요. 그런데 남편과 함께 기도하면 할수록 순종하는 마음으로 방송을 맡아야겠다는 생각이 들었습니다. 그래서 그 2주 후부터 중보기도 시간을 맡아 진행하게 되었고 매주 목요일에 하던 시간을 얼마 전에 수요일로 바꾸게 되었지요.

거의 매일 새벽 4시 10분이면 교회로 나가셔서 늦은 저녁이 되어야만 들어오시는 '별보기형 스타아빠 ^^'이기에 일주일에 유일하게 쉬시는 목요일 저녁에만 식구들과 같이 저녁식사를 하게 되니 우리 집 어린 꼬마들의 적지 않은 항의(?)를 받고 계시지요. 왜 '바쁜 아빠 = 나쁜 아빠'라고들 하잖아요? 거의 하루 종일 못보고 사는 아내에게 그래도 유일하게 사랑을 표시하는 방법이 하루 두세 번 전화하는 일인데 제가 거의 핸드폰을 사용하지 않는 편이니까 그것도 여의치가 않은 형편이랍니다.

그런데 중보기도를 시작하고 난 다음부터는 오히려 제가 더 그 기도시간을 챙겨서 기도하게 되더군요. 남편도 생방송이라는 부담이 있고 해서 꼭 방송을 들어가기 전에 핸드폰으로, 방송국 주차장에서 집으로 전화를 넣습니다.

"여보~! 나 지금 들어가요."

그 짧은 메시지 속에서도 가장 가까운 아내에게 전해지는 간절한 마음을 읽을 수 있었습니다.

"알았어요.. 여보! 지금부터 저도 기도 들어가요!!!"

아무리 바쁜 일이 있어도 될 수 있으면 다른 것을 다 중단하고 수요일 그 시간만큼은 막내 조수아과 함께 마룻바닥에 무릎을 꿇고 두 손을 모을 수밖에 없었습니다.

"주님! 지금 사랑하는 남편이 중보기도를 인도하러 방송국에 들어갑니다. 부족한 입술을 지켜주시고, 주님께 온전히 올리는 참된 기도시간이 되게 도와주세요. 꼭 기도 받아야 될 성도님들의 전화가 걸려오게 하시고, 서로 떨어져서 하는 짧은 기도이지만 모든 시공간을 초월해서 역사하시고 살아계시는 주님의 놀라운 능력과 성령의 치료와 위로하심이 마음을 모아 기도하는 이들, 이 방송을 듣는 이들 모두에게 동일한 성령의 역사와 능력이 체험되게 도와주세요. 주님!

도와주세요! 기도만이 우리가 살 길임을, 기도하는 한 사람은 온 우주를 변화시킬 놀라운 힘을 갖는다는 것을 모든 사람이 알게 하소서. 그리하여 모든 사람이 모든 일에 기도하기로 결심하는 복된 시간이 되게 하소서!"

집에 있는 라디오의 주파수를 맞춰놓고 기도하다 보면 어느새 '중보기도의 시간'이 시작되고 마음을 모아, 눈물을 흘리며 간절히 기도하다 보면 30분이 눈 깜짝할 사이에 날아갑니다. 혹, 기도에 방해가 될까봐 전화도 자동응답 기능으로 바꿔놓고 기도에 집중을 하지요.

그런데 남편을 도우려고 기도한 것이 오히려 제가 매 시간 은혜를 곱빼기로 받네요. 참으로 감사한 일이지요. 오늘도 어김없이 그 아름다운 시간을 사모했고, 조금 전 은혜가 넘치는 응답을 한 바구니 담아서 부자가 된 느낌입니다. 날마다 부족한 저를 채우시는 주님께 찬양을 올려 드립니다.

"주님. 사랑해요, 사랑해요, 사랑해요!!!!!!"

참 좋은 당신께
한나가 드려요

어느 봄 날
당신의 사랑으로
응달지던 내 뒤란에
햇빛이 들이치는 기쁨을
나는 보았습니다.

어둠 속에서 사랑의 불가로
나를 가만히 불러내신 당신은
어둠을 건너온 자만이 만들 수 있는
맑고 환한 빛으로 내 앞에 서서
들꽃처럼 깨끗하게 웃었지요.

아,

생각만 해도

참

좋은

당신.
(김용택/ 참 좋은 당신)

당신을 사랑하기에,
당신이 사랑하는 모든 것을
사랑할 수 있는
아내가 되고 싶습니다.
나의 사랑이 당신 곁에서 완성되기를

간절히 바라는 아내,
그로 인해 우리가
진정 아름다운 부부였음을
말해 줄 수 있는
당신의 아내로
살고 싶습니다.

부부는 두 얼굴로
한 곳을 바라보는 사람들입니다.
그렇듯 시선이 멈춘 곳이 같기에
두 사람은 늘 같은 꿈을 꾸며
기쁨과 슬픔의 수위도
언제나 같습니다.

그래서 부부는
죽어서도 나란히 눕기를 소망하는
이 세상에서
가장
가까운 사람일지도
모릅니다.

여보. 생일 축하해요!

내 부모님 밑에서 당신 곁으로 날아온 지,
벌써 열일곱 해가 되네요.

어제 당신의 귀밑에 희끗한 머리카락이 왜 그리 눈에 밟히는지,
매일 시간이 모자라는 당신이 요즘 들어 왜 그리 안쓰러운지,
너무 피곤해도 아이들 때문에 잘 쉬지도 못하는 당신이
주일 설교 준비에 온 신경이 모아져,
웬만한 작은 소리는 잘 듣지도 못하는 당신이
요즘 들어 왜 그리 내 맘에 애잔하게 느껴지는지,
오늘이 주일만 아니면
아침부터 근사하게 생일상도 차려 주려했는데
캄캄한 새벽에 아이들 깰까 봐
고양이 발걸음으로 나가시는 당신이
오늘따라 왜 이리 마음에 걸리는지요.

당신처럼 나도 사뿐 사뿐 ^^
뒤꿈치 들어 졸졸 양복 챙겨드리고,
주일아침 1부 설교를 위한 짧은 격려를
예쁘게 접어 넣어 드렸죠.

새벽묵상 시간을 조금이라도 늘리려고
부랴부랴 나가시는 당신 뒷모습이
참으로 아름다웠지요.

여보! 아이들 깨워 서둘러 갈게요.
아이들이 어제 당신 몰래 만든 근사한 카드와 선물
아마 당신 보시면 깜짝 놀라실걸요? ^^
당신과 내게 주신 이 아름다운 여섯 보물들
이보다 더 아름다운 생일선물이 있을까요?
 당신의 생일을 축하합니다.
사랑해요. 영원히

당신의 반쪽,
날마다 당신이 주는 사랑을 먹고 예뻐진 ^^,
한나가 드려요.

 결혼 20주년 감사바구니~~^^*

주님 안에 만남은 축복의 필연이라지요.
하나님의 완벽한 중매로 남편을 만나
함께 가정을 이룬지가 벌써 20주년이네요.
부족하고 연약함뿐이었기에 막힌 골목에 설 때마다
그저 엎드려 아버지의 긍휼을 구했는데
굽이굽이 돌아나온 지난 길이
온통 주님의 사랑과 은혜였네요.
뜨거운 낮엔 시원한 구름기둥으로
한기 가득한 깊은 새벽엔 가슴까지 뜨거워지는 불기둥으로.
친히 함께하심을 순간순간 느끼게 하셨던
아버지의 손길.
그 놀라운 20년을 돌아보면서
그저 감사! 또 감사! 밖에는 할 말이 없네요.

9월 10일, 결혼 20주년 기념일입니다.

축복으로 주신 여섯 자녀를 바라보아도

감사가 넘쳐나구요

맡겨주신 귀한 교회를 바라보아도

그저 감사, 또 감사뿐입니다.

지난 수년간 믿음으로 내딛은 작은 사역들 속에서도

주께서 이끌어 오시고 친히 안고 뛰셨던

은혜의 현장이 오버랩 되어

눈을 떠도 눈을 감아도

가슴가득한 감동의 고백뿐입니다.

아이들과 감사를 세어보았습니다.

우리 가정을 20년 동안 돌보아주셨던

하나님의 은혜 속에 발을 내딛는 순간,

감사의 쓰나미가 우리의 심령을 뒤덮더니

이내 주님 임재의 강물에 둥둥 떠오릅니다.

여덟 식구의 감사바구니에 담기는 감사제목이

30분도 안 되어서 100단위가 넘어갔습니다.

몇 시간도 지나지 않아 1000개를 넘어가네요.

어쩜 이렇게 감사한 것이 많았는지.

좋은 일엔 감사가 하나지만

어렵고 힘든 골짜기를 넘었던 일에는

감사가 열, 스물이 넘어가네요.

이토록 감사뿐인 20년을 살게 하셨는데

더 열심히 감사하지 못한 것이 너무도 죄송스러웠습니다.

감사는 '받은 것을 받았다고 표현하는 것'이라지요.

그동안 주님께 받은 것이 셀 수 없건만

갖지 못한 몇 가지에 집중하느라, 다른 사람과 비교하느라

더 깊은 감사를 드리지 못한 것도 부끄럽습니다.

시간 시간 감사하기보다는 고개를 갸우뚱하며

나의 틀에 주님을 맞추려고 애썼던

부끄러운 시간들도 너무 많아서 죄송스러웠습니다.

감사가 많아질수록 나의 부족함은 적나라하게 드러났고

결국엔 오직 주님의 은혜로만 살았노라고

온 가족이 고백하게 되었습니다.

앞을 보아도 감사 뿐이구요.

뒤를 보아도 더더욱 확실한 감사뿐이네요.

좌우를 살펴보아도

감사로 병풍을 둘러주신 하나님의 은혜.

그 놀라운 은혜 안에 살게 하신 축복을

그 무엇으로 보답할 수 있을까요???

더 이상 무슨 말이 필요할까요?

앞으로 남은 날 동안 더욱더 열심히!

감사하며!!!!!

기뻐하며!!!!!

주님 주신 축복을 마음껏 나눠야지요.

그런데 한 가지 문제가 있습니다.

우리에겐 그 능력이 전혀 없다는 사실이 그것입니다.

오직 주님께 붙어 있을 때만

그 모든 것이 가능한 것을요.

나의 부족함을 철저히 인정하고

주님께서 하시라고 온전히 맡겨드릴 때에만

참된 감사와 기쁨, 행복을 누릴 수 있음을요.

오늘따라 여섯 자녀를 주신 것이 너무도 감사했습니다.

함께 이루어 나가는 하나님 나라.

그 복된 은혜가 너무도 놀라웠기 때문이지요.

아이들로 인하여 많은 시간

철이 들게 하셨음도 감사입니다.

제가 많이 부족하기 때문에

여섯 자녀를 주신 것이 틀림없다는 생각이 드네요.

계속해서 부서져야 하기에

계속해서 깨달아야 하기에

계속해서 세워져야 하기에

여섯 자녀를 주신 귀한 은혜가

오늘따라 온몸을 휘감습니다.

그 복된 은혜로 인하여 행복한 눈물을 흘립니다.

사람이 슬플 때만 눈물이 나는 게 아니더군요.

이렇게 기쁜 날 복된 순간에도 쏟아지는 눈물이

왜 이리도 고마울까요.

남편으로 인한 감사도 100가지가 넘습니다.

20년 동안 권태기란 단어를 떠올리지 못하도록

품어주고 기다려준 사랑.

그 깊고 큰 사랑 앞에 행복한 눈물을 흘립니다.

양가 부모님으로 인해서도 감사가 넘칩니다.

양가 형제들을 인하여도 감사가 넘칩니다.

사랑하는 교우들을 생각만 해도 감사가 넘칩니다.

주님께서 묶어주신 기도동지들을 생각만 해도

감사가 한 보따리입니다.

한국 사람으로 태어난 것도 감사 또 감사

미국 시민권자로 살게 하신 것도 감사, 또 감사

여자로 태어남도 감사, 또 감사

사모로 살게 하심도 감사, 또 감사

어려움을 통해서 기도로 나아가게 하심엔

따따불 감사, 또 감사 감사를 모아서 바구니에 담았더니

세상에서 제일 부자가 되었네요.

얼마나 가슴이 뿌듯하던지요.

세상에 부러운 사람이 없으니 이 또한 감사, 또 감사네요.

아직까지는 미운사람이 없게 하심도 감사, 또 감사구요.

매일 꿈을 꾸며 살게 하심도 커다란 감사입니다.

마음에 주신 비전과 믿음을 선포할 수 있는 특권도

엄청난 감사입니다.

보이지 않는 것을 보게 하신 은혜도

설명할 길 없는 감사입니다.

세상이 부럽지 않게 하신 은혜도 설명이 안 되는 감사입니다.

고난이 두렵지 않음도 귀한 감사이구요.

아파도 감사할 수 있는 은혜 또한 특별한 보너스 감사네요.

나의 부족함을 인하여서는 감사가 자꾸만 불어납니다.

그 부족함 때문에 주님께서 부어주시는 은혜가

누룩처럼 엄청나게 불어났으니까요.

  이제 내일이면 9월의 문을 열게 되었네요. 미국은 노동절 휴가라서 고속도로가 텅텅 비었습니다.
  저희 가정도 마침 휴가를 얻어 잠깐 멈추어 마음과 생각, 태도를 점검중입니다. 한국은 추석이 가까워 오네요.

여름밤에 온몸 다해 합창하던 귀뚜라미 소리도 아쉽고 정겹습니다. 감사의 문을 열면서 시작하는 9월이 참으로 황홀하네요. 삼라만상이 감사노래를 부르며 넣어주는 화음이 곱기만 합니다.

고개를 갸웃거리며 뉘엿뉘엿 넘어가는 여름 끝에 걸린 햇살에 윙크를 해봅니다.

....사랑한다구요...

넘~ 멋지다고 엄지손가락을 세워 길게 내밀어봅니다. 미 투~~하며 금방 한 눈을 질끈 감고 불그레한 얼굴의 햇님을 보고 따라 웃기 시작한 여덟식구들! 하하하 백만불짜리 미소 맞습니다. ^^

참 좋은 하루를 살게 하신 주님께 감사합니다.

더 좋은 내일을 열게 하실 주님께 감사합니다.

감사를 노래하며 춤추게 하신 주님 때문에

오늘도 최고의 행복자가 되었습니다.

사랑합니다.
축복합니다.
감사합니다.
기도합니다.
행복합니다.

기쁨.

Part. 3
하브루타는 삶이다

하브루타는 이론이 아닌 실제의 삶을 통해
살아낼 때 그 가치가 돋보이게 된다.
다시 말하면 하브루타는 삶이다.
여섯 남매를 양육하면서 함께 커가는 나를 발견한다.
나는 유대인이 아니기 때문에 하브루타라는
용어 자체도 모르고 자녀 양육을 시작했다.

결국은 나의 부모님이 나를 양육하셨던 방법대로
내가 낳은 자녀를 양육하는 자신을 발견한다.
'어떻게 하면 자녀를 하나님이 원하시는
자녀로 양육할 수 있을까?'

자녀양육의 현장, 일상의 가사일,
사역현장 속에서 하브루타를 적용하며
놀라운 힘을 얻게 된 것은
생각할수록 고마운 긍휼사랑이었다.

 설거지 예배

지난 8월에 오셔서 집안에 생기를 불어넣으셨던 시어머님께서 월요일 아침, 비행기에 몸을 싣고 태평양을 건너 한국으로 가셨습니다. 사람이 드는 것은 티가 안 나도 나는 자리는 금방 보인다지요? 집안의 최고 어른이 안 계시니 금방 빈집 같네요. 아이들이 여섯이나 있는데도 말입니다.

그동안 일주일에 며칠씩 여섯 아이들을 데리고 교회에 달려간답시고, 변변찮은 글쓰기를 한답시고 겨우 밥 해 먹고 지냈습니다. 제대로 하는 것 하나 없이 종종걸음에 바쁘기만 했습니다.

이사 와서 첫해는 그래도 제법 뒤뜰에 채소밭도 일구고 정성 들여 무공해 채소를 먹었는데 자꾸만 게을러져서 올해는 호박농사를 제외한 몇 가지로 수가 줄었습니다. 혼자만 있을 때는 으레 그러러니 하고 지냈는데 부지런한 살림꾼이신 시어머님께서 오랜만에 오시니 아무것도 칭찬 받을 만한 구석이 보이질 않네요. 많이 부끄럽고 죄송한 마음이었는데 시어머님께서는 부족하기만 한 며느리에게 친정 엄마처럼 대해 주시네요.

어떤 날은 밤을 지새우며 어머님의 지나간 추억 속으로 들어가기도 하고, 한국처럼 온돌방은 아니라도 뜨끈뜨끈한 옥장판 위에 한 이불을 덮고 앉아서 발을 맞대고 마음을 녹여가며 쏟아 주시는 귀한 사랑에 젖곤 했지요.

매년 한 번씩 우리 집에 오고 가시지만 뵐 때마다 예전 같지 않으셔서 마음이 아팠습니다. 지병인 당뇨 때문에 마음껏 드시지도 못하시고 매일 걸으시며 조심하시는데도 좀처럼 완쾌되지 않으시네요. 당신도 온 몸이 힘드시고 아프신 데도 잠깐씩 픽업이나 볼일 때문에 외출하고 돌아오면 어느새 그 빼어난 손맛으로 된장, 고추장을 비롯한 귀한 음식들을 장만해 주셨습니다.

요즘에 시중에서 사먹는 그 어떤 장맛에 비길 수 있을까요? 사랑과 정성으로 만드신 장 속에는 누구도 따라올 수 없는 깊은 맛이 배여 있습니다. 깔끔하고 정갈하고 개운한 여운이 남는 감칠맛, 어머님의 사랑 맛 바로 그 맛입니다.

장이면 장, 김치면 김치, 밑반찬이면 밑반찬, 떡이면 떡, 나물이면 나물, 하나하나가 특별한 맛이 납니다. 침이 꿀떡 넘어가는 부침개는 또 어떻구요?

어머님의 복된 손끝이 닿는 음식마다 그 흔한 조미료가 필요 없었습니다. 어쩜 그렇게 음식을 잘 만드시는지 30년 동안 그 맛난 음식

먹고 자란 남편께 사랑받기가 그리 쉽진 않았지요. 그래서 저 나름대로 시집오자마자 청국장 만드는 법도 배워 두고 울 어머님 손맛 따라 가려고 애를 쓰긴 했는데도 아직도 그 정갈하고 깊은 맛은 어림도 없는 것 같습니다.

그러던 어느 날, 어머님의 깊은 사랑 맛을 어깨 너머로 배워가면서 제 가슴에 울리는 뜨거운 감동이 있었습니다. 한 가지 음식을 만드시더라도 온갖 정성을 다해서 준비하시고 만드시는 그 모습을 바라보면서 '저것은 바로 우리가 드려야 할 거룩한 예배구나' 생각했습니다.

내가 있는 그곳에서 최선을 다하는 삶. 학생이면 공부에 최선을 다해야겠지요. 공무원은 나라의 일을 내 일처럼 최선을 다해야겠지요. 의사는 찾아오는 환자들을 사랑과 정성으로 진료를 해야겠지요. 간호사는 최선을 다해 의사를 보조하고 환자들을 도와야겠지요. 약사는 배운 지식을 총동원해 가장 좋은 약을 지어줘야겠지요.

요즘 세상에는 셀 수도 없는 각양각색의 직업들이 있습니다. 어떤 직업을 가지고 인생을 살아가든지 내가 있는 그곳에서, 지금 내가 하는 그 작은 일에 나의 최선을 쏟아부어 집중하는 사람, 그 사람이 바로 주님께서 찾으시는 참된 예배자가 아닐까요?

언젠가 창세기를 큐티하면서 요셉에게 푸욱~ 빠졌던 기억이 새롭습니다. 성경에 기록된 인물 중에 요셉만큼 다양한 호칭을 붙일 수 있는 사람도 드문 것 같습니다. 어려서는 아버지의 사랑을 독차지했던 색동저고리 왕따 막내였구요, 형님들에게 미움을 받아 이집트로 팔려가서는 시위대장 보디발의 집에 노예로 일했던 보잘 것 없는 사람이었습니다. 억울한 누명으로 감옥에 들어간 불운의 청년이기도 했지요. 꿈 해몽을 잘 해서 졸지에 한 나라의 국무총리로 세움을 입었던 극적인 행운의 인생이기도 했습니다.

그러나 그 어떤 것보다도 가장 제 마음을 사로잡았던 한 단어가 있었습니다. 그것은 바로 '하나님의 전적인 보호하심'이었습니다. 요셉이 가는 곳마다 하나님의 축복이 따라다녔습니다. 요셉이 있는 곳마다 맡겨진 일에 충성한다는 신임장이 따라다녔습니다. 요셉이 있는 곳마다 하나님의 영광이 드러났습니다. 요셉은 결정적인 때에 하나님의 이름을 말하는 것을 주저하지 않았습니다. 요셉은 자기의 감정에 이끌리지 않고 하나님이 주신 놀라운 용서와 사랑을 삶 속에서 보여줬던 사람이었습니다. 요셉이 어떻게 이런 귀한 대접을 받을 수가 있었을까요? 바로 맡겨진 작은 일, 그 일에 온 열정을 다해서 충성했기 때문인 것 같습니다.

처음부터 요셉이 훌륭한 대접을 받은 것이 아니었습니다. 요셉이 노예로 팔려간 곳은 애굽의 시위대장(지금으로 말하면 청와대 경호실장 쯤 되겠지요?) 보디발의 집입니다. 그곳에 머슴으로 간 것입니다. 처음엔 따가운 눈총과 멸시, 천대를 받았을 것입니다. 짐승의 더러운 밥통을 씻고, 먹이를 주고, 냄새나는 우리를 치우는 일부터 시작해서 온갖 잔심부름꾼으로 시도때도 없이 불려 다녔을 것입니다. 힘들고 거친 일엔 불려가서 이곳저곳 상처가 아물 새가 없었을지도 모릅니다. 남들이 하기 싫어하는 일들을 초년병 노예이기에 다 맡았을 것입니다.

  그렇지만 보잘 것 없어 보이는 요셉의 가슴 속에는 하늘과 땅을 창조하신 능력의 하나님이 주인으로 계셨습니다. 그 놀라운 힘이 겸손과 온유함으로, 순종함으로 능력이 되어 드러났습니다. 참된 능력이란 결단코 보여지는 힘이 아닌 것이며, 누구나가 불평하며 뒤로 돌아서서 욕을 하는 자리에서 떠나 온유함과 충성됨으로 맡겨진 작은 일에 충성하는 것이지요. 그런 내면의 놀라운 능력이 요셉에게 있었던 것입니다. 그래서 시간이 지날수록 보디발의 집안에서 의로운 사람으로 인정받기 시작했고, 급기야는 최고 보스인 보디발의 총애를 받아서 가정총무장의 열쇠를 건네받게 된 것이지요. 아마도 보디발이 이렇게 말했을 겁니다.

  "요셉! 내가 지금까지 당신을 관찰해 보았는데 당신만큼 믿음직한 사람을 본 일이 없었다네. 당신이라면 내 집의 모든 키를 다 주어도 될 것 같네. 당신 때문에 우리 집이 복을 받는 것을 내가 느낀다네. 당신은 참 하나님의 사람이야."

  하나님을 전혀 모르던 불신자인 주인에게 이같은 인정을 받게 되기까지는 남모르는 눈물의 기도와 뼈를 깎는 헌신의 세월이 요셉에게 있었던 것이지요. 맡겨진 허드렛일에도 왕 같은 제사장의 자부심과 품위를 가지고, 어떤 일을 맡든지 최선의 삶을 살았던 결과임에 틀림없습니다.

자신 앞에 던져진 모든 삶의 영역 속에서 하나님 앞에 진지하게 임하는 참된 예배자의 삶을 살았던 것이지요.

허드렛일을 하는 그 장소를 거룩한 곳이 되게 했던 요셉! 요셉은 마구간지기든, 마당쇠든, 문지기든, 심지어 화장실 청소부든, 자신이 처한 자리를 성소로 삼아 하나님께 예배를 드렸던 것입니다.

삶 속에서 주님 주신 모든 것을 다 걸고 최선을 다하는 사람의 모습. 생각만 해도 가슴이 뜨거워지는 거룩한 장면이었네요. 그 거룩한 예배의 모습을 주님께서는 한없이 기뻐하시며 영광을 받으셨고, 요셉 때문에 보디발의 집에 복을 내리셨다는 놀라운 성경의 기록을 이 땅에 남기셨습니다. 복을 따라가는 인생이 아니라 자신의 존재가 복이 되게 하는 인생! 유난히 '복'자를 좋아하는 한국의 기독교인들에게는 다시 한 번 복의 개념을 정신이 번쩍 나도록 일깨워 주는 성경말씀이 아닐 수 없네요.

나 때문에 내가 있는 자리가 복이 된다면 이보다 더 큰 축복이 어디 있을까요? 오랜만에 오신 시어머님의 모습을 뵈면서 매일 먹는 밥 한 끼를 차리는 일도, 다음 식사를 위해 다 먹은 그릇을 깨끗이 씻는 일까지도 거룩한 예배가 될 수 있다는 귀한 진리를 가슴 깊이 깨달을 수 있었습니다. 설거지도 하는 사람에 따라서 거룩한 설거지가 될 수도 있네요. 설거지를 하면서도 진정한 예배를 드릴 수도 있지요. 설거지를 하는 장소가 하나님을 만나는 거룩한 자리가 될 수도 있지요.

"주님. 나의 작은 손을 축복된 손으로 만들어 주소서! 하나님께서 맡기신 일상의 작은 일에 땀 흘리며 집중하는 인생, 하나님을 모르는 불신자들의 입에서 하나님의 임재를 고백하게 하는 인생, 나로 인하여 밟는 모든 곳에 하나님의 축복을 끌어들이는 인생, 그런 복된 인생으로 살기를 소원합니다~~~!!!!!!!"

전업주부로, 여섯 아이의 엄마로, 이민교회의 사모로, 한 남자의 아내로, 내가 있는 자리에서 최선을 다하는 인생이 되기를 기도합니다. 나의 부족함만 보며 주저앉고 불평하는 신앙이 아니라 나는 부족하지만 분초마다 능력이 되시는 전능하신 하나님의 왕 같은 제사장이 되기를 기도합니다. 천국을 경험하게 하는 기도와 찬송과 말씀을 달고 사는 하나님의 존귀한 딸로서 이 땅에서 발 디디는 모든 곳이 성소가 되게 하는 복된 인생으로 살기를 소원합니다.

사랑합니다.

긍정적인 질문은 인생을 변화시킵니다.
좋은 질문은 인생의 목표를 정해 줍니다.

내리사랑

우리는 가끔 '내리사랑'이란 말을 합니다. 사랑이란 억지로 힘을 쓰면서 위로 올라가는 것이 아니라 지극히 자연스럽게 물이 위에서 아래로 흐르듯이 내려오는 것이란 뜻이겠지요. 지난여름 아이들과 함께 영화를 감상할 기회가 있었습니다. 아이들과 함께 본 만화영화였지만 어느 명화 못지않은 큰 감동이 있었습니다. 한 번만 보기는 많이 아쉬웠는데 지난겨울, 디즈니사에서 비디오로 나와서 얼마나 반가웠는지요. 영화 <니모를 찾아서(Finding Nemo, 2003)>는 '내리사랑'이란 단어를 다시 한 번 마음에 깊게 새기게 해 준 좋은 영화였습니다.

　어느 금슬이 좋은 물고기 부부가 있었습니다. 서로 깊이 사랑하던 중 아내가 임신을 하게 되었지요. 안전한 곳에 셀 수 없이 많은 알을 낳아놓고, 엄마 아빠 물고기는 매일 그 곳을 지키며 가슴 벅찬 행복을 나누었습니다.

‘아들, 딸이 몇 명씩 나올까?’

‘아이들 이름은 무엇이라 지을까?’

‘지금보다 더 큰 집이 필요할 텐데 이사는 언제 갈까’

그러던 중 불행한 일이 일어났습니다. 큰 물고기가 와서 그 많은 아가들을 순식간에 먹어 버린 것이었습니다. 그리고 사랑스런 아내도 죽게 되었습니다. 그러나 불행 중 다행으로 하나의 알을 구할 수 있었습니다. 아빠는 몇 번이고 감사하다는 기도를 드렸습니다. 그리고 구사일생으로 구한 아기를 정성스럽게 키웠습니다. 어느 엄마 못지않게 건강하고 훌륭하게 키웠습니다. 그리고 드디어 금쪽같은 외아들 니모가 처음으로 학교에 가게 되었습니다.

아빠는 너무도 대견하고 기뻐서 밤잠도 설쳤습니다. 그리고는 아침 일찍 아들을 데리고 학교로 갔습니다. 처음으로 아들과 떨어져야 하는 아빠는 너무나 불안했습니다. 그래서 학교수업이 시작되었는데도 계속해서 주의사항을 일러주었습니다. 그러나 모험심이 많은 아들 물고기 니모(Nemo)는 잔소리 많은 아버지 말린의 말씀을 어깁니다.

니모는 스쿠버 다이버에게 붙잡혀 시드니 항구에 살고 있는 치과의사의 수족관에 갇히게 됩니다. 생명과 같은 아들을 잃은 아빠는 정신을 잃을 정도로 충격을 받습니다. 그러나 아들에 대한 불타오르는 사랑 때문에 긴 모험의 여행을 떠납니다. 작은 물고기에 불과한 아빠는 왜소한 몸집을 가지고 많은 죽음의 위험이 있는 넓은 대양 속을 헤엄치기 시작합니다. 큰 상어에게 먹힐 뻔도 하고, 큰 폭풍과

해일의 위험 속에서 죽을 고비를 넘기기도 합니다. 마침내는 거대한 고래 뱃속에 삼켜집니다. 그리고 우여곡절 속에서 기적적으로 바다로 돌아옵니다.

한편, 어항에 갇힌 아들 니모도 그 속에서 세상 사는 법을 익힙니다. 그동안 혼자서만 사랑을 독차지하던 아기였던 니모는 다른 물고기들과 어울리면서 철들어갑니다. 아빠의 깊은 사랑도 깨닫습니다. 그리고 외로움에 울며 아빠를 찾고자 소원합니다. 그러던 중 친구 갈매기로부터 아빠에 관한 소식을 듣게 됩니다. '복음'과 같은 그 소식에 니모는 기적적으로 어항을 탈출해 하수구를 통해서 바다로 나오게 됩니다. 그리고 그 넓은 바다 속을 헤집고 다니면서 마침내 아들과 아버지가 만나게 됩니다.

잃어버린 아들을 찾는 그 흥미진진한 장면 장면들이 어찌나 리얼하고 감동적인지 저도 모르게 눈물이 나기도 했습니다. 수직적 깊이를 갖고 있는 바다를 배경으로 움직이는 이 영화를 보면서 수직적 사랑을 떠올렸습니다. 수평적 사랑을 많이 이야기하는 이 세상에서 아들 니모를 찾아 머나먼 삼만 리를 떠나는 아버지 말린의 모습은 우리 안에 잠자고 있는 수직적 사랑을 다시 한 번 일깨워 줍니다.

하나님의 사랑도 혼신의 힘을 다해 아들 니모를 끝까지 찾아가는 아버지 말린의 모습처럼 우리를 끝까지 찾아오시는 위대한 사랑입니다. 또한 그 사랑은 넓이의 사랑일 뿐만 아니라 깊이의 사랑입니다. 바로 예수 그리스도께서 하늘의 보좌를 버리시고 이 땅으로 내려오셔서 십자가에서 살 찢고 피흘려, 생명 버려 우리를 구속하신 사랑, 그보다 더 깊은 수직적 사랑은 없다고 믿습니다.

　우리를 향하신 그 수직적 사랑을 이번 겨울이 다가기 전에 좀 더 깊이 생각하고 싶었습니다. 그리고 그 '내리사랑'에 깊은 감사를 드리고 싶습니다. 아버지 하나님의 내리사랑이 없었더라면 지금의 우리는 존재할 수 없었을 테니까요. 주님의 무제한적이고 무조건적인 '내리사랑'을 받아 누리는 우리에게 물이 흐르듯이 흘러내려야 할 내리사랑이 있음도 분명합니다. 흐르는 물을 막을 수 없듯이 우리를 통해 흘러내려야 할 주님의 내리사랑 또한 막을 사람이 없겠지요. 겨울의 막바지에서 새 생명을 움틔우기 위해 온 힘을 다하는 작은 봉우리가 아름답듯이 우리의 내리사랑도 아름다웠으면 좋겠습니다.

　사랑합니다.

 ## 문틈에 옷이 끼었잖아요?

이번 주간에 저는 '크리스마스카드 보내기 프로젝트'를 진행하고 있습니다. 처음엔 깔끔하게 컴퓨터로 프린트해서 편지를 넣으려고 했었는데 글씨는 안 예뻐도 오랜만에 자필로 써서 보내드리고 싶었습니다. 편지지로 거의 80장 정도를 썼더니만 오른쪽 어깨가 묵직해졌습니다. 그동안 사랑받은 것 생각하면 이까짓 것 아무것도 아니라고 생각하며 했더니 오히려 콧노래가 나오더군요. 이번 주 내내 제가 카드에 넣을 편지를 써 넣는 동안 아이들만 신이 났습니다.

　엄마가 잠깐이라도 놀아 줄 틈을 못 내자 밑으로 4, 5, 6번 연년생 세 녀석이 온 집안을 운동장 삼아 뛰어다닙니다. 일자로 길~게 뻗은 복도를 타고서 세 녀석이 쏜살같이 왕복 달리기를 해대네요. 한 녀석씩 술래가 되어서 복도 끝에 달린 방마다 먼저 도착하는 녀석이 문을 닫고 들어가면 이기는 스피드 게임(?)이 시작되었지요. 가운데 큰 아이 방에서 컴퓨터로 주소를 찾아서 편지를 쓰던 엄마는 목이 터지게 소리를 질러댔습니다.

"얘들아~~ 그렇게 뛰다가 마룻바닥에 미끄러져서 다치면 어쩌려고 그래? 그만 뛰고 앉아서 학교놀이 하라니까?"

처음에는 조용히 우아하게 시작했는데 소리 지르며 뛰어다니는 녀석들이 들은 체도 안 하는 겁니다. 그래서 점점 톤이 높아지고 드디어는 목젖이 보이도록 고함을 치는 지경까지 갔습니다. 그러다가 벌떡 일어나 군기를 잡으려고 나갔습니다. 앗, 그런데 작은 사고가 난 것입니다. 셋 중에 제일 재빠른 동작을 가진 조수아가 아직 한 번도 잡히질 않았는데 제가 나가기 바로 전에 급하게 문을 닫고 들어가다가 문틈에 옷이 끼었던 겁니다.

그래서 제 딴에는 빼 보려고 이리저리 몸을 움직였지만 자꾸 꼬일 뿐, 뺄 수가 없어서 제가 달려가니 조수아는 오히려 긍휼을 구하는 가련한 눈빛으로 엄마를 바라보는 겁니다.

"조수아 왜 그러고 있어?"하고 물었습니다.

"응. 엄마 문틈에 옷이 끼었잖아요?"

배시시 웃으며 도움을 청합니다.

"하하하 이런~"

혼내 주려고 달려갔는데 문틈에 옷이 끼어 있어 있는 조수아를 보니 실실 웃음이 새어 나왔습니다. 간신히 웃음을 참았습니다. 엄한 얼굴은 포기한지 이미 오래입니다. 그랬더니 기다렸다는 듯이 세 녀석이 뽀뽀와 포옹 세례를 퍼붓고 화장실로 달려갑니다.

아이들을 뒤로하고 다시 방으로 들어오는데 아까 조수아가 한 말이 클로즈업 되어 오네요. 문틈에 옷이 끼었다는 말. 순간 머리에 섬광처럼 스쳐가는 무엇이 있었습니다.

'문틈이라....... 그래 그건 바로 사탄의 손아귀와 같은 거지.'

우리의 영적 상태도 그와 별다를 것이 없을 때가 많은 것을 깨닫습니다. 문틈에 옷이 끼면 일단 모든 동작이 멈춥니다. 문틈에 옷이 끼면 앞으로 달려갈 수가 없습니다. 문틈에 옷이 끼면 옷이 상할 수도 있습니다. 문틈에 옷이 끼면 그 자리에서 빠져나가려고 몸부림을 치게 됩니다. 문틈에 옷이 끼면 내가 원하는 대로 움직일 수 없습니다. 어린아이일 경우에는 그 일이 더더욱 심각한 사태로 발전할 수 있습니다. 별것 아닌 것 같은 그 작은 일로 기인해서 모든 것들이 멈춰지는 상태가 될 수 있다는 것입니다.

문틈에 끼인 옷은 사탄에게 붙잡힌 우리의 영적 상태를 보여줍니다. 아주 작은 옷자락이라도 문틈에 끼이면 앞으로 나갈 수가 없습니다. 우리의 영적 나이가 어릴수록, 영적인 성숙도가 낮을수록, 그 불편함과 정지됨은 커집니다. 누군가가 와서 문을 열어야 합니다. 누군가가 와서 손이 닿지 않는 곳에 끼인 옷을 빼줘야 합니다. 누군가가 와서 놀라서 울고 있는 아이를 안아주고 달래주어야 합니다. 그분이 바로 우리를 위해 밤낮없이 중보하시며 어느 때나 우리 곁에 계시다가 작은 신음에도 달려오시는 주님이십니다.

어떤 때는 한없는 사랑이신 예수님의 긍휼로 다가오십니다. 어떤 때는 말없이 눈물 흘리는 놀라운 사랑으로 다가오십니다. 어떤 때는 바라만 보고 있어도 알아서 해결해 주시는 전능자로 다가오십니다. 어떤 때는 두려워 떨고 있는 연약함을 따뜻한 가슴으로 끌어안아 주십니다. 어떤 때는 나보다 더 가슴 아픈 심정으로 중보해 주십니다. 그 놀라운 사랑을, 아무것도 바라지 않는 사랑을, 다 내어 주고도 더 주고 싶어서 안달이 난 대책없는 사랑을 베풀어 주십니다.

그 놀라운 사랑을 가지신 분이 날 위해 죽으신 예수 그리스도십니다. 그 사랑의 손길로 살며시 다가와 문을 열어 주십니다. 그리고 사탄의 손에 묶인 죄악의 옷자락을 빼내어 주십니다. 자유를 선포하십니다. 그리고 복된 미래를 선포하십니다. 그리고 우리에게 축복을 선포하십니다. 이젠 맘대로 앞을 향해 달려가도 된다고 하십니다. 문틈에 옷자락이 끼일 때마다 오셔서 빼내어 주십니다. 예수님이 그 놀라운 사랑을 가지시고 이 땅에 내려오신 날이 가까워 옵니다.

그날을 기념하기보다는 즐기려는 세상을 바라봅니다. 성탄은 선물을 나누며 화려한 장식을 하기 위한 날이 아닙니다. 망년회를 하면서 벨트를 풀고 포식하기 위한 날이 아닙니다. 이 땅을 구원하기 위해 오신 그분을 바라보아야 합니다. 그분의 눈으로 주위를 살펴서 눈물 흘리는 자를 돌아보아야 합니다. 그분의 가슴으로 멍들고 일어날 기력조차 없는 이들을 끌어안아야 합니다. 그분의 발로 찾아가 언 땅을 녹이는 사랑의 역사를 이뤄내야 합니다. 그 아름다운 날의 의미를 인식할 때 우리는 가장 아름답게 성탄을 기념할 수 있습니다. 오늘도 축복으로 주신 어린 자녀들을 통하여 배움을 얻습니다. 그들의 작은 몸짓 하나도 미련한 엄마에겐 지혜를 가르쳐 줍니다.

"**엄**마! 배고파요~~~"

순간순간 깨달음을 주신 주님께 감사하며 아이들의 배꼽시계 덕분에 쉼을 얻습니다.

"그래. 얘들아아~ 우리 오늘 맛있는 것 많이 먹자아~~~"

하하 호호 일찍 잠자러 들어간 해님 덕분에 긴긴 겨울밤에 자꾸만 허기가 집니다. 영적인 허기도 이렇게 자주 느껴졌으면 얼마나 좋을까요?

사랑합니다.

4.

천국표 반짇고리
바느질 하브루타

이젠 시집올 때 마련한 반짇고리가 반질반질한 것을 보니 헤질 때가 되었나봅니다. 바느질이라고는 가정시간에 배운 어설픈 옷 만들기와 자수 몇 점이 전부였던 왕초보 중학생이었던 제가 어느새 불혹을 넘긴 중년 아줌마가 되었으니 그럴 법도 합니다.

  나이도 나이지만 다른 집의 두세 배가 되는 여섯 아이를 둔 엄마이기도 해서 반짇고리를 만질 기회가 남들보다 몇 배나 많은 것 같네요. 어제 울 다섯째의 바지를 잠깐 손질하면서 주님께서 귀한 깨달음을 주셨지요. 매끄럽게 실밥도 안 보이게 하는 울 어머니 같은 프로솜씨는 아닐지라도 그런대로 봐 줄만한 바느질 솜씨는 내 나름의 자존심이었는데 오늘 그만 딴 생각하다 바늘 잡은 손으로 밑을 받치던 검지에 작은 구멍을 뚫었다는 거 아닙니까? ^^^^

  "아야~))))"

  순간적으로 비명이 터져 나왔습니다. 옆에서 놀던 울 아들 녀석이 눈이 휘둥그레져 엄마 곁으로 달려오네요.

"어? 엄마. 피나요. 손가락에 피가!"

후다닥 화장실로 뛰어가서 티슈를 한 뭉치 말아들고서 헉헉 달려옵니다.

"와우~~ 울 조수아가 최곤 걸?? ^^^^ 땡큐~ 땡큐~~~ ^^^^^^^"

그래도 엄마 곁에 제일 많이 있는 막냉이라서 그런지 언제나 엄마를 챙겨주는 데는 일등이랍니다. 효자 아들이 들고 달려온 티슈로 얼른 피를 닦고 연고랑 밴드로 응급처치를 하는데. 옆에서 보던 울 조수아가 갑자기 무릎을 꿇더니 이렇게 기도하네요.

"하나님, 저요 조수아예요. 이찌요 울 엄마가 지금 손가락에서 피가 나요. 엄마가 맛있는 거 만들건데 아파서 어떡하지요? 하나님이 딱! 고쳐주세요. 그래서 엄마가 안 아프게 해 주세요. 예수님 사랑해요. 예수님 이름으로 기도합니다. 아멘!!!"

그걸 보던 저와 울 어머니, 우리 집 제일 막둥이 녀석이 미간을 찌푸리고 하는 간절한 기도에 그만 반해버렸네요.

"아이고~ 우리 예쁜 윤호~~ 최고다 최고~!!!"

할머니의 기립박수에 아들은 멋쩍어 하면서도 어깨를 우쭐하고 피식~ 웃네요. "하하하 이리 와 봐~~~ 엄마가 안아줄게~~~"

예쁜 아들을 품에 넣고 그 사랑스런 심장박동소리에 취해봅니다. 어쩜 이렇게 행복한 소리가 날까요? 아들을 안고 있는 동안 저에게 주시는 하나님의 선물이 있네요.

천국표 반짇고리! 아, 그래. 하나님의 반짇고리....... 그 아름다운 손길이 느껴집니다. 짧고 빠른 인생길을 살면서도 늘 터지고 또 터지는 우리네 인생길, 그 대책없는 인생길에 영원한 대책을 세워주신 분, 그분 안에서 날마다 온전한 모습으로 만들어져 가는 행복!

옷이 낡으면 반들반들 얇아지다가 어느 순간 '쭉'하고 터져버립니다. 가느다란 바늘에 실을 꿰어서 터진 자리를 겹쳐서 붙여 보기도 하고, 아예 깁기 곤란하면 성한 다른 천을 잘라서 그곳에 붙여 입기도 하네요.

우리의 옷은 여러 번 고쳐 입다가 버림을 당하기가 일수지만, 어설프기 짝이 없는 우리네 인생 옷은 결코 버림을 당하지 않게 하셨으니 그 사랑, 그 은혜, 생각만 해도 눈물이 납니다.

천국표 반짇고리엔 주님의 눈물이 고여 있습니다.
천국표 반짇고리엔 주님의 사랑이 배여 있습니다.
천국표 반짇고리엔 주님의 수고가 새겨져 있습니다.
천국표 반짇고리엔 주님의 긍휼이 가득합니다.
천국표 반짇고리엔 주님의 온기가 포근합니다.
천국표 반짇고리엔 주님의 보혈도 흥건합니다.
천국표 반짇고리엔 주님의 인내가 오롯합니다.

한없이 참아주시고 또 참아주신 그 사랑의 수선을 생각합니다. 빈

틈없이 꿰매 주신 후에도 셀 수 없이 찢어져서 머리를 긁적거리는데도 아무 말도 안 하시는 예수님의 사랑. 행여나 자존감이 낮아질까 허리를 굽히고 오셔서 우리를 존귀한 아들이라 존귀한 딸이라고 다시 확인시켜 주시는 주님의 반짇고리. 그런데도 염치없는 인생들은 불평하고, 원망하고, 애꿎은 남 탓만 해대네요.

때로는 헐렁한 옷을 입고 와서는 "어때요? 주님 괜찮지요?" 웃지 못할 모양새를 만드는 어리석은 인생인데도 아무 말씀 안 하시고 싹둑싹둑 불필요한 부분을 잘라내시고 내 몸에 꼭~ 맞게 맞춤옷마냥 수선해 주십니다. 때로는 너무 작아 뱃살이 삐져나오는 옷을 입곤 쩔쩔맬 때에도 아무 말씀 안 하시고 너무도 잘 어울리는 다른 천을 준비하셔서 편안하게 만들어 주시네요. 그곳엔 사랑의 눈물로 짜여진, 세상에서 가장 아름다운 옷감이 들어가지요. 잠도 주무시지 않고 기도하며 나만을 배려하여 제작한 독특한 천국표 재단 가위가 한 몫을 하기도 합니다.

덧단을 댄 옷들이 바느질이 마치기 전에 움직일까 꽂아놓은 수많은 작은 핀들도 보이네요. 그 작은 핀들은 어떨 땐 보이고, 어떨 땐 안 보이게 옷감 밑으로 숨어버린 셀 수 없는 사랑의 중보기도자들이네요. 하나의 온전한 완성품을 위해 이곳, 저곳에 배치되어 움직이지도 않고 그 사명을 다하고야 마는 아름답고 투명한 시침바늘이랍니다.

미완성의 옷을 입고 앞뒤 없이 달려가는 미련한 인생들에게도 사랑이신 주님은 시기적절하게 다가와 우리의 부족함을 수선해 주십니다.

때로는 맞지 않는 옷에 걸려 꽈당 넘어져 이마가 깨지기도 하구요. 너무 작은 옷 때문에 움직이기 불편해서 짜증을 내기도 하네요. 이것저것 화려한 장식으로 꾸미려고 허영가득한 장신구를 달기도 하지만 오히려 달려가는 길에 걸림돌이 되어 여러 사람의 눈살을 찌푸리게도 합니다. 때에 맞는 옷으로 입고 나가야 하는데도 내 욕심, 내 방법, 내 지식의 굴레 속에 어울리지 않는 옷을 억지로 입느라 많은 시간을 허비하기도 하지요. 그것이 결코 나와는 어울리지 않는데도 말이죠.

그러나 이런 우리에게도 완벽한 옷을 지어주신 분이 계시지요. 바로 한없는 사랑으로 나를 품으신 하나님 아버지! 그 놀라운 사랑 가운데 나의 부족한 모든 것을 덮어줄 '예수 옷'을 지어주셨네요. 연탄보다도 새카만 나의 죄도 가려 주시구요. 울퉁불퉁 볼품없는 육체의 핸디캡도 덮어 주시구요. 어떤 타입, 어떤 취향, 어떤 감각을 가졌든지 상관없이 세상의 그 누구도 흉내 낼 수 없는 '완전맞춤복'으로 지어 주셨답니다.

그 놀랍고 황홀한 '예수 옷'을 입으면 영원한 천국에 간다네요. 보혜사 성령님께서 손수 지어주신 천국표 맞춤복은 기쁨의 씨실과 행복의 날실로 짜였답니다. 어느 누구도 차별없는 완전만족의 천국패션으로 예수 옷을 입은 사람이면 누구나 다 들어갈 수 있다고 천국행 티켓을 주셨습니다. 나 같은 건망증 환자가 혹 잃어버릴까 봐서 아예 예수 옷에다 멋들어지게 박아 놓으셨네요.

 그 아름다운 날, 황홀한 예수 옷 입은 우리네들의 천국잔치는 그저 생각만 해도 감동이 밀물처럼 몰려옵니다.

 "앗, 주님! 여기가 또 터졌네요."

 헤~ 염치없이 머리를 긁적이며 주춤대는 나를 끌어안고 이렇게 말씀하십니다.

 "그런 너를 위해 천국표 반짇고리를 준비했잖니?"

　주님. 사랑합니다...!!!!!!!!!!!!!!!!!!!!!!!!!!!!!

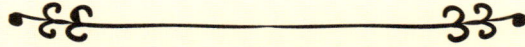

하브루타는 질문을 핵심으로 하는 5,000년이 넘은
전통적인 유대인 학습법입니다.
서로 큰 소리로 이야기하며 토의하고, 토론하는 방식을 하브루타라고 하며,
그 공부 효과가 매우 큽니다.

5. 천국방언을 소개합니다
언어 하브루타

우리는 하루 종일 말을 하며 삽니다. 우리의 감정을 표현하기도 하고, 우리의 마음과 생각, 꿈과 비전을 나누기도 하지요. 때로는 우리 귀에 들린 말 덕분에 우리 몸에 엔도르핀이 팍팍 도는 환희를 경험하기도 하고, 우리가 생각없이 경솔하게 내뱉은 한 마디의 말이 지옥문을 열기도 합니다. 울고 웃으며 순식간에 천국과 지옥을 드나드는 요지경 세상을 세 치의 혀 때문에 경험하지요.

  그런 의미에서 성도인 우리는 하나님이 우리에게 주신 입을 잘 관리해야 하는 거룩한 부담감을 잊어서는 안 될 것 같습니다. 나도 잘 모르는 나의 마음을 함부로 드러내는 어리석음을 범하지 않도록 늘 조심하면서 가능한 한 화가 났을 때는 말을 하지 말고 다른 사람을 살려내는 말은 못할망정 나와 나의 주위를 아프게 하는 말을 내뱉는 일이 없도록 최대한 노력해야 될 것 같아요.

  그런 우리의 아름다운 노력들은 천국을 이땅에서 미리 맛보게 하는 사랑의 촉매제가 되고, 우리의 가정과 이웃과 사회에 하나님 나라를 확장하는 지름길이 되겠죠. 저도 그런 천국방언을 하는 사람으로 살고싶어 우리 집 냉장고에 복사해서 붙여놓은 글들이 있답니다. 벌써 오래 전이지만, 보면 볼수록 제 마음이 시원해지고 하면 할수록 행복지수가 높아지는 것을 날마다 경험하고 있습니다. 여러분께도 소개해 드릴게요.

.
.

****사랑하는 사람에게 해야 하는 말****
정말 잘했어요. 역시 당신이네요.
당신하고 떨어져 있으면 왠지 허~전해요.
지나고 생각해 보니 그때 당신 판단이 옳았어요.
당신이 있어서 얼마나 안심이 되는지 몰라요.
날마다 이 모든 일을 해줘서 정말 고마워요.
나와 가장 가까운 친구가 누군지 알아요? 바로 당신이에요.

결혼을 다시 해야 한다면, 그때도 난 당신과 할 거예요. ^^
오늘 하루 종일 당신 생각한 거 알아요?
아침에 눈을 떴을 때, 당신이 옆에 있어서 너무 좋아요.

죽을 때까지 내가 사랑하는 사람은 당신뿐이에요.
당신은 언제 봐도 멋있어요.
이 세상에서 제일 멋진 남자와 사는 이 기분을
아무도 모를 거예요!!!
난 당신을 믿어요!
당신이 나한테 얼마나 큰 의지가 되는지 모르죠?
우울하다가도 난 당신만 보면 기분이 좋아져요. ^^
내가 세상에서 유일하게 잘 한 일이 있다면,
그건 당신과 결혼한 일이에요!

미안해, 내 잘못이에요!
당신은 어떻게 하고 싶어요?
당신 생각은 어때요?
당신은 정말 특별한 사람이에요!!!
내가 뭐 도와줄 일 없어요?
날 사랑해 줘서 고마워요!
나와 함께 살아 줘서 고마워요!
.
.

여기까지는 부부간에 매일 해야 할 천국방언이구요.

부부만이 아니라 남녀노소를 막론하고 우리 모두는 행복을 누려야 할 권리(!)가 있지요. 돈도 안 드는 쉬운 방법들이지만 문제는 마음의 결단인 것 같아요. 기쁨과 사랑이 가득한 천국의 현장을 집안으로, 교회로, 학교로, 우리 동네로 끌어들이는 도구가 바로 우리가 모두 소유한 이 작은 입이라는 사실이 오늘따라 더욱더 엄숙한 무게로 느껴지네요.

어떤 나이에 속하든지,

매일 연습해야 할 천국방언들은........

.

.

마음을 넓고 깊게 해주는 말 '미안해'

겸손한 인격의 탑을 쌓는 말 '고마워'

날마다 새롭고 감미로운 말 '사랑해'

사람을 사람답게 자리잡아 주는 말 '잘했어'

화해와 평화를 이루는 말 ' 내가 잘못했어 '

모든 것을 덮어 하나 되게 해주는 말 '우리는....'

세상에서 가장 귀한 보배로운 말 '친구야 '

봄비처럼 사람을 쑥쑥 키워주는 말 '네 생각은 어때?'

언제이든 모든 날들을 새로워지게 하는 말

'첫 마음으로 살아가자 '

．

．

이상입니다. ^^

하하하 너무 유치하다고요? 제가 오랫동안 경험한 바로는 이러한 말 한마디가 서로를 세워주고 매일을 신혼으로 만드는(?) 명약이 된다는 사실입니다. 아이들에게도 세상에서 가장 행복한 아들, 딸로 철석같이 믿게 하는 보약 중에 보약이지요. ^^ 행복지수가 100이 아니라 200이 되게 하는 약효가 확실한 천국방언임을 여러 해의 임상경험(?)을 통해서 확인했답니다요. 여러분도 한 번만 실천해 보셔요! 아마 당장 효과를 보실 걸요?(^.^) 날마다 순간마다 하나님의 사랑 속에 푹~~ 빠져서 서로의 존재 때문에 살맛이 나고 하나가 된 그 힘으로 마음껏 하나님을 섬긴다면 이미 우리 안에 천국이 이루어졌음을 증거할 수 있답니다. ^^

사랑합니다!!!

6.

파 뿌리 묵상

크리스마스에 연말연시에 하루가 멀다 하고 교회와 여러 모임에 참석하다 보니 요 며칠 동안 집에서 식사를 한 적이 거의 없었습니다. 그래도 오늘은 오랜만에 집에서 맛있게 저녁을 먹어야겠다고 벼르다가 생태찌개를 하려고 준비를 했습니다. 점심에 불려놓은 잡곡밥을 불에 올려놓고, 생태를 깨끗이 씻어서 물기를 빼놓았습니다. 무, 두부, 버섯 등을 썰어 놓고, 마지막으로 파를 준비하려고 냉장고를 열었습니다.

그런데 이게 어찌된 일입니까? 일주일도 안 된 파가 뭉그러져 있었습니다. '아니 그럴 리가 없는데?' 아직 싱싱해야 할 파단을 반은 버려야 되게 생겼습니다. 벌써 올려놓은 찌개가 끓고 있고 파를 바로 잔뜩 올려서 맛나게 끓여 먹으려고 했기에 은근히 신경질이 났습니다. 그렇지 않아도 겨울철이라 채소가 귀해서 다른 때보다 비싼 값을 주고 파를 잔뜩 사다 놓았는데 이렇게 못 쓰고 버리게 되었으니 어쩐담?

'나중에라도 마켓에 들르면 매니저에게 귀띔을 해 주어야겠네. 이렇게 금방 못 먹는 채소를 팔면 안 되지.'

아무튼 오랜만에 맛나게 생태찌개를 나누며 온 식구가 저녁식사를 했습니다. 식사 후 설거지를 하고 싱크대에 붙어 있는 음식 찌꺼기들을 청소해 버리면서 아까 버려진 파를 또 보게 되었습니다.

그런데 이상한 일이었습니다. 처음에는 분명히 파가 다 상한 것이 화가 나고, 속상했는데 어찌된 일인지 두 번째에는 언짢은 기분이 안 들었습니다. 내 배가 불러서 똑같은 걸 보고도 너그러워졌나보다 하고 속으로 웃으며 밭에 심으려고 잔뜩 잘라놓은 파 뿌리 밑동을 보는 순간, "아........!" 하는 탄성이 나도 모르게 나왔습니다.

'그래. 맞아! 파가 시든 것은 뿌리가 있어야 할 곳에 있지 않고 땅에서 뽑혀서 나왔기 때문이지. 물과 영양분을 빨아들이는 비옥한 땅에 박혀 있어야 싱싱하고 곧게 뻗어 나갈 텐데, 뿌리째 뽑혀서 냉장고 안에 들어 왔으니, 시들어 버리는 것은 심히 당연한 일이지. 아무리 보관을 잘 하고 비싼 플라스틱 그릇에 씻어 넣었다 한들, 땅에 뿌리를 내리고 꼿꼿이 서 있는 파에 비할손가? 모양뿐 아니라, 영양과 신선함까지, 가공된 것들에는 찾아볼 수 없는 귀한 생명이 그 안에 있지 않은가?' 생각했습니다.

그러니 파가 시든 것은 생명을 절단 당한 당연한 결과이고, 생명이 없는 플라스틱 그릇들이 아무리 좋고 멋져 보여도 그 안에 생명이 없기 때문에 한 달이 아니라 며칠안에 썩거나 변하는 것이 당연한 것 아니겠습니까? 그러니 우리가 살아 있는 생명체인 것이 얼마나 귀하고 축복된 일인지요.

  예수 안에 뿌리를 박고 사는 우리들도 예수 밖으로 뿌리가 떨어져 나가면 죽을 수밖에 없다는 사실을 깨닫는 순간 정신이 번쩍 들었습니다. 생명이신 예수 그리스도에게 붙어 있어야만 제대로 된 성도의 구실을 할 수 있음을 마음속 깊이 새기면서 하찮은 파 뿌리를 통해서도 주님의 사랑과 은혜를 체험하게 하시는 세밀하신 주님의 간섭하심이 절절하고 절절하게 감사하고 또 감사했습니다. 오늘도 생명의 근원이신 그분께 박혀 있기 원하기에 나의 뿌리를 점검해 보고 흐트러지기 쉬운 마음을 모아 주님을 바라봅니다.

7.

거룩한 청소부
청소 하브루타

오늘은 대청소날입니다. 보통은 큰 아이들이 있을 때 주말이나, 아니면 큰 시험을 치룬 다음 날, 바쁘신 아빠를 제외한 일곱 명의 식구들이 이것저것 분담해서 빠른 시간 안에 집안을 번쩍~ 들었다 놓지요. 아직도 연년생인 막둥이 세 녀석이 3살~6살이라서 이쪽을 치워 놓으면 다른 쪽을 어질러놓고, 또 다른 쪽을 정리해 놓으면 생각지도 않은 구석에 모여서 일거리를 만들곤 하는 형편이라 우리 식구끼리 지낼 때는 어지간한 것들은 '그러려니'하고 대강 치워놓고 지낼 때가 많습니다.

그래도 손님이 오실 때는 훈련된(^^) 여섯 명의 청소부들이 한꺼번에 달라붙어서 눈 깜짝할 사이에 흩어졌던 것들이 제자리에 놓여지고, 더러운 것이 닦이고, 세워지는 통에 그야말로 여섯 남매 엄마의 재미를 쏠쏠하게 누리곤 한답니다.

"하하 정말이지 주님은 엄~청~~ 공평하신 분이야~~"하면서 말입니다.

그런데 말이죠. 무슨 일인지 어제 밤부터 갑자기 청소가 하고 싶어졌습니다. 척척 손발 맞아 도와줄 큰 아이들 셋이 워싱턴으로 비전 여행 가서 없는데도 말입니다. 이번 한 주간 동안 큰 아이들 셋이 없어서 괜히 집안이 썰렁하고 허전했지요. 더구나 태국에서 오신 선교사님 가정을 모시고 관광 가이드 하느라 매일 나가기 바빠서 아침이면 꼬맹이 세 녀석을 챙기느라 정신이 없었답니다.

그러다 지난 목요일에 선교사님 가정도 선교대회에 참석차 시카고로 떠나시고, 어제는 다섯째 예일이 생일도 조촐하게(??) 축하해 주고 어젯밤 늦게까지 남편의 주일설교를 위해 야무진 내조(^^)로 콩콩 뛰다보니 온 집안이 그야말로 말이 아니네요. 그래서 오늘이 토요일이겠다, 저녁 7시에 있는 결혼식에 갈 선물을 포장하다가 벌떡 일어나 대청소를 시작했습니다. 이곳저곳 쌓인 먼지를 털고 닦으면서 힘들고 피곤했지만 청소 후 깨끗하게 정리된 집안을 둘러보면서 마음이 상쾌해지는 것을 느꼈습니다.

이가 없으면 잇몸으로 먹는다고 큰 아이 셋이 없으니까 막둥이 세 녀석이 발바닥이 안 보이도록 엄마 뒤를 쫓아다니면서 돕는 솜씨가 보통이 아닙니다. 남아있는 셋 중에 제일 큰 여섯 살이 된 넷째 예나가 총지휘를 하네요. ^*^

다섯째 예일이와 여섯째 조수아는 군기가 바짝 들어 예나가 시키는 대로 잘도 따라 합니다.

가끔씩 일거리를 더 만드는 경우가 생기긴 했지만 그래도 어린 세도우미들의 고사리 손놀림이 너무도 사랑스러웠습니다.

"와우~~ 우리 예쁜 예나, 예일, 조수아가 청소를 너무나 잘하네? 최고야 최고!"

양쪽 엄지손가락을 길게 세워 눈을 찡긋하며 사랑양념을 한껏 쳐댔습니다. 양념이 뿌려질 때마다 엄마에게 더 많이 칭찬을 받으려고 어찌나 예쁜 짓을 해대는지 보기만 해도 배부릅니다. 아무튼 룰루랄라~~ 콧노래를 부르며 후다닥 청소를 마쳤습니다.

청소를 끝내고 목욕탕에 세 녀석을 넣어놓고 먼지와 땀으로 뒤범벅된 온 몸을 깨끗이 씻겼습니다. 낄낄~ 호호~ 하하~ 깔깔깔~~~ 뭐가 그리 재미있는지 물놀이하며 한바탕 웃음잔치를 하네요. 늦은 점심이지만 아이들이 물속에 있는 동안 후다닥 아줌마의 주특기인 '뚝딱' 요리로 스파게티를 만들었지요.

"와우~~ 스파게티다~~~~!!!!"

젖은 머리들을 털어가며 옷을 갈아입고 나온 아이들과 함께 맛난 점심을 먹었습니다. 정신없이 먹던 아이들이 배가 부르니 셋이 하나가 되어 방으로 들어가네요. 아까 하다만 학교놀이를 하겠다고 엄마는 저리 가라고 문까지 닫고서. 반으로 줄어든 설거지를 후다닥 해치우고 모처럼 물을 끓여 차를 마셨습니다. '이럴 때 남편이 옆에 있으면 넘~~ 좋을 텐데.' 현미녹차를 타면서 교회서 한창 바쁘실 남편이 그리워지네요.

소파에 몸을 깊숙이 기대고 앉아서 오늘따라 당기는 비발디의 사계 중 '봄'을 틀어놓고 모처럼 우아~하게 나만의 황홀한 시간을 누립니다. 하하 이럴 땐 꼭 아이들이 하나도 없는 자유부인(^^) 같네요.^*^

눈을 지그시 감고 음악을 감상하노라니 어느새 마음은 향긋한 봄이 가득한 정원에 앉아 지저귀는 파랑새가 되어 있네요. 그러면서 문득 이런 생각이 들었습니다.

'내 마음에도 구석구석 보이지 않는 곳에 먼지가 쌓여 있겠지. 매일매일 조금씩 하면 쉽지만, 오랜만에 하려고 하면 지치고 힘든 것이 청소인데 매일 나의 마음을 닦고 꾸미는 작업은 잘 되고 있는가? 바쁜 것 때문에 이리저리 핑계를 대며 소중한 일에 소홀하지는 않는가?'

조용히 내 삶을 점검해 보며 마음 한구석에서 들려오는 나지막한 소리에 귀를 기울입니다.

"주님, 욕심으로 얼룩진 내 마음의 창문을 닦습니다. 적당히 타협하며 살던 내 양심의 창문도 안팎으로 깨끗이 닦습니다. 웬만한 허물에는 무뎌진 해묵은 마음의 때를 벗깁니다. 나의 마음을 당신의 피로 깨끗이 씻어 주십시오. 나의 힘으로는 청소하기가 불가능한 것을 솔직하게 고백합니다. 거짓과 위선으로 더럽혀진 창문을 닦아 주세요. 눈가림과 허위로 물든 치사한 얼룩들이 너무 짙어지기 전에 성령을 보내 주셔서 아예 새 문으로 바꿔 주셔요."

미움과 질투로 더러워진 창문, 비수 같은 혀를 놀려 금이 간 창문,

제가 어떻게 해볼 방법이 없네요. 오늘도, 오늘도 주님의 은혜와 긍휼하심이 없이는 도저히 살아갈 수 없는, 어찌해 볼 수 없는 저를 도와주셔요.

주님, 날마다 내 마음의 창을 닦기 원합니다. 구석구석 투명하게 닦기를 원합니다. 주님의 모습을 뚜렷하고 선명하게 볼 수 있도록 저의 마음 속에 성령의 피 묻은 거룩한 세마포로 시간마다, 일마다, 때마다, 순간마다 거룩한 청소부가 되어 주시기를 간절히 기도합니다.

하브루타(Havruta)는 친구(Haver)에서 유래되었으며 교육, 우정을 뜻합니다.
보통 두 명이 짝을 지어 본문을 공부하는 방법입니다.
하브루타에서 가장 유명했던 히브리어는 '마아타 호세프'입니다.
그 뜻은 '당신의 생각은 무엇입니까?'입니다.
생각을 들음으로 학습하는 것을 말합니다.

8. 공짜인데... 진짜랍니다!!!

캘리포니아의 많은 고속도로를 지나가다 보면 꼭 빠지지 않고 볼 수 있는 대형 광고판이 있습니다. 바로 '로또(복권)' 광고지요. 어렵고 가난한 사람들이 복권 한 장이면 금방 신세가 바뀐다는 이런 저런 내용의 그림과 문구들을 보면서 많은 생각을 하곤 합니다. "다음은 당신 차례입니다."라는 말로, 아무리 어려워도 복권을 사고야 말게끔 하는 심리적 동요를 일으키는 문구를 봅니다. 그것은 바로 이 험한 세상에서도 이 로또 복권 하나 있으면 어떤 것도 참고 헤쳐갈 수 있다는 내용입니다. 마치 불신자들에게는 복음과 같이 매력적인 것이지요.

또한 가장 비싼 시간대에 주요 텔레비전 광고에 나오는, 엄청난 돈을 투자하여 만든 기가 막히게 멋진 복권 광고가 두 눈을 사로잡습니다. 어떤 가난한 가장이 허름한 노숙자 차림으로 1불을 내고 복권을 한 장 삽니다. 그리곤 그 꼬깃꼬깃한 복권을 두 손 사이에 끼우고 입을 맞추며 소원을 빕니다.

"제발 당첨되게 해 달라."

그리고는 길거리에 서서 지나가는 차 안의 사람들에게 구걸을 합니다.

그런데 어느 날, 복권에 1등으로 당첨이 됩니다. 어마어마한 거액의 돈뭉치를 커다란 자루로 쓸어 담습니다. 하루아침에 그야말로 벼락부자가 됩니다. 그리고 그 다음 날부터 세상에서 가장 멋지고 휘황찬란한 대저택의 주인이 되어 근사한 턱시도를 입고 나타납니다. 목장까지 딸린 궁궐 같은 저택에 여왕같이 우아한 자태로 다소곳이 선 가장 행복한 미소를 가진 아내의 얼굴이 화면에 나타납니다. 그 뒤에는 자랑스러운 아들을 행복한 몸짓으로 껴안는 늙은 부모님이 있습니다. 말끔하게 차려입은 귀공자와 같은 두 남매의 손을 잡고 널다랗게 펼쳐진 푸른 초원의 정원을 뛰어갑니다. 안개 빛과 같이 꿈결 속에 그려진 행복한 자막이 떠오르며 광고가 끝이 납니다. "다음 번은 당신 차례일지도 모릅니다."

그야말로 꿈같은 이야기입니다. 로또 1등에 당첨될 확률은 900만분의 1이라고 합니다. 어떤 이들은 더 많은 숫자들을 보태기도 합니다. 그야말로 현실성이 없는 꿈, 허망한 꿈을 말해주는 숫자입니다. 평생 사는 동안 내가 해당될 확률은 거의 없다고 보아도 무방한 숫자입니다. 어떤 이들은 비 오는 날 벼락을 맞을 확률보다도 훨씬 희박하다고 이야기 합니다.

그런데 언제 시작된지도 모르는 로또 열풍이 사그라들기는 커녕 날이 가면 갈수록 더 거세지는 것을 보면서 안타까운 마음이 커집니다. 전 국민의 사행심을 불러일으키는 이런 일들을 정부 기관이 직접 하는 것은 서로 도움을 받아야 정치를 할 수 있는, 거미줄 같이 얽힌 먹이 사슬을 바탕으로 한 현시대의 아픈 모습인 것 같습니다. 그래서 많은 양심적인 분들이 여러 가지 정보와 홍보물을 통하여 복권의 허망함을 이야기하고 있지요. 통계로 입증되는 확실한 증거를 제시하면서 이야기를 하기도 합니다. 설사 복권에 당첨되었다고 하더라도, 복권에 당첨된 사람들이 결국 이전보다 불행해지는 경우가 더 많음을 실제적인 예를 들어서 이야기하고 있습니다. 즉, 열심히 땀 흘려 번 것이 아닌 것을 무턱대고 좋아하다가는 결국 우리가 그렇게도 원하던 행복한 삶이 올 수 없다는 것을 말합니다.

그러나 우리 나약한 인간들은 당장 나에게 주어질 당첨금에만 연연하여, 그런 말에는 귀 기울이지 않고 아무렇지도 않게 무시해 버리기가 일쑤입니다. 연민이 느껴집니다. 하나님께서는 벼락 맞을 확률보다도 낮은 복권당첨을 꿈꾸는 이들을 바라보시며 오늘도 우리에게 소망을 주십니다.

'예수 복권'이 바로 그것입니다. 세상의 복권은 단 1불이라도 지불해야 당첨될 가능성이 있지만 예수 복권은 소지자에게 허락된 보화가 이미 손 안에 있답니다. 값을 지불하고 내 것으로 살 때에는 그것이 귀한 줄 알아서 잊어버릴까봐 소중히 간직하지만 공짜로 얻어지는 것들에는 감사한 마음도 그 가치를 귀히 여기는 소중함도 줄어드는 것이 우리의 얄팍한 마음인 것 같습니다.

그렇지만 우리에게는 공짜인 그 예수 복권의 엄청난 값이 이미 2000년 전에 지불되었다는 사실에 놀라지 않을 수 없습니다. 다른 분이 아닌, 우리 주 예수 그리스도께서 우리를 대신하여 지불하셨습니다. 그래서 지금 우리는 그 귀한 보화를 공짜로 받고 누릴 수 있는 자리에까지 나갈 수 있는 것입니다. 그러나 이 귀한 복권을 누리는 축복은 우리 손안에 있습니다. 예수 믿는 사람은 누구나 평생 누릴 복권을 갖고 있지만, 믿음으로 이를 열어보는 사람과 쥐고만 있고 사용하지 않는 사람이 갖는 상금의 크기에는

엄.

청.

난.

차이가 있습니다.

은혜 안에 살지 않고 내 생각으로 판단하고 생각하고 살면, 그 복권을 열어보지 않고 살고 있는 것과 마찬가지인, 영적으로 눈먼 사람이 되겠지요. 마치 집안에 가득한 보화가 있음에도 그것이 어디에 있는지 알지 못해 매일 장에 나가 노동을 해야 하는 극빈자 아닌 극

빈자처럼 우리도 이미 주어진 놀라운 축복을 알지 못하고, 한 끼도 제대로 못 먹는 거지와 같은 삶을 살고 있는 것은 아닌지 생각해 볼 일입니다.

왕 같은 제사장으로 우리를 부르신 하나님의 축복의 문이 바로 눈 앞에 있는데도 기도와 믿음이라는 열쇠가 없어서 그 문을 열지 못하고 굶주리고 있는 고아같은 우리의 삶은 아닌지 내 삶을 되돌아보게 됩니다.

우리 모두 예수 복권의
그 보화를 누리고 사는 지혜가 있기를 바랍니다.
우리 모두 예수 복권을
열어 보고 사는 은혜가 있길 바랍니다.
기도와 믿음과 사랑의 키(key)로
그 놀라운 보물창고를 열어보는 지혜가 있길 바랍니다.
이미 우리 손 안에 가지고 있는 놀라운 보화를
볼 수 있는 영적 시력의 회복이 있길 바랍니다.

오그려 쥐지만 말고 겸손함으로 손가락을 펼치는, 주님 주시는 여유를 소유했으면 하는 마음입니다. 나 혼자만 움켜쥐고 있으면 욕심의 그릇이 항상 채워지지 않아 허무하기만 하고, 친구도 없어져 고독한 눈물을 흘리게 됩니다. 하지만 손을 펴서 나누면 배가 되고 제곱이 되는 '복된 파이프 인생'이 됩니다. 가정과 개인을 망치는 세상의 복권에 사로잡힌 내 주위 사람들의 눈을 돌리고 이 놀라운 예수 복권을 소개하는 것이 우리의 아름다운 숙제인 것 같습니다.

  오늘도 우리에게 주신 가장 아름다운 전도지인 예쁜 얼굴을 가지고서 활짝 핀 목련꽃 같은 행복한 웃음으로 예수 행복, 예수 천국을 전하고 싶습니다. 그리고 목젖이 보이도록 힘차게 외치고 싶습니다.

  "예수 복권 사세요! 공짜인데 진짜랍니다.......!!!"

  사랑합니다.

하브루타에서의 배움은 질문으로 시작해서 질문으로 끝나는 공부입니다.

질문은 힘입니다!
질문은 답입니다!
질문은 삶입니다!

다시 또 새로운 시작
예배 하브루타

올해 들어 우리 집에서 새로 시작한 일이 매일 가정예배를 드리는 것입니다. 지금까지는 일주일에 한 번 정도, 거의 매 토요일에 아이들과 함께 기도하고 말씀을 나눠왔습니다. 처음엔 아이들도 조금 의아해 하면서 그렇게 좋아하지는 않더군요. 엄마 아빠가 결정했다고 하니 일단 순종을 했지만 기쁨의 순종은 아니었습니다.

그래서 기도했지요. 주님께서 특별한 은혜를 베풀어 달라고 말입니다. 주님을 믿는 것도, 말씀이 깨달아지는 것도, 찬송을 부르는 것도, 기도를 하는 것도, 나의 힘으로 되는 것이 아님을 너무도 잘 알기에 주님께서 저희 아이들의 마음을 만져 달라고 앉으나 서나 기도를 했습니다. 같은 찬송이라도 기쁨의 심령에서 우러나오는 찬송은 첫 구절부터 감동이 됩니다. 똑같은 기도를 드려도 은혜 받은 기도는 감동이 있게 되지요. 매일 읽었던 말씀이라도 성령께서 깨닫게 해 주시는 말씀은 송이꿀보다 단맛이 되는 경험을 기억합니다.

주님! 이왕 예배를 드리는데 우리 아이들과 저희 부부가 이런 마음으로 드리게 해주세요. 매일 드려지는 예배지만 매번 놀랍게 역사하시는 성령님의 감동이 넘치게 해주세요. 그렇게 간절히 숨을 들이쉬고 내쉬면서 마음속에 소원을 두고 아뢰었습니다.

　그러던 중 오늘 아침에 이런 감동이 왔습니다. '먼저 엄마인 네가 은혜를 받아라 ….'

　아… 늘 저는 충만하다고 생각했는데, 이것이 주님 보실 때는 '교만'이라고 말씀하셨습니다. 아! 주님........!!!

　그 말씀이 들려짐과 동시에 그 자리에 퍽~하고 엎드려졌습니다. 얼마나 부끄러웠는지요. 눈물이 봇물처럼 터져 나왔습니다. 말씀이 육신이 되어 우리 가운데 오게 하신 하나님의 역사. 그 놀라운 주님의 말씀되심이 내 안에 먼저 일어나야 하겠기에 주님께서 순간마다 그 말씀을 들려 주셔야만 교만한 제가 일어설 수 있습니다, 하는 고백과 함께 엉엉 울면서 주님 앞에 회개했습니다.

　맛있는 음식은 먹어보면 그 맛을 압니다. 맛을 안 다음에는 먹지 말라고 해도 그 음식을 찾게 되어 있듯이 하나님의 말씀이 꿀송이보다 더 단 것을 경험하기만 하면 말씀을 읽지 말라고 해도 앞다투어 말씀을 읽을 것이 확실해진 것이지요. 그동안은 매일 말씀을 읽으라고 공부하는 것도 중요하지만 먼저 말씀을 읽으라고, 된다고 성경은 하나님의 말씀이므로 말씀을 읽을 때 하나님께서 놀라운 지혜를 여신다고 늘 그렇게 아이들에게 말하곤 했습니다.

그러나 좋은 것도 과하면 해가 되듯이 아이들에게 늘 이야기하는 것이 자칫하면 잔소리가 될 수도 있겠다는 생각이 들었습니다.

아무리 좋은 것이라도 일단 잔소리로 들려지면 아무런 효과를 기대할 수 없지요. 주님의 복된 자녀들로 자라게 하기위한 엄마의 마음이 오히려 성경을 건성으로 읽게 하는 부정적인 영향을 미칠 수도 있겠구나 생각이 들자 정신이 번쩍 났습니다.

억지로 하는 예배..
억지로 하는 큐티..
억지로 하는 기도..
억지로 하는 찬송..

형식적으로 하는 것은 얼마든지 가능합니다. 엄마 아빠를 기쁘게 하려고 조금만 노력하면 우리가 그냥 지나칠 수도 있겠구나. 거기까지 생각이 미치자 또 다시 눈물이 쏟아졌습니다. 하나님, 정말 잘못했습니다. 왜 이렇게 제가 미련하고 모자랄까요? 한참을 울며불며 나의 모자람을 주님 앞에 송두리째 내려놓았습니다. 주님의 전적인 도우심이 없이는 내가 낳은 자식 하나도 제대로 키울 수 없음을 고백했습니다. 여섯 아이를 고통 중에 낳았지만 양육과 성장은 제 몫이 아니었습니다. 주님께서 매순간 키워 주셔야 가능한 것임을 다시 한 번 절절하게 깨닫습니다. 지금까지도 주님께서 키워주셨음을 다시 한 번 고백했습니다. 나의 부족함을 알게 해 주신 하나님께 다시 한 번 감사의 기도를 드렸습니다.

그렇게 한참을 기도하고 나니 마음에 말할 수 없는 평강이 찾아왔습니다. 주님께서 한없이 작은 나를 품에 안고 계신 느낌이 강하게 왔습니다. 아.. 주님.... 너무 좋네요...... 또 다시 눈물이 솟구쳐 올랐습니다. 이번에는 너무나 감사해서 흘리는 눈물이네요. 나같이 모자란 사람에게도 이토록 세심한 사랑을 베푸시는 아버지의 은혜, 이것은 분명 값없는 하늘의 긍휼이네요. 나의 연약함을 아시는 아버지께서 나를 불쌍히 여기시는 놀라운 은혜 앞에 뜨거운 감동으로 온 몸을 떨었습니다.

요즘은 여섯 아이들이 모두 학교에 가기 때문에 오전 4시간은 나홀로의 우~아한 시간을 가지게 됩니다. 늘 여러 일로 총총대면서 하루가 너무 짧다고 징징 댔었는데 오늘은 주님의 놀라운 은혜의 강물에 온 몸을 맡겨버렸습니다.

사실 제 스스로 무엇을 할 수 있겠습니까? 그런데 현실에선 내가 바쁘게 움직여야 무슨 일이 되는 것처럼 그렇게 정신없이 시간을 끌어가며 살았습니다. 내가 아니면 아무것도 안 될 것처럼요. 모든 것이 내 손이 닿아야만 완성되는 것처럼 그렇게 허둥거리며 달려왔던 나의 모습이 보였습니다.

그런데 그게 아니네요. 열심이라고 최선이라고 생각했던 그것이 바로 교만이었습니다. 하나님을 저 구석에 모셔두고 내가 먼저 무엇인가를 해내려고 했던 교만. 명색이 사모라고 하는 사람이 너무도 믿음 없이 살아왔네요. 그러면서 믿음이라 하며 설교를 해댔구요. 믿음이 있는 체 그렇게 스스로 속이며 살았네요. 그런 나의 오만불손함을 불쌍히 여기시고 강한 성령님의 음성으로 깨닫게 해주신 복된 아침, 오늘은 정말 복되고 복된 날입니다. 세상이 줄 수 없는 놀라운 평강이 나의 온 몸을 덮었습니다. 그 놀라운 평강이 금방 집안 구석구석 번져감을 느낍니다. 이제 몇 시간 후면 아이들이 학교에서 돌아올 것입니다. 그 아이들에게도 이 놀라운 평강이 강력하게 번져갈 모습이 그려집니다. 행복과 은혜도 전염성이 아주 강하거든요... ^^

 아... 생각만 해도 너무... 행복하네요. 감동으로 드릴 여덟 식구의 가정예배. 그 아름다운 시간을 준비하며 이제 부엌으로 달려갑니다.

 "오늘 저녁엔 뭔가 특별한 메뉴를 준비해야겠는데 주님 뭘 하면 남편과 아이들 마음이 열릴까요? 가르쳐주세요. 꿀맛 같은 예배를 드릴 수 있는 천국메뉴 말예요."

 이 생각 저 생각 하는 동안 입사이즈가 자꾸만 늘어납니다. ^^ 목구멍이 열려야 마음이 열린다지요? 사랑양념 섞어서 맛난 저녁을 만들고 오늘은 하루 종일 잔소리 안 하며 지내 보렵니다. 아이들이 좋아하는 모습이 벌써부터 그려지네요. 그 모습을 상상만 해도 이렇게 즐거운 것을 '왜 진작 시작하지 못했을까?' 머리를 긁적거려도 봅니다. ^^

매일 저녁 9시에 드리는 가정예배. 지금 아침 이른 시간인데 벌써부터 가슴 설레는 사모함이 가득합니다. 연약한 엄마를 일으키신 감동이 모두에게 번져갈 테니까요. 오늘부터는 감동이 부어진 예배를 드릴 테니까요.

"너희 속에 착한 일을 시작하신 이가
그리스도 예수의 날까지 이루실 줄을
우리가 확신하노라."
빌립보서 1장 6절

아멘, 아멘!!!

사랑합니다.
오늘도 주님 안에서 많이많이 기뻐하세요~~
절.대.기.쁨!!

장미꽃 가시 감사
감사 하브루타

　인간에게는 누구든지 최소한 한 가지씩, 또는 서너 가지 본인에게나 타인에게 불편하기도 하고 남에게 보이고 싶지 않은 부분들이 있는 것 같습니다. 아무리 한 나라를 좌지우지 하는 권세가 있는 대통령이라도, 수십만 명, 아니 그 이상의 헤아리기조차 어려운 많은 사람들이 존경하고 좋아하는 위대한 인물이라도, 한 번 무대에 서면 세계의 모든 사람들이 환호성을 지르며 기절하기까지 하는 최고의 인기를 지닌 연예인이라도, 적나라하게 자기를 드러내기를 원하는 사람은 이 세상에 아마 한 사람도 존재하지 않을 것 같습니다. 왜냐하면 우리 모두는 하나님이 만드신 미완성 피조물이기 때문입니다.

　자기 자신을 하나님이 만드신 최고의 걸작으로 알고 신묘막측한 주님의 솜씨를 만끽하며 나를 통한 하나님의 영광을 추구하는 것도 믿음의 아름다운 자존감이겠지만 예수님을 제외한 이 세상의 모든 인생들에게는 도저히 견디기 힘든 한 가지 이상의 자기 십자가가 있는 것 같습니다. 처음엔 아름다운 장미꽃을 보고 황홀한 나머지 단숨에 꺾어 버리려고 덤벼들지만, 줄기에 자잘하게 붙어있는 작지만 날카로운 가시에 찔려 비명을 지르기 일쑤인 것 같습니다.

　비명만 지르는 것이 아니라 가시에 찔린 상처와 곪아오는 염증들로 아파하고 절망하고 주저앉아 우는 눈물을 보곤 합니다.

　저도 아직 철이 없을 때에는(지금도 철이 덜 들었지만^^) '왜 하필 나에게 이런 가시 같은 성격이 있을까? 이것만 없다면 뭔가 멋있게 해 볼 수 있을 텐데' 하면서 변하지 않는 5%, 10%를 묵상(?)하여 눈물로 되씹는 괴로운 시간을 보낸 적이 있었습니다.

　그러나 요즘 "길 가에 장미꽃 감사~ 장미꽃 가시 감사~~ 응답받은 기도 감사, 거절하신 것 감사~~"란 찬송이 마음에 와 닿습니다. 지금까지 40여 년을 살아오면서 해 왔던 많은 기도 가운데 내 기도대로 응답되어서 감사한 일 보다는 내가 드린 기도들 가운데 무응답으로, 거절하심으로 오히려 축복이 된 많은 일들을 헤아리면서 여러 가지 생각을 하게 됩니다. 내가 드렸던 철없던 많은 기도와 소원이 그대로 되었다면 생각만 해도 아찔한 결과들이 기다리고 있었을 것임을 뒤늦게 발견하게 됩니다.

　그때에는 그 기도가 왜 이리 응답이 안 될까 하며 안달을 하고 불평을 했는데 지금에 와서 돌이켜보니 "휴우~~"하고 저절로 안도의 한숨을 쉬게 됩니다. 그러면서 제 귀에 들려오는 세미한 주님의 음성을 듣습니다.

"너를 지금 이 시간 이 자리에 있게 하기까지는 내가 얼마나 조마조마 하고 마음 졸이는 시간이 많았는지 아니?"

"내가 주려는 많은 축복의 통로가 이 쪽인데 너는 반대 방향의 것들에만 관심이 많았지. 그래서 싫다고 우는 너를 이리로 데리고 오려고 얼마나 힘들었는지 모른단다."

"아 그러셨군요! 그때 우연히 만난 그분이 바로 주님이 보내신 천사였군요. 그래요 그때 제가 원하는 대로 했더라면 지금쯤 저는 아! 상상하기도 싫네요."

조용히 마음에 들려오는 음성들을 들으면서 지금까지 나에게 거절하시고, 가시 같은 부분들을 주신 하나님의 손길이 너무나 커다란 긍휼로 느껴졌습니다. 그것은 주님의 '최고의 은혜'였습니다. 나의 상상을 초월한 영역의 '세심한 배려'이셨습니다. 그것들은 오히려 주님의 모습을 바라보게 하였고, 연약한 나의 실체를 깨닫게 해 주는 명약이었습니다. 나에게는 가시였고 아픔이었지만, 그것은 바로 나를 겸손하게 이끄는 '위대한 스승'이었습니다.

얼마나 감사하고 감사한지 나도 모르게 눈물이 흘렀습니다. 매일의 삶 속에서 주님을 조금씩 조금씩 알아가게 하시고 나를 버릴수록.... 나를 포기할수록.... 상상할 수 없이 비교가 안 되는 놀라운 은혜 안에 들어가게 하신 주님께 그저 감사하다고 고맙다고 가슴을 적시며 고백하는 일밖에는 내가 한 일이 아무것도 없었음을 알게 되었습니다.

그 안에 '풍성한 기쁨'과 '마르지 않는 생수'와 같은 행복을 맛보게 하시고, 날마다 '독수리 같이 날게 하시는 주님의 능력'이 놀랍기만 합니다.

지치고 힘들 때마다 나의 눈높이에서 만나주시고, 나의 보잘 것 없는 초라한 수준에서 나의 친구가 되어 주셔서, 다시 일어나 서게 하시는 주님의 손길들을 기억하면서 내 마음에 거룩한 감동이 물결치기 시작합니다.

"아직도 철부지이고, 아무것도 내 놓을 것이 없는 미련한 존재지만 그래도 주님을 알게 하셔서 주님을 바라보도록 나의 시선을 하늘로 고정시켜 주신 것이 너무도 감사한 일이네요. 지금까지 인내하시고 참아주신 좋으신 주님께 최소한의 보답을 하는 인생이고 싶습니다. 도와주세요. 매순간 주님이 없이는 살 수가 없습니다. 여기저기 좌충우돌하는 사고뭉치로 살지 않도록, 주님의 질서를 지닌 천국시민으로 살 수 있는 지혜와 분별력을 갖기 원합니다.

장미꽃에 가시가 있어서 더욱 아름답듯이, 나에게 잘 되는 일에만 감사하지 말게 하시고 넘어지고 쓰러지는 일들이 오히려 주님을 만나고 알아가는 '지름길'이 된다는 진리를 잊지 않게 해 주셔요. 아름다운 꽃을 인하여 기뻐하고 행복해 하는 한편, 가시를 주신 하나님의 뜻도 감사함으로 받아들일 줄 아는, 철든 인생이고 싶습니다."

문득, 때때로 질병도 하나님의 은혜임을 나누었던 유명한 간증이 생각납니다. 세계 3대 성악가 중의 한 사람인 호세 카레라스의 이야기입니다. 지금은 최고의 테너로 사랑 받고 있지만, 그도 한때는 불치의 병으로 사경을 헤맨 적이 있었답니다. 성악가로서 그의 명성이 최고조에 달했던 1987년, 그의 나이 41세가 되던 해 7월이었죠. 오페라 라보엠의 주인공 역을 맡아서 한참 신나게 연습을 하고 있던 중에 갑자기 쓰러졌습니다. 그가 병원으로 옮겨져 검사를 받은 결과 백혈병이라는 진단을 받게 되었습니다. 이때 그는 히스기야를 떠올리며 하나님께 매달리기 시작했다고 합니다.

"하나님, 저에게 생명을 조금만 더 연장시켜 주시면 남은 생애는 주님을 위해 살겠습니다."

그는 강인한 정신력으로 투병생활을 시작했지요. 머리카락이 빠지고 손톱과 발톱이 빠져 나가는데도 찬송과 기도를 멈추지 않았다고 합니다. 골수이식수술과 화학치료도 믿음으로 잘 받아내고 마침내 건강을 되찾았습니다. 이때부터 그의 삶은 그의 것이 아니었습니다. 자신이 다시 살게 된 것은 전적으로 하나님의 은혜인 줄 믿고, 전 재산을 팔아 바르셀로나에 '호세 카레라스 백혈병 재단'을 세웠고, 많은 백혈병 환자들을 돌보기 시작했습니다. 그는 이 일을 위해 공연에서 얻는 수익금의 절반을 쓴다고 합니다. 그리고 그는 이런 고백을 했지요.

"때로는 질병도 은혜가 될 때가 있습니다. 백혈병과의 싸움을 통해 나보다 남을 생각할 줄 아는 사람이 되었습니다. 나는 이제 단순히 노래만 부르지 않습니다. 나의 생명을 연장시켜 주신 하나님께 감사하며 살아있다는 것을 기뻐하고 축하하기 위해 노래를 부르고 있습니다."

여러분! 어떠세요? 너무 멋있는 분이시지요? 몇 해 전 읽은 이야기지만 어찌나 감동스러웠던지 호세 카레라스의 곡을 들을 때마다, 라디오에서 혹은 텔레비전에서 그의 음성과 모습을 확인할 때마다 음악적인 기교를 넘어서 아름다운 영혼의 감동을 가슴깊이 느끼곤 합니다. 활짝 핀 목련꽃 그늘 아래서 행복한 이 4월의 끄트머리에서 우리에게 있는 가시를 감사하며 기뻐할 수만 있다면 이보다 더 큰 행복이 있을까요?

하브루타는 정답이 없습니다.
질문할 때 스스로 답을 발견합니다.
질문에 답을 할 때까지 기다려주는 태도가
그 다음 질문을 이어가게 합니다.

내 맘대로 안경

얼마 전 교회 근처에 있는 안경점에 들렀습니다. 큰 아이 둘과 내 안경에 이상이 생겼기 때문이었죠. 내 삐뚤어진 안경테는 바로 잡아야 했고, 큰딸 베끼는 농구연습을 위해 콘택트렌즈가 필요했고, 둘째딸 에스더는 새 안경을 맞추어야 했습니다. 아래로 꼬맹이들 넷은 교회에 맡겨두고 큰 아이들만 데리고 나오니 큰 녀석들이 내 겨드랑이 밑으로 양쪽 팔을 끼워 넣으며 너무나 행복해 했습니다.

"와~~ 엄마랑 이렇게 팔짱 끼고 외출한 지가 도대체 얼마만이지? ^^"

"그래 언니야. 나. 너무 좋아서 가슴이 터질 것 같다^~~~~~^"

큰 녀석들 둘을 데리고 10여분 걸어가는데 두 딸들이 어찌나 좋아하던지 입을 다물 줄을 모르더군요. 이제 몸은 다 큰 듯 베끼는 엄마보다 한 뼘이나 큰 167센티, 에스더는 엄마랑 거의 눈높이가 같아진 160센티여서 도레미 음계같이 차례로 늘어선 세 모녀가 같이 팔을 끼고 일렬로 걷는다는 그 하나만으로도 이미 온 세상의 행복을 다 가진 듯한 기분이었습니다. 아이들 가운데 끼인 몸은 4학년이지만 마음은 이팔청춘인 젊은 엄마는 덩달아 행복음계를 밟으며 룰~루~랄~라~ 콧노래까지 불러대는데 이상하게도 마음 한편에는 왠지 모를 애잔함이 가득했습니다. 어린 네 동생들 때문에 오랜 시간 엄마 곁에 올 새도 없었던 두 딸들의 사랑의 허기를 양쪽에서 전달받으니 어느 새 마음이 촉촉해졌습니다.

  세상을 다 얻은 듯 즐거워하는 두 딸들의 행복노래를 들으면서 책임감에 어깨가 무거운 큰 아이들을 위해 의식적으로라도 더 많이 피부를 부벼주고 안아주고 사랑해주리라 다짐했습니다. 늘 맘은 있어도 시간이, 상황이, 형편이, 빡빡하다는 이유로 뒷전에 밀려야 했던 아쉬운 과거의 시간들이 마음에 전해져 왔습니다. 작은 동생들에 둘러싸인 엄마를 먼발치에서 원했을 큰 아이들의 소리없는 외침을 확성기를 대고 듣고 있으려니 마음의 고막이 찢어지는 느낌이 들었습니다.

  그 소리를 듣고서야 미련한 엄마는 나에게 주신 여섯 남매를 위한 사랑의 시력을 점검해보았습니다. 최고의 시력을 회복할 수만 있다면 좋으련만 시력은 이미 안경이 필요한 수준이었습니다. 최고의 안경을 쓰고 보더라도 그 안경을 내 손으로 벗고 쓰는 작은 수고가 필요했습니다. 내 아이를 바라볼 때, 안경알이 그 아이들의 장점을 보지 못할 정도로 낡았다면 과감히 벗어 던지고 매일 나에게 주신 새 안경을 찾아 껴야 했으니까요.

비판적이어서 걱정했다면
　　***** 분석적인 자질이 있음에 감사하고
나태하다고 걱정했다면
　　***** 마음에 여유가 있다고 감사하자.

지배적이라서 걱정했다면
　　***** 단호한 결단이 있기에 감사하고
말이 많아서 걱정했다면
　　***** 활달한 성격임에 감사하자.

쓸데없는 걱정이 많아서 걱정했다면
　　***** 신중한 아이임에 감사하고
오만해 보여 걱정했다면
　　***** 자신감이 강한 아이임에 감사하자.

모든 것을 아는 척한다고 걱정했다면
　　***** 상담가의 자질이 있음에 감사하고
무모한 것에 걱정했다면
　　***** 용감한 기질이 있음에 감사하련다.

참견하기를 좋아해서 걱정했다면
　　***** 호기심 많은 아이의 장래를 그리며 감사하고
고집이 센 것에 걱정했다면
　　***** 의지력이 강한 면을 칭찬해주련다.

의지력이 약해서 걱정했다면
　　***** 유연성이 있는 아이임에 감사하고
입에 발린 말을 잘한다고 걱정했다면
　　***** 남을 격려할 줄 아는 아이임에 감사하련다.

사치가 있다고 걱정했다면
　　***** 외모를 가꿀 줄 아는 센스를 칭찬해 주고
너무 물러 터졌다고 걱정했다면
　　***** 양보심이 많은 아이어서 감사하련다.

낭비벽이 심하다고 걱정했다면
　　***** 인심이 후한 면을 감사하고
현실적이지 못하다고 걱정했다면
　　***** 꿈을 꾸는 꿈동이임을 감사하자.

말을 잘 안 한다고 걱정했다면
> ***** 상대방의 말을 집중해서 들을 줄 아는 아이임을 감사하고

타인을 추종한다고 걱정했다면
> ***** 충성심을 가진 것을 칭찬해 주련다.

융통성이 없다고 걱정했다면
> ***** 공정한 성격을 가진 것을 감사하고

만사태평이라고 걱정했다면
> ***** 낙천적인 성격을 가진 것에 감사하련다.

완벽주의자라고 걱정했다면
> ***** 체계적인 성격을 가진 것에 감사하고

너무 세심하다고 걱정했다면
> ***** 정확한 성격을 가진 것에 감사하련다.

규율이 없는 듯 보여 걱정했다면
> ***** 형식에 얽매이지 않음에 감사하고

행동이 굼뜨다고 걱정했다면
> ***** 안정적인 성격을 가진 것에 감사하자.

귀에 거슬리는 말을 잘해서 걱정했다면
　　***** 솔직한 면을 칭찬하며 기도하고
　인색하다고 걱정했다면
　　***** 검소한 성격을 가진 것을 감사하자.
　소심하다고 걱정했다면
　　***** 현실적인 안목을 가진 것을 칭찬해 주련다.

　'……'해서 걱정했다면 '*****'하니 감사하다고 감사조건을 큰 소리로 나열하며 칭찬했습니다. 이제 막 세상을 배우고, 느끼고, 알아가는 나의 사춘기 딸들에게 그들이 가진 소중한 개성을 살려주고 부족한 곳에 믿음과 사랑과 기도로 온전하게 뿌리를 내리고 굵은 가지를 뻗을 수 있도록 늘 무릎 꿇고 지혜를 구하며 사랑의 수고와 칭찬을 아끼지 말아야 할 텐데 그게 맘처럼 쉽지만은 않아 늘 안타까웠거든요.
　그저 주님 앞에 두 손을 모으고 마음을 비우고 그 자리를 오직 따지지 않는 사랑으로만 가득 가득 채우길 소원했습니다. 나의 경직되고 편협한, 이기심과 선입관과 자격지심이 가득한 안경을 벗어 버리고, 오직 날마다 채우시고, 고치시고, 교정하신 온전한 시력의 안경, '예수 그리스도의 안경'으로 주저없이 바꿔 쓰고, 투명한 눈동자로 아이들을 바라보았습니다.
　"고마워. 이렇듯 자랑스러운 딸들이 되어 주어서. 너는 정말로 생각이 깊구나. 너는 엄마 아빠의 즐거움이란다. 나는 네 나이였을 때

너처럼 잘하지 못했는데 넌 정말 대단하구나. 정말로 훌륭하게 해냈구나! 너는 우리에게 특별한 존재란다. 너와 함께 있으며 항상 즐겁단다. 너와 결혼하는 사람은 정말로 운 좋은 사람이라고 생각해. 나는 네 웃음소리만 들어도 행복하단다. 정말 멋있는 걸~~ 엄마가 네 마음에 들었으면 좋겠구나. 넌 정말 감동적인 딸이란다. 네가 항상 최선을 다한다는 것을 엄마는 알고 있단다. 넌 내 마음에 쏙~ 드는 딸이란다. 엄마랑 아빠는 너를 언제나 믿고 있단다. 엄마랑 아빠는 너를 엄~청 사랑한단다. 늘 엄마를 도와주어서 고맙구나. 넌 지금 아주 잘 하고 있단다. 와우~~ 정말 열심히 노력했구나!! 넌 주님이 주신 가장 귀한 축복이란다. 사랑해. 예은이, 예지야"

당신의 생각은 무엇입니까?
מה אתה חושב? (마 아타 호세브)
What are your thoughts?

12. 잠잠할수록 들려지는 주님 음성

 날씨가 무더워 가장 늦게 단풍이 드는 이곳도 요즘은 심심찮게 가로수나 공원의 큰 나무들 밑에 보기 좋게 물든 정겨운 낙엽들이 바람에 뒹구는 광경을 보게 됩니다. 삼라만상을 둘러볼 때마다 주님께서 어느 곳 하나 손대시지 않은 곳이 없음을 느낍니다. 작은 미생물에서 만물의 영장이라 불리는 사람에 이르기까지 주님의 오묘하신 솜씨를 확인합니다.

 그러나 눈에 보이는 것보다 더 가치 있는 것은 많은 경우 숨어 있습니다. 그래서 눈을 감아야 그 실체를 잘 볼 수 있고, 귀를 기울여야 제대로 들을 수 있습니다. 자칫하면 그 감동들을 놓쳐버리게 되지요.

 그런데 어찌된 일인지 요즘은 어린아이부터 노인에 이르기까지 깨서부터 잠들 때까지, 아니 잠을 자면서까지 무언가를 들어야만 직성이 풀리는 소란한 시대인 것 같습니다.

제가 어릴 때만 해도 공부할 때는 라디오도 끄고 집중을 해야 제대로 공부를 할 수가 있었는데, 요즘 아이들은 시험공부를 하면서도 귀에 이어폰을 꽂고 머리를 흔들어 가며 하니 이해가 잘 안 됩니다. 그러다보니 저도 애들에게는 구식엄마 소리를 듣는 형편이랍니다. 하지만 성경을 묵상할 때도 그렇고, 무언가 깊은 생각을 할 때도 그렇고 너무 많은 소음에 노출되면 세미한 음성을 듣는 일은 거의 불가능하다고 믿기에 아이들에게 '침묵의 훈련'이 얼마나 중요하고 소중한지를 이해시키려고 조심스레 잔소리를 하곤 합니다.

  그러던 어느 날, 아이들도 어느 정도 이해를 한 것 같아서 우리 가정은 중요한 결정을 내렸습니다. 응접실에 있는 텔레비전을 창고에 옮겨 놓고 주말에만 꺼내서 보는 작업을 시작한 것이지요. 처음에는 많이 불편해 해서 그 시간에 맛있는 것도 만들어 먹이고, 재미있는 책도 이곳저곳에 늘어놓고 집히는 대로 읽어주기도 하고, 스스로 읽게도 하면서 조금씩 적응해 갔습니다.

  사실 제가 음악을 무척 좋아해서 클래식부터 팝에 이르기까지 시간 나는 대로 CD를 듣거나 노래를 흥얼거리면서 다니지만 새벽이나 한밤중처럼 아이들과 독립(?)되는 시간에는 침묵을 하고 묵상을 할 때가 많습니다. 주님의 음성이 가장 잘 들리는 때가 바로 침묵할 때라고 생각하기 때문입니다. 내가 말하고자 할 때는 주님이 말씀하시는 소리를 들을 수가 없었습니다. 주님이 말씀하시도록 나의 입을 막고 두 귀를 기울여야 들을 수가 있었습니다.

믿음으로 여리고성을 돌면서 불평과 불만의 소리들을 막고 침묵하는 인내와 순종의 기도를 했을 때 여리고성이 무너지는 하나님의 기적을 체험했던 것처럼 말입니다. 저도 우리 가족이 하나님의 음성을 잘 듣는 사람들이 되기를 원합니다. 그래서 침묵하는 훈련을 시작했고, 또 앞으로도 계속할 작정입니다. 사탄은 어떻게든지 사람들의 마음과 귀를 시끄러운 것들로 채워서 세미한 주님의 음성에는 관심이 없도록 만듭니다. 그리고 크고 요란한 소리에 우리의 눈을 돌리도록 유혹합니다. 하지만 사람들을 세우시고 인도하시는 주님께서 세미한 주님의 음성을 듣는 자들을 통해서 그분의 귀한 일들을 이루신 것을 볼 수 있습니다.

저도 부족하지만 하나님의 일을 감당하는 작은 그릇이 되기를 소원합니다. 그래서 주님의 음성을 잘 들을 수 있도록 매일 나의 입을 막고 귀를 세우는 훈련이 절실히 필요합니다. 아직도 주님의 도우심이 없이는 단 한 발자국도 제대로 못 떼는 어린아이와 같기에 연약한 나를 잡아주시기를 기도하고 소원합니다.

주님!
오늘도 주님의 음성을 듣기를 원합니다.
시끄러운 세상을 이길 힘은 오직 주님의 소리이기에
크지만 힘이 없는 물거품과 같은 소음으로 살게 마시고,
작지만 참 능력이 되셔서 우리를 살리시고 세우시는

주님의 음성을 듣고 지키는

하나님의 사람으로 살기 원합니다.

시간과 공간을 초월해서 역사하시는

전능하신 주님의 소리를 민감하게 들을 줄 아는

영적인 귀를 주시고,

그 말씀에 순종하는 침묵의 믿음을 갖게 해 주세요.

그리하여 내 안에 있는 많은 여리고성들을

한 순간에 무너뜨리고

세상을 향하여 하나님의 횃불을 높이 드는

참된 하나님의 군대가 되게 해 주세요.

오늘처럼, 내일도 매일 매일도

주님과 대화할 수 있는 인생이 되도록 인도해 주세요.

나 혼자만 떠들지 말고, 주님의 속삭이는 사랑의 음성과

다른 이들의 작은 신음소리도 들을 수 있도록

나의 주변을 정돈해 주시고

하나님의 질서를 세워 주세요.

주님! 기대합니다. 침묵의 귀를 세웁니다.

들려주세요. 주님의 사랑의 음성을!

 ## 속옷은 매일 갈아입으면서

우리 집에서 가장 수고하는 물건이 뭐냐고 물으신다면 제일 먼저 튀어나오며 "저요!" 라고 주장할 커다란 녀석이 있답니다. 그 녀석은 바로 매일 빨래를 돌리는 세탁기와 빨래건조기지요. 기본 식구가 여덟이고 거기에다 아래로 네 녀석은 아직 개구쟁이 초등학교 녀석들이라서 시도 때도 없이 하루에도 여러 벌씩 옷을 벗어놓곤 한답니다.

이젠 아이들이 많이 커져서 겉옷의 부피도 만만치 않지만요, 매일 샤워하며 갈아입는 속옷의 개수도 한 사람당 두 개 이상이나 된답니다. 한 사람당 나오는 개수가 속옷 두 벌, 양말 등등이니까 합하면 속옷만 하루에도 50개가? 넘어가네요.ㅋㅋㅋ 그나마 매일 돌리는 빨래수를 줄이려고? ^^ 그래도 제일 개수가 적은 사람이 바로 현장에서 뛰는 바로 저구요. ^^

게다가 요즘은 여름같이 화창하고 무더운? 날씨까지 가세해서 매일의 빨래양을 제곱으로 늘려 놓았네요. 매번 우리 집에 오시는 두 어머님들께서 빼놓지 않고 이렇게 말씀하시지요.

"얘야 이 많은 빨래를 손으로 일일이 빤다고 생각해 봐라. 하루 종일 빨래만 해도 다 감당 못할 텐데 이렇게 세탁기가 아무 말도 않고 빨아주니 이 얼마나 고마운 일이냐?

암~~ 커다란 감사조건이구말구....;;;;;

그럼 전 바로 이렇게 대답하지요.

"그럼요~~ 어머니~~~ 우리 집에서 제일 효자가 바로 이 세탁기라니까요.ㅎㅎㅎㅎ"

정말 그러네요. 요즘은 주말에 큰딸아이가 빨래를 맡아서 도와주고 있긴 하지만 이제 얼마 후면 대학에 갈 아이라서 거의 매일 밤을 새면서 공부할 것들이 쌓여있는 통에 주말에 잠을 줄이며 빨래를 도와주는 것도 오히려 미안한 감이 있답니다. 그래도 엄마를 돕는 것이 큰 공부라 생각해서 그냥 모르는 체 서로 맡은 집안일을 하게 놔두고 있긴 하지만요.

오늘도 아침나절 흰 빨래와 유색 빨래 감을 구분하고 있다가 나의 맘속, 아니 영혼의 먼지와 얼룩도 이렇게 매일매일 속속들이 빨아내야 한다는 생각이 들었습니다. 그래도 겉옷은 매일 갈아입지 않아도 되는 것도 있네요. 그러나 속옷은 아침, 저녁으로 온 몸을 깨끗이 씻은 직후엔 반드시 갈아입어야 하는 옷들입니다. 그러기에 사실 더 중요한 옷은 겉옷보다 속옷이지요. 그러나 많은 사람들이 겉옷을 더욱

중히 여깁니다. 가격 또한 속옷과는 비교도 안 되게 값이 비싼 것이 상식이지요. 그러나 예수를 믿는 우리들의 시선은 조금 달라야 한다고 믿습니다. 겉으로 보이는 겉옷보다는 나만 아는 속옷이 더욱 중요한 옷임을 알았으면 좋겠습니다.

물론 누구에게도 속옷은 보여줄 수 없습니다. 가족 중에도 가장 가까운 부부나 어린 자녀의 엄마 정도만 상대의 속옷을 볼 수 있습니다. 그러기에 어떤 의미에서는 가장 철저하게 감출 수 있는 옷이기도 합니다. 아무도 안 보는 속옷 그래서 사람들은 보이는 겉옷에 더 신경을 쓰고 있는지 모릅니다.

예수님께서도 겉옷, 즉 보이는 것들에 대한 경계를 여러 번 말씀하셨습니다. 겉만 화려하게 믿는 자들. 거리에 서서 큰 소리로 기도하고, 모든 사람이 보도록 손을 내밀어 헌금을 드리고, 모든 율법을 하나도 빠지지 않고 지켰노라고 우렁찬 공중기도를 해대는, 겉으로만 믿는 체 하며 속은 썩어 문드러진 바리새인들을 향하여 '회칠한 무덤'이라는 치명적인 별명을 붙이시기도 했습니다.

그와는 반대로 하나님께 속을 인정받은 사람이 있습니다. "나 여호와는 중심을 보느니라" 말씀하신 그 두려운 구절에 합격한 사람은 바로 양치는 목동 다윗입니다. 이새의 많은 아들들 중에서 제일 어리고, 볼품없고, 구질구질해 보였던 다윗을 택해서 "너는 내 마음에 합한 자라"는 어마어마한 칭찬을 해 주시고 이스라엘의 왕으로 기름 부으셨습니다. 세상 사람들의 기준, 즉 다시 말해서 눈에 보이는 기준으로는 절대로 왕이 될 수 없는 사람임에도 다윗은 하나님의 기준, 즉 속 중심을 보시는 그 불꽃같은 하늘의 기준에 따라 당당히 합격점수를 받은 것입니다.

어떻게 그런 일이 가능했을까요? 인간의 상식이 깨어진 그 자리엔 속일 수 없는 하나님의 시선이 있었습니다. 아무에게도 보이지 않는 사람의 그 깊은 중심을, 전능하신 여호와 하나님께서는 아주 정확하게 보신 것이지요.

그 말씀 앞에서 저는 늘 부끄럽습니다. 겉으로 보이는 것들에 신경 쓰는 일을 할 때마다 '마음의 중심을 보시는 여호와 앞에서 내가 과연 어떤 모습으로 서 있는가?' 하는 질문을 수 없이 던지고는 합니다.

눈에 보이는 사람에게 잘 하는 일은 사실, 맘만 먹으면 어느 정도는 그럴듯하게 성공할 수 있습니다. 그러나 하나님 앞에 인정받는 사람이 된다는 것은 날마다 내가 죽지 않고는 절대로 이룰 수 없는 것입니다. 날마다 나를 죽이는 것, 그것은 바로 날마다 내 속사람, 즉 나의 영혼의 속옷을 갈아입는 일이기도 합니다.

육체를 가진 우리는 아무리 겉옷이 화려해도 누구나 비슷비슷한 속옷을 입을 수밖에 없습니다. 몸 밖으로 흘러나오는 분비물을 아무도 제어할 힘이 없기 때문입니다. 그 어떤 유명한 사람이라 할지라도, 아무리 신령해 보이는 성자라 할지라도, 부드러운 속옷을 입지 않고는 자유롭게 행동하기가 힘이 듭니다. 우리는 누구나 육체의 한계를 지니고 있는 연약한 피조물들이기 때문입니다.

우리의 그런 피할 수 없는 한계를 안다는 것은 우리를 만드신 그분 앞에, 창조주 하나님 앞에 머리를 숙이는 일입니다. 그것이 바로 겸손이지요. 주님을 인정하는 자세, 그분의 능력을 받아들이는 바른 태도는 겸손입니다. 그러기에 서로 싸울 일이 없는 것입니다. 알고 보면 우리는 모두 비슷비슷한 사람들이기 때문입니다. 물론 주님께서 각 개인에게 다른 개성을 주셔서 그것들이 서로 어우러지는 하모니를 이루게 하셨는데 그 개성을 서로 비교하거나 시기하거나 정죄하는 것은 바로 나를 만드신 주님 앞에 고개를 빳빳하게 쳐드는 일이 되는 것입니다.

그저 피조물로서 나에게 주어진 일에만 집중하며 최선을 다하는 것, 고개를 숙이고 다소곳이 주님 앞에 무릎 꿇는 태도. 바로 매일 속옷을 갈아입어야만 하는 연약한 나를 인정하는 일, 그런 겸손함이 우리에겐 필요한 것입니다. 겸손은 부드러운 것입니다. 속옷도 부드러워야 합니다. 만약 속옷을 거친 삼베나, 화려한 구슬로 수놓은 야광옷감으로 만들었다면 아무리 멍청한 바보라도 그 속옷을 입으려 하지 않을 것입니다. 왜 그렇습니까? 속옷의 존재이유는 화려함에 있지 않고, 편안함에 있기 때문입니다. 속옷은 부드러운 우리 몸을 잘 감싸주는 기능을 가지고 있어야 하기 때문입니다. 그 기본을 무시한 속옷은 이미 속옷으로의 자격을 상실한 것이기 때문에 그런 화려한 옷감으로는 속옷을 만들지 않는 것이 상식입니다.

속옷의 특징은 단순하게 만들어졌다는 것입니다. 아무리 비싼 속옷이라 할지라도 그 모양을 보면 거의 비슷하게 생겼습니다. 복잡한 모양은 이미 속옷으로의 기능을 제대로 발휘할 수 없기 때문입니다. 우리도 주님 앞에서 단순하게 살아야 합니다. 너무 복잡한 생각과 태도는 주님을 역겹게 할 수도 있습니다. 애매모호한 태도로 일관하는 사람을 좋아하는 사람은 아무도 없습니다. 명쾌하고 단순한 말과 태도를 가진 사람 주위에는 친구도 많습니다. 누구나 그런 태도에서 시원함을 경험하기 때문입니다.

우리도 주님 앞에서 좀 더 단순해질 필요가 있습니다. 때로는 어린 아이처럼 나의 필요한 것을 바로 알고 구하는 지혜가 있어야겠습니다. 애매모호하게 이것도 아니고 저것도 아닌 것 같은 그런 태도가 우리에게는 너무도 많이 있습니다. 단순하게 주님 앞에 나아 갈 때 주님께서도 명쾌한 답을 주시기를 주저하시지 않는 것을 자주 경험합니다.

말과 행동뿐만 아니라 우리의 생활에서도 좀 더 단순하게 사는 일이 필요하다고 느껴집니다. 요즘 현대사회는 너무나 복잡해졌습니다. "이길로 가라"하고 하면 될 것을 미로를 만들어 더욱 혼동되게 해 놓은 알쏭달쏭한 이정표가 많이 있습니다. 그런 복잡한 사회에서 믿는 기독교인들만이라도 단순한 것이 얼마나 행복한 일인가를 증명해 줄 필요가 있습니다. 물론 이것이 말처럼 쉽지는 않습니다. 그러나 해 보지도 않고 포기하기에는 너무나 쉬운 길이 있습니다. 그것이 바로 단순하게 믿고 단순하게 사는 일입니다. 복잡하게 따지지 않고, 단순하게 믿으면 모든 것이 쉬워지고 행복해집니다. 머리가 아픈 증상도 순식간에 사라집니다. 단순하게 생각하고 단순하게 행동하기 때문에 머리 아플 시간이 없는 것입니다. ^^

그리고 마지막으로 속옷은 깨끗하게 빨아서 입어야 한다는 것입니다. 속옷이 불결하면 아무리 겉옷을 화려하게 입었다 할지라도 그 사람은 불결한 사람입니다. 그것은 누구보다도 그 더러운 속옷을 입은 자신이 가장 먼저 알 수 있습니다. 아무도 모르는 것 같지만 자신이 제일 먼저 그 불결함을 느낄 수 있게 하는 것, 그것이 바로 속옷입니다.

우리의 속사람도 마찬가지인 것 같습니다. 겉으로 아무리 잘 믿는 것 같이 행할지라도 우리의 속사람을 날마다 정결하게 씻지 않는다면 누구보다도 가장 먼저 나 자신이 불쾌한 느낌을 가질 것입니다. 그 상태를 가장 먼저 아는 사람이 그 더러운 속옷을 입은 바로 나 자신이기 때문입니다.

날마다 주님이 주시는 정결한 의의 세마포, 예수 그리스도의 피 묻은 속사람으로 갈아입지 않는다면 겉으로 보이는 것이 아무리 그럴듯해도 스스로 속이는 삶이 되는 것입니다. 사탄이 가장 성공한 일이 바로 겉으로만 믿는 예수쟁이들을 만드는 것이었다고 하지요. 스스로 속이는 사람들, 스스로 잘 믿는 것처럼 생각하는 자기 최면에 넘어간 그리스도인들, 겉으로의 부흥과 성장은 있는데 어쩐지 세상에서 영향력이 없고, 교회에서만 큰 소리 치는 기독교인들, 그런 그리스도인들이 아무리 세상을 덮을 만큼 늘어난다 해도 세상은 조금도 달라지지 않을 것입니다. 그러므로 우린 늘 스스로에 대하여는 철저하게 솔직해야만 합니다. 스스로 속게 하는 사탄의 속임수에 넘어가서는 안 됩니다.

내 안에 더러운 불순물을 날마다 청소하지 않으면 참 능력을 상실하게 됩니다. 그것은 오직 성령의 능력으로만 가능하지요. 나도 잘 모르는 내 자신에게 무엇을 기대하겠습니까? 오직 주님께 붙들린 바 될 때만이, 예수 안에서 죽고 예수 안에서 다시 살 때만 우리는 날마다 세상에서 빛과 소금으로 살아갈 수 있는 참된 힘을 얻을 수 있는 것입니다.

이제 온 세상이 환한 생명의 빛으로 가득한 봄이 되었습니다. 빛 되신 주님. 그 빛이 우리 안에 가득해지는 계절에도, 세상을 행복하게 밝히는 예수.

인생의 가장 중요한 질문은?
"당신이 죽은 후에 당신에 대해 어떻게 비석에 쓰고 싶습니까?"
본인이 쓰고 싶은 답을 써 보세요...
그러면 당신의 삶이 보일 것입니다.
당신이 원하는 답대로 사는 것이 '하브루타의 삶'입니다.

 아침마다 새롭습니다

새벽 일찍 사랑스런 모닝콜로 잠을 깨워 주신 아버지의 숨결 때문에 아침마다 새로운 노래를 부릅니다. 어젯밤 잠을 설친 것 때문에 아침에 제대로 기도도 못하고 부랴부랴 아이들 도시락을 챙겼습니다. 요즘은 아이들이 학교 급식을 좋아하질 않네요. 그래서 주로 한국 음식으로 점심 도시락을 싸주고 있답니다. 오늘 도시락은 제일로 쉬운 김밥에 반찬은 장아찌입니다. 룰루랄라~ 찬양을 부르며 열두 줄을 순식간에 말았습니다.

새벽 4시면 어김없이 눈을 뜨는 부지런한 남편 덕분에 올빼미 체질^^이었던 저도 이젠 새벽을 사랑하는 종다리가 되어 감사의 기지개를 켭니다. 큰아이 방에서는 6시면 알람시계가 두 개나 목이 터져라^^ 노래를 한답니다. 그 사이에 뒤척이던 큰딸아이가 눈을 비비고 일어나고, 아침잠 없는 2번, 4번이 어느새 일어나서 엄마 곁으로 온답니다.

한국에 다녀온 후로 우리 식구가 된 진돗개 한 마리가 원래 키우던 말티즈 '빠삐'랑 이젠 제법 친해진 것 같네요. ^^ 일찍 일어난 두 딸이 강아지 두 마리를 먹이고 챙기지요. 무슨 일이 있어도 아침밥은 꼭! 먹고 가는 큰딸 덕분에 오늘 아침도 된장국을 부랴부랴 끓이면서 감사노래를 부르네요. 어쩜 그렇게 한국음식을 잘 먹는지요. ^^ 멸치 넣고 구수하게 끓여놓은 된장국 냄새가 여섯 아이들의 코를 간질였나봅니다. 나머지 3번, 5번, 6번이 일어나서 세수하고 나오네요.

7시 전에 큰딸아이가 운전하고 학교로 향하고, 10분 후엔 둘째 딸이 걸어서 학교엘 갑니다.

나머지 3, 4, 5, 6번은 바로 길 건너 초등학교에 다니고 있기에 아침마다 누리는 여유가 이만저만이 아니네요. 호호호

오전 8시 25분이 되면 덩그러니 저만 남게 된답니다. 그때부터 저의 황홀한 일과가 시작되니 또다시 즐겁습니다. 빨래도 하고, 정신없이 늘어놓았던 부엌도 대강 치우고 급한 이메일을 확인하면서 커피를 마시는 우아한 시간을 갖기도 합니다. 일주일에 서너 번은 여러 가지 사역 때문에 준비하고 총총걸음으로 나가지만 여러 사역을 허락하신 주님 때문에 날마다 새로운 기쁨이 넘쳐납니다. 오늘 아침엔 아래로 네 녀석들 학교를 데려다주고는 문득 집 앞에서 고개를 들어 하늘을 올려다보았습니다. 어쩜 이렇게 맑고 높은지 구름 한 점 없이 깨끗하고 연한 하늘 끝까지 한순간에 다다를 것 같아 한참을 바

라보다 대문을 열었습니다. 천고마비의 계절. 선선한 날씨가 정서지수를 높여주니 누구나 가을엔 꿈을 꾸게 되나봅니다. 지난주 서점에 들러서 한 아름 안고 온 보물 같은 책 보따리. 아름다운 꿈을 꾸면서 책 속으로 여행을 떠나렵니다.

  생각만 해도 가슴이 시원해지네요. 분초마다 더해주실 아버지의 감동들. 그 벅찬 기대 속에 오늘도 할일을 주신 아버지의 사랑. 감사함으로 아버지의 간섭을 구하고 구합니다. 결국은 모든 것이 아버지 손에 달렸으니까요. 아버지가 허락하시는 만큼만 누릴 수 있음을 믿습니다. 오늘도 보이는 상황, 들리는 소리에 연연하지 않으렵니다. 저 멀리 보이는 꿈땅을 바라보며 변함없는 믿음으로 부족함을 채우시고 메워 주시는 아버지 손만 잡고 뛰어갑니다. 언제나 놓지 않으시는 그 든든한 손 안에 내 작고 보잘 것 없는 손이 잡혀져 있음은 놀라운 축복입니다.

  10월 한 달을 어떻게 보낼까요? 성령님께 묻습니다. 9월 마지막 날, 토요일 새벽기도 때 주신 감동이 새롭습니다. 더 많이 기도하라고 더 많이 엎드리라고, 성령님께서 특별하게 주신 명령을 따라 순종함으로 걸어갑니다. 바쁜 것보다 중요한 것을 먼저함으로, 우선순위를 놓치지 않기를, 한 번뿐인 인생, 후회가 없는 최선의 삶이 되기를, 나에게 주어진 모든 것에 절대감사, 절대순종으로 창조적 꿈을 이루어 가기를, 오늘도 나의 입을 통해서 오직 감사만 나오기를 소원해 봅니다.

나의 힘이 되신 여호와여..
내가 주를 사랑하나이다..

사랑합니다.
축복합니다.

 손가락을 다치고 발견한 15가지 감사^^*

벌써 6년이 넘었네요. 주님께서 우연한 기회에 몽골 국제대학교를 섬기고 계신 권오문 총장님과의 만남을 주셨습니다. 그때부터 지금까지 늘 몽골 땅을 위해 기도하게 하셨는데 지난 주간에 드디어 꿈에 그리던 몽골 땅에 두 발을 딛게 하셨습니다.

아직 어린 자녀들이 학기를 마치지 않았고, 이민교회의 담임목사로 섬기는 남편과 여러 사역을 두고 떠나기는 쉽지 않았지만 남편의 특별한 배려로 8일간 몽골국제대학에 가서 섬길 수 있어 행복했습니다. 작년부터 미국 오시는 일정까지 배려하셔서 출가한 큰딸을 도와주시려고 친정 부모님께서 우리 집에 오셔서 아이들을 돌보아 주셨습니다. 매일 도시락을 싸는 일과 여러 가지 쉽지 않은 살림살이를 기쁨으로 맡아주신 사랑하는 어머니께 감사하면서도 벌써 75세가 넘으셨는지라 마음 한 편에 큰 죄송함이 있었습니다.

그래서 부랴부랴~ 시간이 날 때마다 밑반찬이라도 만들어 놓으려고 종종걸음을 했는데 마음은 급하고, 시간은 모자라서 서두르다가 급기야 사고가 났습니다. 급히 우엉을 썰다가 왼쪽 검지 끝이 심하게 베어 버린 것입니다.

오랫동안 기도했던 사역이었지만 가기 전 날, 그것도 이번엔 틈틈이 반주로 섬기려고 연습도 했는데 손을 다치고 보니 마음이 많이 힘들고 어려웠습니다.

"과연 이번 몽골여행이 하나님의 기쁘신 뜻대로 행하는 것인가? 혹 나의 욕심에 이끌린 발걸음은 아니었나? 어린 자녀들을 연로하신 어머니께 맡기고 떠나는 것이 합당한 일인가? 이곳에서 기도하면서도 얼마든지 몽골 땅을 섬길 수 있지 않은가? ...."

더 많은 복을 주시려고 영적 공격을 허락하시는 것이라고 남편이 자꾸만 떠밀며 위로와 격려의 기도로 힘을 실어줬지만 비행기를 타고 12시간을 북경으로 날아가면서 많은 생각을 하게 되었습니다. 그냥 평소 실력대로 요리를 했으면 이런 사고가 없었을 텐데 평소실력 + 행복지수 + 효도지수가 상승작용을 일으켜 도마에서 춤추는 칼 소리가 점점 빨라지기 시작했습니다. 나의 평소 스피드로 썰었어야 했는데 요리사 수준의 스피드로 썰다보니 그만 한 순간에 악! 하고 비명이 울렸습니다.

'주님, 이건 뭡니까? 그렇게 몽골선교를 위해 기도를 많이 했는데 왜 이렇게 가기 전에 어려움을 주시는 건가요?'

그러나 감사하게도 불평과 불만은 오래가지 못했습니다. 늘 하던 대로 마음에 어려움이 있을 때마다 해왔던 적극적인 해결방법을 썼습니다. 마침 비행시간도 길고, 부정적인 생각들은 계속 날아오기에 '예수 방망이'로 딱! 하고 쳐버리는 감사연습을 시작했습니다.

1. 오른손이 아니고 왼손을 다쳐서 감사!
   (많이 느리고 불편했지만 그래도 혼자서 모든 일을 해결할 수 있었음 : 세수, 머리 감는 일, 글쓰기 등)

2. 엄지나 다른 손가락이 아니어서 그래도 왼손으로 반주코드는 누를 수 있으니 감사!
   (오른손으로는 멜로디를, 왼손 한 손가락으로는 코드 음을 칠 수 있으니 반주가 가능하다고 함)

3. 사고시 바로 옆에 엄마가 계셔서 감사!
   (수간호사 출신이신 친정 엄마가 계셔서 신속하고 놀라운 응급조치를 취해 주심)

4. 칼이 잘 들어서 상처부위가 깨끗이 잘린 것도 감사!
   (파상풍이나 다른 감염의 염려가 거의 없어서 다행이라고 병원에서 확인해 줌)

5. 집에 알로에 화초가 많아서 감사!
   (10년 넘게 키우는 알로에 덕분에 바로 지혈을 할 수 있었음)

6. 작은 사고였는데도 남편과 아이들이 얼마나 나를 챙겨주던지 이번 사고를 통해 가족의 소중함을 생생히 경험하게 해 주심 감사!

7. 둘째 손가락의 기능이 이처럼 중요한지를 매순간 깨닫게 해주심 감사!
   (우리 몸의 모든 부분이 하나님의 섬세한 배려임을 알게 되면서 그동안 잊고 있었던 많은 감사를 되찾고, 회개하며 기도하게 하심에 감사)

8. 통증이 올 때마다 모든 것을 멈추고 간절한 기도를 할 수 있도록 은혜주심 감사!
   (사실 영적으로 척박한 땅이기에 더 많은 기도가 필요했는데 바쁘게 준비하느라 자칫 소홀할 수 있었던 영적인 부분들을 돌아보게 하시고 절절한 기도를 쏟게 하심 감사)

9. 그동안 부족했던 간구, 강청기도의 별미를 계속해서 분초마다 충분히 맛보게 하심 감사!
   (기도할 때마다 얼마나 눈물이 나던지요. 약할 때 강함 주시는 주님 은혜에 감사, 또 감사!!!)

10. 손가락이 잘린 남편의 심정을 나도 느껴볼 수 있는 기회 주심 감사!
    (군대에서 사고로 잘린 세 개의 손가락을 만져가면서 그동안 남편을 통해 보여 주셨던 하나님의 긍휼과 사랑, 은혜를 다시

한 번 점검할 수 있어서 감사)

11. 다친 손가락을 위로 바짝 세워야만 통증이 덜함을 24시간 피부로 느끼면서 우리의 모든 시선이 주를 향할 때만 살 수 있음을 다시 깨닫고 감사하게 하심 감사!

12. 손가락 하나만 다치게 하심을 감사, 또 감사!

13. 손가락 마디가 아닌 손끝의 작은 부분만 잘려나가게 하심도 감사!

14. 손가락의 극히 작은 부분을 다쳤어도 온몸이 긴장하고 아파하듯이 지체된 가정, 교회, 사역자들, 이웃과 나라의 모든 기관들이 한 몸으로 연결되어 있음을 다시 깨닫게 하심 감사!
(상처난 한 영혼을 향한 더 많은 기도와 사랑, 섬김이 있어야 함을 발견하고 뜨거운 감사의 눈물을 흘리게 하심 감사, 또 감사!!!)

15. 손가락을 통해 이토록 많은 감사를 발견하게 하시고 나의 실수로 인한 어려움과 아픔까지도 하나님의 사랑의 도구로 써 주시는 아버지의 사랑과 은혜에 감사하고 또 감사했습니다....!!!

어찌 부족한 나를 이토록 사랑하시는지 손가락을 다치지 않았다면 이런 감사를 찾지 못했을 텐데 손가락을 다치고 풍성한 아버지의 사랑과 은혜, 감사를 찾게 하신 주님, 늘 쏟아부어 주시고 안아 주시는 당신의 사랑에 오늘도 감사의 노래를 두 팔 벌려 당신께 올려드립니다.

사랑해요... 감사해요...

행복해요... 주님!

2008년 4월 23일, 오후 2시 30분

베이징 하늘을 나는 Air China 비행기 안에서

감사.

Part. 4
천국의 비밀코드, 기도 하브루타

기도는 하나님과의 만남이다.
여섯 아이 양육과
이민목회자의 아내로 살면서,
세계 곳곳의 사람들과
기도의 줄로 연결되어
하나님의 꿈을 향해 지치지 않고
달려갈 수 있었던 비밀은

기도의 힘이었다.

 # 1.　　　　　　　　　　　태몽

우리 집은 일 년 내내 잔치가 끊이지 않습니다. 연초에 새 달력을 받아들면 제일 먼저 하는 일들이 있지요. 먼저 귀한 새 날을 살게 하실 주님을 바라보며 감사하는 기도를 합니다. 아직 잉크 냄새가 가시지 않은 따끈따끈한 캘린더를 받아 들었을 때, 저는 온 몸의 엔도르핀이 그 작은 손바닥으로 몰려드는 느낌을 받습니다. 찌르르 찌르르 전기에 감전된 것 같고, 큰 상을 받아 든 것도 같은 놀라운 감동에 감사와 기쁨의 엔도르핀이 손금을 따라 흐르기 시작합니다.

무려 여덟 번이나 되는 우리 집 식구들의 생일과 양가 부모님, 형제, 친척들의 기억나는 생일에 동그라미를 그립니다. 가족과 친지는 파란색으로 표시하고, 꼭 기억해야 할 분들의 생일엔 빨간색 하트를 그려 넣습니다. 그러다 보니 일 년 내내 늘 행복한 날이 되기가 일쑤입니다. 얼마나 감사하고 감사한지요. ^*^

지난 며칠 간 올해에 남아있는 동그라미가 몇 개인지 세어 보게 되었지요. 거의 여름에 생일이 몰려있는 우리 집엔 11월 둘째 예지 생일 외엔 남아있는 잔치가 없었습니다. 둘째 생일이 지나면 곧 크리스마스가 다가오고, 또 새 달력을 받게 되겠지요. 우리 집 식구 중에 제일 처음 생일을 맞는 사람은 막내 조수아! 신선한 첫 달인 1월 18일! 갑자기 그 겨울날의 감동이 봇물 터지듯 쏟아집니다.

전 여섯 아이를 모두 자연분만으로 낳았습니다. 그중 가운데 한 녀석, 셋째 예진이 때만 심한 입덧을 했구요. 다른 다섯 녀석들을 가졌을 때는 너무도 수월하고 은혜 가운데 임신기간을 보냈습니다. 임신만 하면 그야말로 상공주마마^^가 되었지요. 하하하 그래서 여섯이나 낳았는지 모르지만요. 암튼, 그 여섯 아이들 중에서 제가 직접 '태몽'을 꾼 것은 막내인 조수아가 처음이자 마지막이랍니다.

막내를 임신했다는 걸 알았을 때 저는 딸 다섯을 낳고 한 달 만에 심한 관절염에 걸린 상태였습니다. 그래서 손을 쓸 수가 없었답니다. 어려서부터 반주를 했던 손인데 피아노는 고사하고 작은 컵조차도 잡을 힘이 없었습니다. 모든 손가락이 말을 안 들었습니다. 손가락만 그런 게 아니고 무릎이며, 팔꿈치, 심지어 발가락 사이사이까지 하루 종일 너무 너무 아파서 6개월을 손바닥을 펴고 울면서 지내야 했습니다. 밤엔 또 왜 그렇게 아파오는지 겉은 멀쩡한 사람이 뼈 마디마디가 쑤시고 아파서 잠을 못 이룰 정도였습니다.

남의 일인 줄만 알았던 관절염 때문에 울고 지내면서 좋다는 약은 한방, 양방을 두루 구해다 먹었고, 놀면 안 되는 두 손을 하루종일 놓고 있는 것이 너무나 안타까워서 눈물이 마를 날이 없었습니다.

　하는 수 없이 옆에 살고 계시던 전도사님 사모님께서 갓난아기인 다섯째 딸, 예일이를 맡아 키우셨습니다. 아침 일찍 우리 집에 오셔서 우유병에 기저귀 가방, 그리고 갓난쟁이 옷 보따리며 이불 보따리들을 가방, 가방 챙겨서 가셨습니다. 세상에 태어난 지 한 달 밖에 안 된 예일이를 강보에 싸 안고서 이른 아침부터 해지는 저녁까지 1년이 다 되도록 키워주셨습니다. 감사하게도 당시 곧 대학에 들어갈 장성한 두 따님이 있었던 사모님은 오랜만에 아기를 볼 수 있어 너무나 감사하다시면서 천사처럼 백일잔치, 돌잔치까지 도맡아 해주셨습니다. 저희 목사님은 목사님대로 중보기도팀이며, 온 교회 성도님들께 제 병을 광고하시면서 기도를 부탁하셨고, 관절에 좋다는 약을 사방에서 구해오셔서 저를 살리려고 무척 애를 쓰셨습니다. 그런 와중에 전 갓난아기도 키울 수 없고 몸도 너무 아파서 어느 날 밤 실컷 울다가 잠이 들었습니다.

　'주님! 제발 살려주세요. 이 손을 낫게 해 주세요. 아이들이 다섯이나 되는데요. 제 손으로 아이들을 키울 수 있게 도와주세요. 주님! 주님....!!!!'

　그러다 잠이 들었는데 꿈에 하늘에서 커다란 용이 두 마리가 내려오는 것이었습니다. 꿈이었지만 지금도 생생하게 기억납니다. 얼마나 크고 선명하게 보였던지 그 두 마리의 용을 보는 순간, 욕심이 생겼습니다. 그래서 무의식적으로 두 팔을 최대한 벌려 용을 잡았습니다.

두 마리 중 큰 용 한마리가 내 품안으로 떨어졌습니다. 두 팔을 있는 대로 다 벌렸는데도 다 품에 안 들어올 만큼 큰 용을 가슴에 끌어안고 쿵! 하고 땅으로 떨어졌습니다. 그리곤 꿈을 깨었습니다.

"아! 태몽이다. 태몽!!!!"

생전 처음 꿔 보는 태몽인데도 느낌이 확실하게 왔습니다. 그리곤 흥분해서 이렇게 중얼거렸습니다.

"하하 태몽이야. 태몽. 울 남동생 집 꿈인가, 울 여동생 집 꿈인가? 용이면 아들인데 꿈값 확실히 받아야겠는걸?ㅎㅎㅎㅎ"

사실 그때는 그 꿈이 우리 집 꿈이라곤 절대로 생각할 수가 없었습니다. 저는 다섯째를 낳고 심한 관절통증으로 인해 울고 있는 형편이었고, 그래서 다시는 아이를 안 낳겠다고 산부인과 원장 집사님께 처방을 받아 아주 독한 피임약을 복용한지 2달이 지났을 때였기 때문입니다. 그래서 그날은 은행 일 보고 네 아이들 픽업하고 챙기면서 하루가 바쁘게 지나갔습니다.

그런데, 그날 밤 또 꿈을 꾼 것입니다! 이번엔 장소와 인물이 모두 바뀐 제 2탄을!!!

어제 꾼 꿈이 우리 집 꿈임을 확실하게 하는, 기가 막힌 꿈을 말이죠. 환한 응접실 소파에 제가 앉아 있었습니다. 제 앞엔 아이들 여덟이 옹기종기 모여앉아 놀고 있구요. 그런데 그 아이들을 바라보며 하는 제 말이 기가 막혔습니다.

"어머머! 여덟인데도 안 많네? 어머머! 여덟이 모였는데도 이 집이 안 좁네?"

가만히 보니 다섯째 딸 예일이 밑으로 아들이 셋인 겁니다. 헉! 그래도 꿈속에서 저는, 마냥 행복한 얼굴을 하고 앉아 있었지요. 세상에서 제일 행복한 엄마의 얼굴을 하고서 말입니다. 그리고 꿈을 깼지요.

'세상에! 그러면 어제 꾼 꿈이 내 꿈? 아니야 그럴 리 없어. 암 그렇고 말구. 그래도 이곳에선 지명도가 높은 실력 있는 의사의 처방전을 받고 있는 몸인데······· 더구나 난 지금 내 아이도 키우지 못하는 처지인 걸······

그래 꿈은 꿈인 게야. 내가 너무 아프니까 헛것을 본 게야. 그럼 그렇고 말구. 암암'

아무튼 그렇게 혼동 속에서 스스로를 위로하면서 둘째 날을 바쁘게 보냈습니다.

그런데 말입니다. 그날 밤 또 꿈을 꾼 거예요. 바로 둘째 날 꾼 꿈을. 재방송으로 말이지요. 어쩌면 그렇게 생생하고 선명한지 총천연색으로 필름이 돌아가는데 한 치의 오차도 없이 거기서 거기까지 필름이 돌아가곤 막이 내렸습니다.

헉헉헉! 숨이 막혔습니다! 눈앞이 캄캄했습니다! 아이들을 학교에 등교시키자마자 약국으로 달려가 임신테스트기를 샀습니다. 화장실에 가서 소변을 받아 가지고 정신없이 그 박스를 뜯어 안에 있는 얇고 작은 종이막대를 넣었습니다. 그리고 손에 땀이 나도록 기도했습니다. 제발~ 제발~ 제발~~ 임신이 아니게 해 주세요. 삼일동안 연속으로 꾼 꿈이 내 꿈이 아니게 해 주세요. 몇 분이 지났습니다. 가슴이 떨려 눈을 감고 있다가 가만히 두 눈을 열어 결과를 보았습니다.

"어머머머머~~~~ 아니 이럴 수가? 이걸 어쩌지? 이걸 어째~~~~ 흑흑흑"

작은 기구에는 임신이라고 쓴 곳에 빨간 눈금이 동그랗게 그려져 있었습니다. 순간, 주르륵 눈물이 쏟아졌습니다. 세상에 어떻게 이런 일이 있을 수가 있단 말인가! 딸 다섯을 낳고 관절염이 와서 아이도 못 기르고 울고 있는 형편인데 다시는 아이를 갖지 않으려고 독한 피임약을 먹고 있는 중인데 하나님도 너무하시지. 어떻게 이런 나에게 이런 일이….

흑흑흑!!!!

오전 내내 얼마나 울었는지 모릅니다. 하나님이 원망스러웠습니다. 새벽부터 늦은 밤까지 교회밖에 모르는 남편이 원망스러웠습니다. 건강치 못한 내가 또 임신 했다고 하면 사람들이 뭐라고 흉을 볼까 싶어 걱정이 되었습니다. 사람들이 여기저기서 수군거리는 소리가 들리는 것 같았습니다.

그리고 몇 시간이 지나서 아이들이 학교에서 돌아왔습니다. 겨우 눈물을 훔치고 아무렇지 않은 듯 마음으로 울면서 하루를 보냈습니다. 밥이 넘어가지를 않았지요. 잠이 오지를 않았지요. 삼일 째 되는 날엔 머리가 터질 듯이 아파 타이레놀을 처음으로 두 알씩이나 털어

넣으며 울었습니다.

"하나님! 도대체 어떻게 하라구요? 전 아들도 필요 없어요. 아이를 다시 낳을 힘도 없어요. 지금도 연년생으로 둘씩이나 있어서 정신이 하나도 없는데 어쩌자고 또 임신이 되게 하셨나요?"

일주일간을 슬픔 속에서 지냈습니다. 그러다가 문득 이런 생각이 났습니다.

'피하지 못할 것이라면 즐겨라~!'

'생명은 하나님께 속한 것인데 너를 가장 잘 아는 하나님께서 어찌 실수를 하시겠냐?'

'이번 일을 통하여서 무엇인가 좋은 것을 주실 차례인지도 몰라.'

그래서 그때부터 하나님께 생떼기도^^를 시작했습니다.

"하나님, 제가 원치 않는 임신을 했습니다. 아니, 전 아이를 다시 낳아 기를 자신이 없습니다. 지금도 다섯째 예일이를 못 키우는 거 아시잖아요??? 그럼에도 불구하고 주님이 임신하게 하셨으니 만약 3달간 입덧도 안하고, 밤에 관절 때문에 잠 못 자는 일도 없고, 몸도 아프지 않게 해 주신다면 주님이 주신 아이로 알고 여섯째를 낳겠습니다. 하지만 3개월 동안 입덧을 하고 힘들고 아프면, 남편도 모르게 아이를 지우겠습니다. 아니, 낙태는 죄악이니까 그냥 자연 유산되게 해 주세요. 주님 3개월입니다. 3개월!"

지금 생각하면 웃음이 실실 새는 기도지만 그 당시엔 생사를 건 단호한 각오로 억지를 부리며 울부짖었던 기도였습니다. 그런데 이

상한 일이 벌어졌습니다. 그날부터 3개월 동안 입덧도 전혀 안 하고, 관절이 아파서 밤마다 울었던 증상도 사라지고, 몸이 조금 피곤하다 싶은 것 외에는 아무것도 임신한 증상이 나타나지 않았습니다.

아이들 다섯 때는 임신하고 3일만 지나면 남편이 알아차리고 기뻐했는데, 이번엔 만 3달이 지나도록 전혀 눈치를 채기는 커녕 관절이 좀 낫나보다 오히려 안심하는 거예요. 남편뿐만 아니라 교인들도, 이웃들도, 친정 부모님조차도 감쪽같이 모르셨습니다. 저는 주님과 한 약속이 있기 때문에 그저 기도하면서 3개월을 몸부림쳤습니다.

그렇게 한 달, 두 달이 지나가면서 점점 제 마음에 낙심이 사라지고 감사와 찬송이 나오기 시작했습니다.

'그럼 그렇지. 반드시 주님의 사랑의 배려가 있으신 게야. 이번 임신을 통해 이 어려운 병인 관절염이 다 낫을 수도 있을 거야.'

그러면서 얼마 전까지만 해도 그냥 흘려 들었던 말들이 생생히 들려오기 시작했습니다. 제가 다섯째를 낳고 관절로 어려움을 당하게 되자, 주위에 계신 여러 권사님들께서 이렇게 위로하셨습니다. 아이 낳고 걸린 병은 아이 하나 더 낳고 몸조리 잘 하면 싹 낫는다고. 그땐 그 말씀이 너무나 섭섭하게만 들렸습니다.

'아니 지금 애 낳고 관절이 심하게 아파서 낳은 애도 못 키우는 처지인데 하나를 더 낳으라고? 본인 일 아니라고 어쩌면 저렇게 멋대로 말을 할 수가 있는 거지?'

속상하게 들려서 그냥 흘려 버렸던 말씀이었는데 이제 기도한대로 이루어지면 여섯째 아이를 낳아야 한다고 생각하고 나니 그 말씀이 내 귀에 쏘옥 들어왔습니다. '그래! 만약에 여섯째를 낳아야 한다면 이번엔 꼭 산후조리를 잘 해야 해. 그래야 이 여섯 아이들을 내 손으로 다 키워 낼 것 아닌가?'

그렇게 기도하면서 3개월째 되는 날, 드디어 남편에게 이야기를 하였습니다. 평소에 웬만해서는 화를 내지 않는 남편인데 여섯째를 가졌다는 말을 듣자마자 불같이 화를 내었습니다.

"아니 어쩌려고 그래? 지금 아이도 못 키우면서 또 임신을 했다고?" 태몽 이야기를 해도 아들도 필요 없다고 화를 내었습니다. 순간, 야속하고 눈물이 났지만 그래도 주님과 한 약속이 있기에 난 이미 여섯째를 꼭 낳겠노라고 눈물로 선포를 했습니다. 그때 마침 한국에서 오셨던 시어머님께서 확실하게 제 편을 들어주셨습니다.

"내가 아범은 잘 달래 놓을테니 넌 아무 걱정 말고 건강만 조심해라."

삼일동안 꾼 태몽 이야기를 들으신 어머님께서는 이번엔 꼭 아들을 주실거라는, '확신에 찬 응답'이라시면서 얼마나 좋아하셨는지 지금도 그 모습이 눈에 선합니다. 그리고 5개월이 지나서 배가 불러오기 시작했습니다. 처음엔 화를 내던 남편도 미안하다며 사과하더군요. 저녁마다 일찍 들어오시려고 애를 쓰셨고, 두 손에 항상 뭔가 잔뜩 봉지 봉지에 사랑을 가득 담아 배달하기 시작했습니다. 그리곤 매일 저녁 배에다 손을 대고 축복하며 기도하기 시작하셨지요. 저도 날마다 태교하느라고 성경을 읽고, 암송하고, 피아노를 치면서 찬양을 하고 하루에 서너 권씩 책을 읽으며 행복한 임신부가 되어가고 있었습니다. 임신할 때마다 얼마나 커다란 은혜를 주시는지 뱃속의 아기가 자라는 만큼 나의 신앙과 기도와 감사와 찬송이 대나무 숲처럼 빽빽하게 자라는 것을 느낄 수가 있었습니다.

행복한 6개월을 노래하다가 2001년 1월 18일 주일 아침에 아들을 낳았습니다. 딸 다섯을 낳고 아들을 낳으니 주일예배시간에 광고를 하셨고, 온 성도님들이 박수를 치며 저희 부부보다도 더 기뻐하며 축복해 주셨습니다. 병실인지 꽃집인지를 분간 못하게 너무도 많은 꽃들과 선물들이 들어와서 그날 당번인 모든 간호사들에게 꽃 화분을 하나씩 다 나눠드리는 행복도 누렸습니다. 주일에 저희 목사님을 만나는 성도님들마다 아주 특별하고도 명언이 되는 소감들을 말씀해주셔서 우리 자상하신 목사님께서 그 많은 소감들을 수첩에 일일이 적어 놓으셨다는 거 아닙니까? 그 중에서 장원은 "인간승리!"였습니다. 의지의 한국인이라나요? 병원으로 배달된 풍선 중 하나에는 이렇게 쓰여 있었습니다. "조수아, 너 아빠 체면 살렸다. 사랑해!"

암튼, 그 날 이후로 저는 관절 치료를 위해 2살, 1살이 된 연년생 4, 5번을 울리면서 방문을 잠그고 두 달을 지냈습니다. 산부인과 수간호사셨던 친정어머니의 충고를 무시한 채 이것, 저것, 손을 쓰며 양말도 안 신고 그렇게 뛰어다녔는데 관절염으로 심하게 앓고 나서는 시키는 대로 누우라면 눕고, 손을 쓰지 말라면 가만있고, 땀을 내라면 비가 오듯 뜨끈한 장판에 얼굴만 내놓고 누워서 땀을 내고, 내복은 물론 두툼한 양말까지... 주시는 대로, 하라는 대로 했습니다.

남편은 남편대로 인터넷을 뒤져 만든 80페이지 분량의 산후조리 책을 만들어 놓고는 형광펜을 그어가며 두 번 이상 완벽하게 공부를 마친 후에 저에게 건네주며 매일 사랑으로 저를 챙겨 주셨습니다. 그런데 정말로 기적이 일어났습니다! 아기 낳은 지 8주가 되어서 친정 어머님께서 한국으로 돌아가실 날이 가까웠는데 그렇게 아프던 뼈마디가 거짓말처럼 하나도 안 아팠습니다. 손뿐만 아니라 무릎도, 뼈 마디마디도 너무도 시원하게 느껴졌습니다. 관절이 깨끗하게 나았을 뿐만 아니라 온 몸이 날아갈 듯 가벼워진 것을 느낄 수가 있었습니다.

'아! 주님. 감사, 감사합니다!!!! 저를 살려주셨군요. 우리 아이들을 살려주셨군요. 우리 가정을 지켜주셨군요. 너무나 감사합니다. 나의 기도를 들어주셔서!!!!'

그 오랜 기간 동안에 나의 관절을 위해 기도하시던 여러 성도님들과 가족들의 기도를 응답하시고, 생생한 태몽으로 복된 아들을 허락하시며, 날아갈 듯한 건강까지 허락하신 주님의 놀라운 은혜와 사랑! 만 3년이 지난 오늘 생각해도 가슴 벅차고 감사합니다. 우리의 신음소리 외면하지 않으시고 우리의 작은 기도에도 응답하시는 주님께 천국 가는 그날까지 나의 가진 가장 귀한 것들을 아끼지 않고 온전히 내어놓을 수 있기를 이 아름다운 저녁에 눈물을 흘리며 기도합니다.

주님! 사랑합니다!

 세계 최고의 정형외과 의사

지난 추수감사절 즈음이었습니다. 아이들 다섯을 학교에 보내고 여느 때와 같이 막내 조수아만 데리고 이것저것 집안일을 하고 있었습니다.

"♪~~~~"

모차르트의 감미로운 음악이 온 집안에 출렁입니다. 전화가 온 것이지요.

"이 아침에 누굴까?"

우리 아이들이 다니는 초등학교 의무실에서 걸려 온 전화였습니다. 글쎄 아침에 콧노래를 부르며 등교했던 말괄량이 셋째 예진이가 다쳤다는 것이었습니다. 2교시 후 휴식시간에 운동장에서 멍키바(구름다리)를 타다가 뒤에서 빠르게 밀려온 덩치 큰 남자아이와 부딪혀 그만 밑으로 떨어져 왼팔이 부러졌다고 하더군요.

　응급차를 부르기 전에 먼저 부모의 동의를 구하는 미국학교 측은 관례상 보호자인 저에게 응급차를 부를 수 있도록 허락을 요청했습니다. 당연히 "예스"를 외친 후 막둥이를 데리고 부랴부랴 학교로 가보니 벌써 구급차가 와서 대강 응급조치를 끝냈더군요. 아이가 너무 아파서 진통제를 먹이고 얼음을 댄 주머니를 왼 팔 양옆으로 고정시키고 팔밑에 딱딱한 것을 대놓고 어깨띠로 고정을 시킨 상태였습니다.

　"엄마~~~! 너무 아퍼..... 앙앙앙~"

　아파도 꾹 참고 훌쩍거리던 셋째 예진이가 달려온 엄마를 보더니 급기야 참았던 울음을 터트립니다. 7살이나 된 2학년짜리가 마치 두세 살짜리 어린아이처럼 큰소리로 울어댔습니다.

　"그래 많이 아프지? 조금만 참아. 병원에 가면 선생님이 안 아프게 도와주실 거야. 엄마가 기도해 줄게!!!"

　팔목과 팔꿈치가 퉁퉁 부어올라서 어쩔 줄 모르는 아이를 위해서 아무것도 해줄 수 없다는 사실이 너무도 속상하고 안타까웠습니다. 기도밖에는 엄마가 해줄 것이 없기에 우는 아이를 붙들고 눈물을 흘리며 간절하게 짧은 기도를 했습니다. 엉겁결에 따라온 세 살짜리 조수아도 눈물이 그렁그렁해서 엄마를 쳐다봅니다. 아픈 아이를 앰뷸런스에 태워 먼저 병원으로 보내고, 바로 남편에게 전화를 했습니다. 자초지종을 알리고 막둥이 조수아를 옆에 있는 동생 집에 맡긴 후

병원으로 날아갔습니다. 조금 후 11시 50분부터 2시 30분까지 나머지 네 아이들을 픽업하는 일이 시작되기에 핸드폰으로 여기저기 다른 분들에게 부탁해 놓고서야 허겁지겁 응급실로 들어갔습니다.

그런데 당장 피가 철철 흐르지 않는 환자라고 진통제만 먹이고 순서가 될 때까지 기다리라는 것이었습니다. 말로만 응급실이지 이럴 수가 있나 싶어 화가 났습니다. 아파서 어쩔 줄 모르는 아이를 안고, 아무것도 해 줄 수 없어 절망하고 있는 엄마에게는 너무나 잔인한 일이었습니다.

진통제를 먹고 울다가 잠이든 예진이를 붙들고 같이 울며 기도하다가 문득 이성을 잃은 내 모습이 느껴졌습니다.

'그래. 이렇게 허둥댈 것이 아니지. 우리 예진이를 만드시고 지금까지 건강하게 지켜주신 주님께 감사하는 기도를 드려야지'하는 생각이 들었습니다. 그래서 기다리는 8시간 동안 이 상황에 대한 감사를 세어 보았습니다.

먼저, 오른팔이 아니라 왼팔이 다쳐서 공부하는 데 지장이 없게 된 것이 감사했습니다. 그리고 막내를 맡기지 못하면 응급실에 들어올 수 없는데, 맡길 수 있는 동생이 옆에 사는 것도, 계속 이어지는 네 아이들의 픽업을 도울 수 있는 고마운 이웃이 있는 것도, 아이가 8시간 동안 잘 참고 견딜 수 있었던 것도....... 여기까지 생각이 미치자 나도 모르게 감사의 눈물이 나왔습니다. 조금 아까까지도 원망과 아픔이 힘들어 울었는데 이젠 이렇듯 감사한 일들이 많음에 목이 메었습니다.

"아.......! 하나님......... 감사합니다....... 감사합니다."

만 8시간이 지난 오후 6시가 넘어서야 딸아이를 데리고 집으로 올 수 있었습니다.

응급실 의사가 엑스레이를 네 번이나 찍어 본 결과 예진이의 손목과 팔꿈치 사이의 가느다란 두개의 뼈가 양쪽으로 부러졌다며 깁스를 해 주었습니다. 그리고 열흘이 지나기 전에 정형외과 전문의를 찾아가서 석고 깁스를 하라고 일러주었습니다. 가정주치의에게 연락을 해서 소개받은 정형외과 전문의에게 이틀 후로 약속을 잡았습니다.

그리고 그 다음 날이 수요일이라서 학교에서 돌아온 아이들을 데리고 저녁 기도회에 갔습니다. 그날따라 중보기도 세미나가 마치는 날이라서 마무리로 '여리고 작전 기도'를 하는 날이었습니다. 아이들을 주일학교 교실에 두고서 80여명의 기도꾼들이 간단하게 합심기도를 마치고 모두 밖으로 나왔습니다. 두 줄로 길게 늘어서서 교회를 중심으로 한 블록이 되는 동네를 일곱 바퀴 돌았습니다. 침묵으로 기도하면서 교회 주변의 땅을 밟았습니다.

'주님, 이 땅에 예수의 생명이 차고 넘치게 해 주세요. 이 땅에 있는 모든 어둠과 사탄의 세력들이 예수 그리스도의 이름으로 물러가게 하시고, 우리가 거룩한 백성이 되도록 성령께서 이 시간 각 가정마다, 가게마다 찾아가 주시고 거룩한 치유가 일어나게 하옵소서!'

어느 누구도 소리를 내지 않고 묵묵히 눈을 뜨고 앞을 바라보며 행진 했지만, 마음 속으로는 그 어느 때보다 더욱 간절하게 주님을 찾는 진지한 표정들이었습니다. 지나가는 사람들이 거의 50분가량 아무 말 없이 긴 줄을 지어 행진하는 우리들을 이상한 눈으로 쳐다 보았습니다. 우리 교회가 한인 타운 한복판에 있는 중앙의 넓은 차도로 지나가는 차 속에서 이상한 눈으로 바라보는 많은 한인들이 있었고, 거리를 분주하게 오가는 멕시칸들과 흑인들도 아무 소리도 없이, 표시도 없이, 묵묵히 걷고만 있는 이상한 무리의 긴 행렬을 멈춰 서서 바라보았습니다.

  목사님과 장로님들을 앞세우고 간절한 마음으로 기도하며 행진하는 가운데 성령의 커다란 감동이 밀려왔습니다. 나뿐 아니라, 몇몇 권사님과 집사님, 장로님, 앞장 서신 목사님의 표정에서 기도 중에 강하게 역사하시는 성령님을 볼 수 있었습니다. 거의 마지막 바퀴를 돌 때쯤엔, 그 누구라 할 것 없이 흘러 넘치는 그 감동을 막을 수가 없어서 눈시울이 젖었습니다. 우리에게는 구약시대 여호수아를 선봉장으로 7일째 되는 날 빈 항아리안에 횃불을 감추고 여리고성을 열세 바퀴나 돌던 여호와의 군대 같은 위엄과 밤거리를 밝히는 거룩한 눈빛이 있었습니다. 그리고 마지막 순서에서는 교회 주차장에서 동그랗게 원을 만들고 모두가 손에 손을 잡고 모였습니다. 우리는 조국을 위해, 우리가 살고 있는 땅 미국을 위해, 북한을 위해, 청와대와 백악관에 주님의 능력이 나타나는 일을 위해, 소외된 이웃들과, 영육 간에 상처받은 이들을 위해 주님의 치유와 기적을 간구하며 손에 땀이 밸 때까지 간절하게 기도를 올려드렸습니다. 그리고 온 성도가 교회 건물을 둘러싸고 양손을 벽에 댄 채 주님이 세우신 이 존귀한 교회가 아름다운 복음의 나팔이 되도록, 이 땅을 치유하고 고치는 하나님의 능력이 되도록 간절히 바라면서 기도했습니다.

10시가 다 되어서 남편과 함께 여섯 아이들을 데리고 집으로 돌아오는 길에 너무나 통쾌하고 감격스러워 서로 마주보며 눈물을 훔쳤습니다. 뒷자리에서 곤히 잠든 아이들을 깨워서 집으로 들어가게 하고 잠을 청했습니다. 하지만 흑암의 세력을 쫓아버린 통쾌한 여리고 작전기도의 기쁨으로 인해서 거의 새벽녘이 되도록 잠을 이룰 수가 없었습니다.

그런데 그 다음 날 아침!

깁스를 한 예진이를 데리고 예약해 놓은 정형외과를 찾아갔던 저는 믿을 수 없는 소리를 들었습니다. 제한된 나의 상식으로는 도저히 이해가 안 되는 일이 일어난 것입니다. 그저께 응급실에서 찍은 4장의 엑스레이 필름과 오늘 찍은 4장의 다른 필름을 한참 들여다보신 의사 선생님께서 고개를 갸우뚱하시더군요.

"이거 참! 이럴 수가 없는데......."

저는 무엇이 잘못되었나 해서 급하게 물었습니다.

"선생님! 뭐가 잘못되었나요?"

"아니 내가 정형외과 전문의로 30년이 되었는데 이런 경우는 처음입니다. 이틀 전 찍은 사진과 너무 달라서 말입니다. 자! 보세요. 이게 전에 찍은 사진들인데 이렇게 양쪽이 부러져 있는 게 보이지요?"

"아! 네!"

"그런데 말이죠. 오늘 찍은 이 사진들에는 거의 간격이 없게 붙어 있단 말입니다. 이거 참!"

선생님이 가리키는 곳을 자세히 보니 확연하게 벌어졌던 간격이 거의 선 하나 그어 놓은 것처럼 바짝 붙어 있었습니다. 바로 그때 섬광처럼 머리에 스쳐가는 느낌이 있었습니다.

"아! 여리고 작전기도, 여리고 작전기도요.......! 선생님! 어제 저녁에 교회에서 중보기도를 했어요. 하나님께서 붙여 주셨네요! 이럴 수가! 바로 어젯밤이었는데 바로 몇 시간 전이었는데....... 이럴 수가......!!!"

목구멍까지 막혀버릴 것 같은 감동의 전율로 온 몸이 떨렸습니다. 그 순간 두 눈에서는 하염없이 뜨거운 눈물이 흘렀습니다. 의사 선생님의 눈시울도 붉어졌습니다.

"아! 하나님께서 하셨군요! 참 감사한 일입니다. 저도 이웃교회 장로입니다. 주님이 고치셨네요! 뼈가 거의 다 붙었으니, 2주 정도면 깁스를 풀어도 되겠네요. 축하합니다! 하하하........ 저도 오늘 굉장히 기분이 좋습니다!"

이틀 전 응급실에서 8주에서 10주 진단을 받았는데, 이렇게 이틀 만에 2주로 줄어들다니! 너무나 감사해서 바로 남편에게 전화를 걸었고, 남편도 말을 잇지 못하고 목메어 했습니다. 그 후에 별 진통도 없이 기브스하고 씩씩하게 학교에 다니다가 2주 후에 감쪽같이 붙어버린 뼈를 확인하고는 깁스를 풀었습니다. 완전하게 고쳐주신 하나님, 2주 동안 아무 불편 없이 학교에 다니고 명랑하게 지낼 수 있도록 지켜 주신 섬세하시고 위대하신 하나님을 찬양합니다. 우리가 생각지도 못한 일들을 이루시며 초자연적인 하나님의 방법으로 생명이신 당신을 나타내시며, 사랑으로 치료하시는 위대하신 주님을 경험했습니다.

이 세상에 많은 전문의들이 있지만 최고의 전문의이신 주님께서 한 푼의 치료비도 받지 않으시고 가장 정확하고 뛰어나신 방법으로 최고의 치료를 해 주셨습니다. 그저 한 마음으로 중보하며 기도한 일 외에는 내가 한 일이 아무것도 없었습니다.

벌써 이 일이 있은 지 여러 날이 지났지만, 아직도 셋째 아이만 보면 그때의 벅찬 감격이 생생하게 느껴집니다. 말로만 듣던 기적을 생생하게 체험하게 하셔서 믿음을 견고하게 세우시고 매사에 기도만이 능력임을 알게 하신 일이, 믿음의 기도가 손으로 만질 수 있는 기적이 되도록 역사하신 주님의 능력이, 나의 작은 눈으로도 볼 수 있는 현상으로 나타난 주님의 임재가 너무도 놀라워서 여러 믿음의 지체들에게 소개하고 싶었습니다.

오늘도 살아계셔서 우리의 생사화복을 주관하시고 간섭하시는 전능하신 주님께 나의 온 맘을 모아 찬양을 올려 드립니다.

"약할 때 강함 되시네~

나의 보배가 되신 주~

주 나의 모든 것~ 쓰러진 나를 세우고,

나의 빈 잔을 채우네~ 주 나의 모든 것~

예수 어린양~ 존귀한 이름~

예수~ 어린양~ 능력의 이름~!!!"

사랑합니다.

엄마! 절대로 아프면 안 돼

오늘 새벽 4시 반, 드디어 아이들 반이 동부로 비전여행을 떠났습니다. 새벽기도를 인도하시는 아빠를 따라서 가야 하기에 어젯밤 늦게 잠들었던 가족들 모두 졸린 눈을 비비며 일어나 짐을 싣고 뜨거운 포옹을 나눴습니다. 비전여행을 떠나는 설렘과 기대감으로 가슴이 풍선처럼 부풀어오른 아이들을 하나씩 안아주며 잠시 안녕을 했습니다. 다음 주면 집으로 돌아올 것을 알면서도 왜 이리 허전하고 맘이 휑한지 괜스레 눈물이 핑 돌았습니다.

셋째 예진이는 아직 어린 여덟 살이라서 언니들에게 딸려 보내기가 안쓰럽네요. 게다가 예진이는 여름성경학교에 가느라 지난주 내내 밤 11시가 다 되어 집에 들어왔습니다.

토요일은 새벽기도부터 하루 종일 교회에서 바쁘게 뛰어다녔고, 어제 주일에도 이른 아침부터 교회에서 지내다 집에 와서는 늦은 시간까지 짐 싸고 맘이 들떠서 잠을 못 이루더니 오늘 새벽 부스스 잠을 떨치고 나오는 얼굴이 많이 안 되어 보였습니다.

"예진아. 어디 아프니???"

"아니. 조금 머리가 아파요."

"그래? 지금 나가야 하는데 아프면 안 되지. 이리 와 봐. 기도해 줄게."

"네에."

이마에 손을 대보니 조금 미열이 있네요. 순간 마음이 안쓰럽고 괜히 눈물이 납니다. 얼른 끌어안고 기도를 시작했습니다.

"사랑하는 아버지! 여기 당신의 보배로운 딸, 예진이가 있습니다. 지난주에 예수님의 사랑을 VBS를 통해 듬뿍 받았습니다. 어젠 하루 종일 말씀도 먹고, 사랑도 먹고, 맘껏 주님을 만나고 왔고요. 이제 조금 후면 언니들과 같이 워싱턴으로 비전여행을 떠납니다. 새벽 6시에 교회에 모여 공항으로 떠나기 때문에 이른 시간이지만 아빠와 함께 가야 하네요. 오랫동안 온 가족과 교회가 함께 기도하고 준비한 여행이에요. 주님께서 반드시 축복하실 줄 믿습니다.

지금 예진이가 피곤하고 고단해서 미열이 나고 컨디션이 좋지 않네요. 이제 교회로 떠날 시간인데 주님께서 이 시간 사랑하는 딸, 예진이의 몸을 만져주세요. 교회로 가는 차 속에서 깨끗이 회복되게 하시고, 건강한 몸으로 귀한 여행을 잘 마치고 돌아올 수 있도록 인도해주세요. 같이 동행하는 전도사님과 부장집사님, 그리고 사랑하는

12명의 언니, 오빠들, 친구들을 지켜주셔서 모두에게 건강하고 유익한 여행이 되도록 한걸음씩 인도하시고 도와주세요.

　사랑하는 예수님! 우리의 기도를 반드시 들으시고 응답하시며 간섭하실 줄 믿습니다. 늘 가장 좋은 것으로 채우시는 예수 그리스도의 이름으로 간절히 감사기도 드립니다. 아멘!!!"

　사랑하는 예진이를 위해 기도하는 동안, 둘째 예지는 예진이 먹을 타이레놀을 손에 들고 옆에 서서 기도하고 있고, 큰딸 예은이는 배낭을 어깨에 짊어지고 짐들을 다 챙겨서 가지고 나와 두 손을 모으며 기도하고 있더군요. 새벽같이 일어나서 샤워하시고 성경을 보시던 아빠도 곁에서 오른손을 들고 간절히 기도에 동참하고 계셨구요. 눈을 뜨고 사랑하는 가족들의 진한 사랑과 중보의 온기를 느끼면서 서로 다 끌어안고 등을 다독거리며 맘껏 사랑의 포옹을 나눴습니다.

　"잘 다녀와라. 예진이는 금방 나을 거야. 가서 좋은 것 많이 보고 와야 한다. 밥도 잘 먹어야 하구. 작은아버지, 작은어머니께도 안부 전하고. 사랑해. 예은, 예지, 예진아........!!!"

　"**엄마**도 절대로 아프면 안 돼.
　알았지요?.....................!!!!!!!!!!!!!!!!!"

　사랑하는 세 딸들이 한꺼번에 저를 끌어안고 사랑으로 꾹~ 꾹~ 눌러주었습니다. 어느새 저의 눈가가 또 젖어들었습니다.

"하하. 얘들아. 엄마 또 울리지 말고. 이러다 아빠 설교시간 늦겠다. 자 그만들 하고 빨리 짐을 실어야지."

옆에 섰던 남편이 사랑스런 재촉을 했습니다.

"네에. 아빠두 잘 지내세요."

"쪽~~ 쪼옥~~!!!!!!!!!!!!!!"

세 딸들이 번갈아 가면서 아빠 볼에 뽀뽀를 하네요~
집을 떠나기가 많이 아쉬운가 봅니다… ^^*

아직 컴컴한 새벽 4시 50분. 여섯 아이 중 반이나 되는 아이들이 작은 짐들을 싸들고 아빠 차 속에서 손을 흔들고 새벽이슬을 가르며 떠나갔습니다. 맨발로 문 밖 현관에 덩그러니 서서 작은 소음과 함께 사라진 아이들의 그림자가 휘저어놓은 새벽 공기를 행복한 마음으로 느껴 보았습니다.

주님께서 이번 여행을 통해 주실 놀랍고 아름다운 하나님의 사랑을 맘껏 기대하면서 다시 한 번 예진이의 건강을 위해 입에서 절로 흘러나오는 기도를 되뇌었습니다.

'주님. 아시지요? 저의 마음을…….'

문득 한밤 중인 나머지 세 아이들이 생각나서 얼른 문을 닫고 들어가, 자는 아이들의 머리에 손을 얹고 축복을 빌었습니다.

'아! 주님 너무나 감사하네요. 아직도 보배로운 아이들이 셋이나 남아 있다니요. 오늘 하루도 주님께서 준비하신 사랑과 축복과 은혜를 맘껏 배불리 먹고, 누리고, 나누는 복된 인생이 되게 하소서!!!'

주님! 사랑합니다. 고맙습니다.

# 4. 천국을 경험하는 행복한 돌림기도

지난주에는 거의 매일 교회에서 살았습니다. 목요일부터 주일까지 기대하고 기다리고 기도해온 비전 부흥집회가 열렸기 때문이지요. 멀리 한국의 부산에서 오신 수영로교회의 정필도 목사님을 모시고 매시간 뜨거운 성령의 은혜를 먹고 또 먹었습니다. 사실 지난 2주 동안 우리 교회 온 성도님들이 한 끼씩 릴레이 금식을 하면서 특별새벽기도를 했습니다. 날마다 새벽을 깨우고 기도와 마음을 집중하여 100여명의 성도가 하나님의 집에 모여서 울부짖었습니다.

이번 비전 집회와 6월에 있을 '좋은 만남의 축제'를 위해 거룩한 카운

트다운에 들어간 것이죠. 5살짜리 꼬마부터 90이 넘으신 어르신들까지 온 교회가 하나가 되어 은혜를 사모하고 기도하고 금식하면서 천국을 미리 경험했습니다.

우리 집에서도 아직 어린 녀석들만 빼고 온 식구가 금식하며 기도하고 매달렸습니다. 하루에 한 끼만 금식을 하니까 얼마나 밥맛이 좋은지 매번 밥맛이 꿀맛이라는 고백들 때문에 '시장이 반찬'이 아니라 '금식이 반찬'이라는 새로운 속담이 생겨날 판이었습니다.

우리의 간절한 기대와 소원을 아시는 주님께서 첫날부터 넘치는 은혜와 축복으로 채워주셨습니다. 부흥회가 시작되는 목요일 전날부터 수요기도회와 목, 금, 토 집회에 새벽, 저녁으로 한 소대를 끌고 신나게 달려가곤 했습니다.

사실, 이곳에서는 고속도로로 30-40분 거리에 있는 우리 집이 가까운 거리는 아니거든요? 그런데 담임목사로 부임하기 전에 8년 동안 우리 교회 가까이에 있는 동양선교교회에서 부목사로 섬겼기 때문에 전혀 멀다고 느끼지 못하고 매주일 교회로 달려갈 수 있었습니다.

다른 날에는 좋은 음악을 듣든지, 노래를 하든지 아니면 작은 비디오를 보면서 차 속에 갇힌 시간을 보내곤 합니다. 하지만 목적지가 교회로 향하고 오늘같이 특별한 집회가 있는 날이나 주일예배를 드리러 가는 길에는 우리끼리 정해진 약속이 있답니다. 차에 타 출발하면서부터 교회에 도착할 때까지 30여분 동안, 뒷자리부터 시작해서 차례대로 돌림기도가 시작됩니다.

거의 앉는 자리가 정해진지라 맨 뒤에 있는 예나, 예일(4번, 5번)이가 카시트에 묶여진 채로 공주 톤의 예쁜 한국말 기도로 테이프를 끊지요.

"**하**나니~임! 저 예쁜 예일이에요~오늘 하나님 만나러 교회에 가는 길이예요. 아빠가 설교 잘할 수 있게 도와주시구요(그러자 옆에 있던 둘째가 귀띔을 해주네요. '오늘은 아빠가 아니고 할아버지 목사님이야'). 아참! 하람이 할아버지 목사님이 설교를 하신대요."

그리고 다음으로 관찰력이 예리하고 샤프한 우리 집 과학자인 넷째 예나의 기도가 시작되었습니다. 그런데 시작하자마자 앞자리에 앉은 셋째가 그럽니다.

"야! 이번엔 좀 짧게 해라."

언니가 그러거나 말거나 5살 된 넷째 예나는 거의 5분이 넘게 기도를 합니다. 우리식구들부터 시작해서 양쪽 할아버지, 할머니, 이모들, 삼촌들, 고모들, 작은집까지, 또 집에 두고 온 강아지 '빠삐'까지 챙겨서 기도하려니까 어떤 때는 5분도 짧지요. 그리고 이어서 소문난 천사표 둘째 딸 예지가 기도를 합니다. 이제 중학생이 되어 사춘기에 접어든 예지는 고상한 경지(?)에 오른 만큼 영어와 한글을 섞어가며 은혜로운 기도를 합니다.

그리고는 가운데 줄로 넘어와서 셋째 예진이가 바통을 이어받습니다. 우리 집 딸들 중에 명물인 셋째가 가만히 있을 수가 없지요. 제일 감정이 풍부하고 표현력이 좋아 '유명 변호사'란 별명까지 붙은 셋째는 아예 눈물을 흘리며 기도합니다. 늘 기도할 때마다 눈가가 촉촉이 젖는 셋째는 기도하는 모양도 저를 꼭 빼다 박았습니다. 제가 늘 무릎 꿇고 허리를 위 아래로 흔들면서, 두 손을 높이 들고 태권도 자세로 손을 내리치며 기도하거든요. 친정 부모님께서는 제 기도를 '사탄 때려잡는 당수기도'라고 하시지요. 항상 새벽기도 때는 제 옆에 제일 오래앉아 있는 녀석이 바로 셋째인데 언젠가 권사님 집사님들이 어쩌면 엄마랑 딸이랑 세트로 앉아서 그렇게 오래 기도를 하세요? 그러시더군요.

아무튼 전 7살짜리 셋째 딸이 기도만 하면 은혜를 받습니다. 너무나 행복해서 두 눈이 항상 젖어듭니다. 그러면 눈 화장도 고쳐야 하는데도 전혀 아랑곳하지 않고 마냥 행복하고 감사해서 셋째의 기도만 들으면 힘이 솟구치곤 하지요.

이어서 세 살이 막 지난 막내, 조수아가 중국식 발음으로(?) 기도를 합니다.

"하나니~임! 간짜한니다. 지금 엄마랑 고해에 가여~어. 사고 안 나고 잘 가게 해 주제여. 엄마가 기친 하는데 안 아프게 해 주제여. 나도 참 조아여. 예쭈니~임. 짜랑해여. 마니마니여. 나 쉬도 안하게 해 주제여. 예쭈니~임 이르므러 기도한니다. 아멘!"

온 몸을 카시트에 맡긴 채 두 손을 깍지 껴서 모으고, 미간을 잔뜩 찌푸린 인상파의 얼굴로 심각한 빛깔의 목소리까지 영락없는 제 아빠의 기도입니다. 걸음걸이나 밥 먹는 모습뿐 아니라 두 손을 머리

밑에 끼우거나 '할렐루야' 폼으로 쭉~ 뻗고 자는 모습까지 아빠를 빼다 박았는데 기도하는 폼까지 붕어빵입니다. 꼬마 목사님 같은 막내아들의 기도를 뒤통수로 보고 들으며 전 행복한 고슴도치 엄마가 되고 사방에서 다섯 명의 누나들의 입언저리로 키득 키득 간신히 웃음을 참는 소리가 밉지 않게 삐져나오네요.

막내의 기도가 끝나기가 무섭게 듬직한 '우리의 호프' 큰딸 예은이의 기도가 시작됩니다.

"하나님 오늘도 참 좋은 날씨를 주셨네요. 참 고맙습니다!"

한국말로 유창하게 조목조목 기도를 하고는 바로 이어서 영어로 길게 기도를 합니다. 미국에서 태어난 아이지만 고등학생이 된 지금까지 한글로 읽고 말하고 쓰는 게 막힘이 없는 자랑스럽고 귀한 보배지요. 큰아이의 기도가 거의 끝나갈 즈음이면 서둘러 오느라고 밥도 제대로 못 챙겨 먹었는데도 배가 불러옵니다. 사랑과 감사가 맛있는 반찬이 되어 온 마음은 어느새 포만감으로 흡족해집니다. 아! 감사합니다. 감사합니다. 이렇듯 귀한 축복의 기업을 여섯이나 주시다니요!!! 어느덧 가슴까지 복받치는 감동으로 눈시울이 젖어듭니다. 그리고 제가 마무리 기도를 시작합니다.

"너무도 좋으신 하나님! 오늘도 귀한 은혜로 저희의 마음을 준비시켜주시니 참 감사합니다.

이제 10분 정도 남았네요. 마지막 교회 주차장에 도착할 때까지 주님이 이 차의 핸들을 붙잡아 주세요. 오늘도 주님께서 주실 귀한 말씀을 기대합니다. 귀하게 세우신 강사 목사님, 정필도 목사님을 성령으로 붙잡아 주시고 준비하신 복된 말씀을 온 교회에 충만하게 채워 주옵소서! 누구보다도 제가 제일 큰 은혜를 받기를 원합니다. 이번 부흥집회가 저를 위한 집회가 되도록 온 마음과 정성을 모아 예배 드리게 하시고 귀한 말씀이 열매가 되어 나의 삶과 온 가정과 이웃과 교회에서 풍성한 열매를 맺게 나타나도록 도와주세요. 우리 모두가 이번 집회를 통하여 하나님의 살아계심을 확실히 느끼게 하시고, 말씀을 통하여 주시는 하나님의 음성을 정확히 듣고 행할 수 있도록 하옵소서. 우리의 영안을 열어 보게 하시고, 귀를 열어 듣게 하시고, 입을 열어 우리의 죄악을 철저히 고백하며 주님 앞에 정결한 자로 서게 하옵소서. 말씀을 통하여 우리의 지경이 넓혀지는 역사가 있게 도와 주세요. 사랑의 지경, 믿음의 지경, 겸손과 온유의 지경, 섬김의 지경, 기쁨과 감사의 지경이 넓어지는 축복을 받게 하옵소서. 우리가 하나님을 사랑하는 사람들임이 구체적으로 확인되는 집회가 되게 하옵소서. 주님! 사랑합니다. 감사합니다. 영광을 돌립니다! 예수님의 거룩하신 이름으로 간절히 간절히 기도드립니다. 아멘!"

집에서 출발하여 605 North를 타고, 105 West 와 110 North로 갈아타고 카풀이 끝나는 길에서 시내로 10여분 가면 올림픽과 벌몬에 있는 사랑스런 교회에 도착합니다. 거의 매번 아이들은 제 차지가 되기에 저희 목사님은 나홀로행 이시고, 전 8인승 미니밴을 여섯 아이와 저로 한가득 채우고 30여분을 달려오곤 합니다. 여러해 전에 시작된 미니밴 안의 돌림기도가 이젠 우리 아이들의 한 자락 기쁨이 되어버렸습니다. 말을 막 시작한 첫돌이 지난 어린 아기의 한마디를 포험해 하루하루 쌓여진 기도탑이 이젠 제법 높아진 같습니다.

3살짜리 유아기부터 15살이 되는 고등학교 사춘기 과정까지 두루두루 갖춘 전 교과 과정이 한 눈에 보이는 우리 집 아이들의 서툴고 미숙하지만 수정처럼 맑은 기도를 들을 때면 제 영혼의 엉켜진 불순한 모습들을 걸러낼 수 있어서 너무 좋습니다.

그냥 놔두면 구제불능인 저이기에 긍휼이 많으신 주님께서 이렇듯 귀한 아이들을 여섯씩이나 주시고 그 안에서 맘껏 기쁨과 감사를 누리게 하셨나 봅니다. 아직까지 아이들이 많아서 고민한 적이 없는 것을 보면 아마도 전 뭔가 좀 많이 모자란 사람인 것 같네요. 그 면에서는 남편도 한 몫을 합니다.

"여보! 여섯이 안 많아. 그렇지?"

"맞아요. 전 오히려 여섯이라서 행복이 여섯 배인데^^ 다른 사람들이 이 비밀(!)을 몰라서 둘, 셋만 낳는 것 같아요. 제가 그렇게 얘기를 해도 못 알아 듣더라구요. ^^ 넷이 넘으면 저절로 크는데....... 하하^^"

아무튼 저희 부부는 주님께서 명하신 계명 중 한 가지만은 확실하게 지킨 것 같습니다.

"생육하고 번성하여 땅에 충만하라!" ^*~

오늘도 주님 주신 놀라운 기쁨과 감사에 흠뻑 젖어서 땅에 충만하며, 땅을 정복하는 일의 소중함을 확인하게 하시니 그저 감사하고 감사할 뿐입니다. ^^

"너는 범사에 그를 인정하라.
그리하면 네 길을 지도하시리라!!!"
잠언 3장 6절

5. 하물며 호박순일까 보냐

우리 집 뒤뜰에는 호박넝쿨이 있습니다. 몇 년 전 이 집에 처음 이사 와서 심은 호박씨가 땅속에서 썩어 새순을 만들어 세상으로 올려 보냈더군요. 그래서 틈틈이 비료를 주고 매일 물도 주면서 사랑해주었더니 이젠 매년 씨를 안 뿌리고, 거름을 못 주었는데도, 가끔씩은 물 주는 것을 잊고 사는데도, 호박넝쿨이 터를 넓혀 뒤뜰 가득 호박밭을 이루었습니다.

　착한 호박부부의 의리 덕에 매년 10월 말 핼로윈이 되면 한 아름 제 품에 안겨 핼로윈 호박등 재료가 되는 둥근 오렌지색 호박들이 20개 이상 열리곤 한답니다.

　여름 내내 크고 작은 애호박을 먹게 하는 인정 많은 호박넝쿨이 가을 문턱에 다다르면서 올해도 어김없이 풍성하게 호박열매를 거두게 하네요. 그 넘치는 풍성함에 감사하고 기뻐하면서 신데렐라가 탔던 신비한 호박마차를 나눠주듯이 우리 집 셋째부터 여섯째까지 꿈동이들 품에 안겨서 학교에 보냈습니다.

　그런데 호박을 키우면서 살펴보니까 호박농사에 손이 많이 갈 필요는 없지만 새순이 돋고 넝쿨이 뻗어갈 즈음엔 한 가지 반드시 도와주어야 하는 것이 있더군요. 그것은 자라나는 호박순의 방향을 부지런히 돌려놓는 일이었답니다. 호박순의 방향을 돌려놓는 일은 아주 작은 일이면서도 매우 중요한 일이랍니다. 자칫 게으름을 피우면 호박넝쿨이 엉망이 되기 때문이지요. 돌려놓는 호박순의 방향에 따라서 그 줄기의 미래가 결정되기 때문입니다.

　연두색 말랑말랑한 떡잎이 나오기 시작하면, 어느새 제 마음엔 뒤뜰 한편을 다 덮어 버릴 그 아름답고 풍성한 호박밭을 스케치하며 행복한 호박순의 길잡이로 행복한 섬김을 시작하게 됩니다.

　그 작은 호박농사도 순의 방향을 조절하는 일이 필요할진대 하물며 자식농사는 말할 필요가 없겠지요. 목숨 걸고 낳은 생명의 분신이 우리네 소중한 자녀들이니까요.

 이제 저도 큰아이가 사춘기의 한복판에 있는 처지인지라 이렇다 저렇다 할 자격이 없는 엄마이긴 하지만 그래도 십육 년 동안 자식농사를 지으며 마음에 새겨놓았던 깊은 묵상들이 있어서 여러분께 소개하려고 합니다.

 우선 위대한 자식들을 배출하셨던 세기의 훌륭한 어머니들이 생각납니다. 먼저 떠오르는 어머니는 로마의 황제였던 콘스탄틴의 어머니, 헬레나입니다. 로마 정부는 300년 동안 기독교를 무참하게 핍박하였지요. 크리스천들을 향한 핍박은 갈수록 잔혹해지고 급기야는 수많은 신자들이 땅속으로 숨게 되었습니다. 그 당시 공동묘지였던 카타콤이라는 지하 토굴 속에 들어가 살면서 신앙을 지키려고 몸부림쳤지요. 그러던 중 콘스탄틴이 로마 황제가 되면서 기독교 박해 시대가 끝나게 됩니다. 콘스탄틴 한 사람으로 인해 기독교는 새로운 황금시대를 맞이하게 된 것입니다. 그런데 콘스탄틴이 이런 역사의 새 지평을 이루게 된 이면에는 그의 아버지 콘스탄틴 1세와 어머니 헬레나의 신앙적 양육이 탄탄한 뒷받침이 되었음을 볼 수 있습니다. 로마 제국 선왕들의 기독교 박해에 반감을 갖고 있던 아버지의 영향과 어머니 헬레나의 신앙적 감화력이 합해져 아들 콘스탄틴이 기독교 탄압의 역사를 바꾸어놓는 인물이 되도록 했던 것입니다.

 미국에서 가장 존경받는 대통령이었던 아브라함 링컨의 어머니도 빼 놓을 수 없는 위대한 어머니 중 한 분이랍니다. 링컨 자서전에 보면 링컨의 어린 시절 그 가난하고 어려웠던 시절에도 그를 결코 절망하지 않게 했던 한 가지 생명줄과 같은 소리가 있었다고 합니다. 그것은 바로 한결같이 링컨의 주변에서 울려 퍼졌던 어머니의 간절한 기도소리였던 것입니다. 링컨은 자신의 성공비결을 "내 어머니의 기도소리가 내 주변에서 늘 맴돌았다"라고 압축한 바 있습니다.

여러분이 너무나도 잘 아시는 성 어거스틴의 유명한 "기도하는 어머니의 자식은 망하는 법이 없다!"라는 명언도 있습니다. 자식이 지금은 내 맘에 흡족하지 않을지라도, 지금은 나를 실망시키는 자리에 있을지라도, 지금은 나의 말에 순종하지 않아 나를 눈물 흘리게 할지라도 변함없는 사랑으로 간절히 기도하는 어머니가 있는 한 주님께서 정하신 그 아름다운 시간에, 자녀가 반드시 하나님의 기쁨으로 우뚝 설 것을, 부모의 복된 기업으로 변화할 것을 우리는 결코 잊어서는 안 될 것입니다.

자녀들에게 어떤 가치관과 신앙관을 심어주느냐에 따라서 자녀가 세상에 놀라운 영향력을 끼치는 역사의 인물이 될 수도 있는 것이지요.

하찮은 식물을 키우면서도 시기를 놓치지 않으려고 애쓰고 섬기는데, 하물며 나의 분신과도 같은 자식을 기르는 일에는 더한 보살핌과 수고가 있어야 하지 않을까요?

외형만 번지르하게 무엇인가를 공급하는 일에 앞서서 그 여린 내면을 채우는 일을 위해 뜨거운 사랑을 담은 기도를 쏟아부어야 하지 않을까요?

비록 내 자신이 부족함 투성이인 불완전한 부모일지라도, 나의 간절한 기도 속에 녹아드는 하나님의 긍휼하심을 바라보면서 절대적인 그분의 보살핌과 은혜가 아니고는 이 험악한 땅에서 나의 자녀들을 지킬 수 없음을 절감합니다. 주님께서 주신 나의 여섯 자녀들을 향한 소박한 소원을 말해보렵니다.

먼저, 그 어떤 일에도 무릎 꿇고 주님의 뜻을 구하는 자녀, 두 손을 모으고 기도할 줄 아는 자녀로 키우고 싶습니다! 어려울 때는 기도하며 주님의 인도하심에 민감한 귀를 가진 자녀, 평안할 때는 주신 축복을 고마워하며 눈물의 감사를 올릴 줄 아는 자녀가 되었으면 좋겠습니다.

또 이 세상 학문을 사랑하기 보다 하나님의 말씀을 붙들고 사는 자녀, 말씀 속에서 끊임없이 공급되어지는 꿀송이와 같은 맛을 즐기는 자녀, 언제나 말씀을 삶의 기준으로 삼는 자녀로 키우고 싶습니다!

그 작은 소망을 위해 부족하지만 아이들과 성경을 읽는 일에 우선순위를 두려고 매일 몸부림 치고 있습니다. 그 외에도 다른 여러 가지 소망들이 즐비하지만 무엇보다도 때를 얻든지, 못 얻든지 늘 '칭찬밥'과 '격려반찬'을 먹이며 키우고 싶습니다!

부끄러운 고백이지만 저도 그 질풍노도의 시기를 거쳐 온 사람이면서 그것은 까맣게 잊어버리고 마치 태어나자마자 어른이 된 엄마처럼 호통을 쳐댈 때가 많습니다. 그럴 때마다 아이들에게 미안한 마음에 귀까지 빨개집니다. 아이들에게 미안하다고 사과하는 부족한 엄마를 몇 번이고 팔 벌려 안아주는 울 착한 아이들에게 더 이상은 그런 모습을 보이지 않았으면 합니다.

'야베스의 기도'의 저자인 윌킨슨은, 현대 부모들의 자녀교육에 대한 위험한 유형에 대해서 이렇게 지적해줍니다.

첫째 유형은 "알아서 크겠지"의 '방임형' 부모입니다. 자녀들에게 의식주만 제공한다면 부모노릇 다 했다는 조금은 무책임한 형태의 부모들입니다. 그저 보호자로서 먹고 자고 입는 일만 제공해주면 그만이라고 생각하는 부모로 때가 되면 좋은 열매를 거둘 것이라는 막연한 생각으로 가득한 농업형 양육자들이지요.

둘째 유형은 "잘 부탁드립니다"입니다. 현대 부모들은 관리자적인 입장을 취하는 경향이 높다고 합니다. 자녀교육이 아니라도 너무나 바쁘고 힘든 일이 산적해 있는 사회를 탓하면서 다른 사람에게 아예 맡겨버리는 '책임전가형'이지요. 어린 자녀들이 보모나 어린이집에서 하루 종일 시간을 보내게 한다든지, 아니면 자녀들을 학교, 학원, 과외 선생님, 상담 선생님, 예체능 특별훈련 등에 맡겨 놀 틈을 잠시도 안 주는 스파르타식 교육을 시키고는 안심하는 유형이지요. 마치 내가 못 이룬 꿈을 자식을 통해 성취하고 대리만족을 하려는 듯 말이죠.

셋째 유형은 "뭐든지 최고로 해 줘야지"라고 합니다. 이런 부모들을 오로지 돈으로 키웁니다. 최고 수준의 사립유치원을 보내기 위해 전력을 쏟기도 하고, 수백만 원대의 개인 어학 교사를 여럿씩 붙여놓기도 하고, 어려운 사람의 하루 품삯이 송두리째 나가는 최고급 장난감이나 옷 등으로 가치관이 정립되지 않은 어린아이들의 동심을 빼앗아버리기도 합니다. 참으로 위험하고 안타까운 교육이지요.

넷째 유형은 "미안하구나, 너무 바빠서"입니다. 가뜩이나 치열한 경쟁 사회인 이 시대에서 살아남기 위해서 두 부부가 열심히 자기의 전공을 살리고, 그 분야의 뛰어난 사람이 되려는 부모들입니다. 너무나 바쁜 업무와 사업 확장에 시간을 뺏기다 보니 정작 사랑해야하고 세밀한 관심으로 눈을 맞춰야 하는 자녀들에 대해서는 소홀하다는 것이지요. 그들은 최고의 위치에서 다른 사람의 존경은 받을지 몰라도 집에서 어린 자녀들과 뒹굴며 숙제를 봐주는 일 자체를 하찮은 일로 생각하는 부모들인 경우가 많습니다.

다섯째 유형은 "자식은 부모가 하라는 대로 해야 돼"라고 생각하는 사람들입니다. 특히 가부장적 분위기가 익숙한 한국의 아버지들에게서 흔히 볼 수 있는 모습이지요. 마치 군대의 선임 하사와 같은 단속지향적 양육 방침을 가지고서 절대 순종을 요구하지요. 엄격한 기숙사 사감과도 같은 아버지 어머니로, 가장 많이 쓰이는 단어는 "안 돼"라는 단어일 것 같네요.

여섯째 유형은 "내 자식 수송은 내가 책임진다" 형입니다. 마치 콜택시 기사처럼 학교, 학원, 음악, 연기, 발레, 과외, 독서실, 피아노, 수영 등을 위해 하루 종일 열심히 태워다 주는 것만으로 사명을 다 했다고 생각하지요. 이런 가정일수록 자녀들은, 온갖 경험이 무지개 색깔인 동심의 꿈동산을 전혀 경험할 기회를 얻지 못하고 사춘기에 접어들게 쉽습니다. 뒤늦게 아이들과 대화를 하려고 맘을 먹지만 이미 자녀들은 여러 겹으로 빗장을 걸어 마음문을 잠근 뒤라서 녹슨 빗장을 풀어대느라고 진땀과 피눈물을 흘려야 하는 수고를 경험하곤 하는 것을 봅니다.

그 다음 일곱째 유형은 "교회에서 살아라" 형입니다. 물론 신앙인으로 어려서부터 교회에서 생활하게 하는 것은 당연한 일이지요. 하지만 어떤 부모들은 아이들을 교회에다 붙들어 두려고 하는 경향이 강합니다. 교회 활동만 잘하면 다 해결될 것으로 생각하고 가정에서의 부모의 역할은 등한시하는 경우지요. 그것은 주님을 섬기는 것이 목적이 아닌, 그저 복을 받으려는 기복신앙을 목적으로 삼는 잘못된 신앙관에서 오는 것이기도 합니다. 보이는 현상만 주목하는 샤머니즘적 기복신앙을 가지고 교회를 다니고 주님을 섬기기에 감사보다는 원망이 앞서고 성숙보다는 무언가 손에 쥐는 것을 축복으로 여기는 안타까움에 빠지게 되지요.

이런 일곱 가지의 유형이 다 잘못되었다는 것은 아닙니다. 그러나 부모 자신이 자식을 키우는 일에 일차적인 책임을 지지 않고, 둘째 의자에 앉아서 가장 중요한 일에 헌신을 하지 않으려는 태도를 생각해 보자는 것입니다. 모름지기 성경적인 자녀교육은 그 아이를 낳은 부모가 일차적인, '가장 중요한 일'에 책임을 지는 것이라고 생각합니다.

자녀에게 필요한 사랑의 접촉과 따뜻한 보살핌이 무엇보다 중요합니다. 다른 것들은 다 양보한다 해도 자녀교육에 있어서만큼은 첫 번째 의자에 부모가 직접 앉아서 가르치고 손을 잡아 주는 일이 필요합니다.

더 성숙한 부모는 매일 경건한 모습을 직접 보게 해 주고 따뜻한 체온을 느끼며 손을 맞잡고 기도하는 시간을 소중히 여기겠지요. 그리스도께서 우리를 위하여 본을 보이셨듯이 우리도 자녀들에게 몸소 본을 보이기 위해 피 흘리기까지 싸워야 하지 않을까요? 호박순을 묵상하다가 생각이 울 아이들에게로 돌아갔네요. 분초마다 보듬어야할 아이들이 여섯인 아줌마이다 보니까 어떤 일이나 울 꿈둥이들과 연결시키게 되네요. 후훗^^

오늘도 하루 종일 절대행복! 절대평안! 절대기쁨! 의 주인공들이 되시기를 풍성한 호박을 거두며 축복합니다.

6. 아빠, 이거 잘 안 돼요!
(Daddy... it's not working!)

본격적인 여름의 문을 여는 6월도 벌써 반이나 지났네요. 아무리 세상이 변해간다 해도 계절의 느낌은 그리 많이 달라지지 않은 것 같아 감사하지요. 상큼한 5월이 미꾸라지처럼 빠르게 지나갔지만 그래도 그 화려하고 고운 감사를 맛보게 해 주었던 것처럼 6월엔 작열하는 햇볕이 날이 갈수록 점점 더 고맙게 느껴집니다.

 부지런한 꽃들도 이젠 거의 자취를 감추고 녹차를 반죽해 발라 놓은 듯한 검푸른 잎사귀마저 사랑스러워 숨을 한껏 들여 마셔 봅니다. 폐부까지 들어오는 시원한 산소바람, 초록바람… 그 동안 마음에 쌓였던 찌꺼기가 단번에 녹아 내려가는 듯합니다.

 지난 몇 주간 우리 집에서는 꿈 잔치가 열렸습니다. 그동안 간헐적으로 꿈을 나누며 행복해했는데 요즘 계속되는 아빠의 '꿈 설교 시리즈' 나눔 덕분에 아이들과 저까지도 저녁마다 접어서 가슴 속에 고이 간직해 두었던 색색의 꿈종이들이 무지갯빛 황홀한 종이학으로 변해 하나 둘씩 쏟아져 나왔습니다. 생각만 해도 행복해지는 꿈이었는데 주님 주신 입으로 감사가락을 붙여 그 꿈을 노래하는 순간, 그것은 순식간에 하늘에서 내려온 웅장한 천국교향곡이 됩니다.

그 노랫말에 맞추어 춤추며 점점 더 가까이 다가오는 아버지의 부드러운 음성도 들리네요. "내 귀에 들린 대로 내가 시행하리라." "아멘 아멘." 설거지를 하다가도, 앉을 틈이 없이 여섯 아이들 픽업을 하다가도, 잠자려고 누웠다가도 그 복된 소리가 들려와 찌르르~ 천국전파에 황홀하게 감전됩니다. 그러고 보니 꼭 눈을 감아야만 꿈을 꾸는 게 아니네요. 눈을 뜨고도, 일을 하면서도, 기도 중에도, 잠을 자면서도, 주님 주신 그 귀한 꿈들에 내 몸의 모든 세포가 춤을 추네요. 아, 그런데 얼마 전 복된 아들 조수아를 통해서 그 꿈을 손에 잡았습니다.

지난주였지요. 하루 종일 잘 놀던 조수아가 갑자기 열이 나는 겁니다. 식구들과 함께 저녁을 먹기로 약속하고 일찍 들어오신 아빠에게 달려가더니 별안간 심각하게 이러는 거예요.

"아빠, 갑자기 머리가 많이 아파요. 기도해 주세요."

그러면서 아빠 손을 잡아서 자기 머리 위에 올려놓네요. 옷을 벗을 틈도 없이 소파에 앉은 남편은 간청하는 막내가 귀엽고 대견스러웠는지 바로 끌어안고 머리에 손을 얹고 간절한 기도를 해 주었지요. 그리곤 한 10여분 지났을까요. 저녁식사를 하려고 모든 식구가 앉았는데 조수아가 심각한 얼굴로 아빠에게 달려오더니 이렇게 말하는 거예요.

"아빠…. 이거 잘 안 돼요! (Daddy…. It's not working!)"

순간 우리 부부는 물론이고 옆에 있던 누나들까지 서로 얼굴을 바라봤지요. 나중에 남편이 그러는데 그 말을 듣는 순간, 망치로 머리를 얻어맞는 느낌이었답니다. 정신이 번쩍 나게 하신 거지요. 목사로서, 아빠로서 체면이 말이 아니게 구겨졌지만 그래도 바로 조수아를 끌어안고 다시 한 번 간절하게 기도하는 남편이 미더웠습니다.

'그래… 하나님이 하셔야지… 아빠가 무슨 힘이 있겠니… 아빠는 조수아를 낫게 할 아무 능력이 없는 사람이란다. 우리 같이 기도하면 하나님이 반드시 고쳐주실 거야. 자 조수아. 엄마도, 누나들도 조수아를 위해 같이 기도하자꾸나.'

밥상 앞에서 조수아를 가운데에 세워두고는 일곱 명의 식구들이 머리에 손을 대고서 간절히 간절히 기도하고 또 기도했습니다. 모두가 힘차게 아멘~!!!을 외치고는 맛있게 밥을 먹고 일어서려는데 또 조수아가 달려왔습니다.

"아빠… 또 안 돼요! (Daddy… It's not working again~!)"

어린 아들의 그 한마디에 남편과 저는 큰 충격을 받았습니다. '아! 주님 불쌍히 여겨주세요. 아무런 능력이 없는 기도꾼들이 바로 저희들입니다. 그렇게 열심히 마음모아 기도했는데 잎만 무성한 무화과나무처럼 저 어린 아들의 두통조차 해결하지 못하다니요. 주님 도와주세요. 열이 나고 머리가 아파서 조수아가 밥도 못 먹고 누워 있는

거 주님이 아시잖아요.'

　조수아의 말을 통해 주님의 음성을 들었습니다. 지금까지 주님을 섬긴다고 외치며 다녔는데 누구보다 열심히 주님의 능력을 힘 입고 산다고 자랑하며 다녔는데 주님께서는 이런 작은 아이의 말을 통해서 더 엎드리라고 말씀하시네요.

　아무것도 내가 한 일이 없음을...
　아무것도 나의 공로가 없음을...
　아무것도 자랑할 것이 없음을...
　아무것도 내세울 것이 없음을...

"주님. 부족한 저희 부부를 불쌍히 여겨주시고, 귀한 아들을 통해 들려주신 음성을 통해서 더더욱 겸손을 배우게 하소서. 오직 주님만 자랑해야 함을, 마른 막대기보다 못한 나를 사용하시는 주님께 한없이 감사만 드려야 함을 알게 하소서. 오직 녹슬어 없어지는 나사못이 아니라, 주님의 나라 위해 닳아 없어지는 나사못이 되게 하소서. 주님... 주님..."

　며칠 동안 그렇게 주님 앞에 나의 부족함을 회개하며 눈물을 흘렸습니다. 남편은 하루 종일 교회에 나가서 주님 앞에서 털어버려야 할 것을 내어놓고 엎드린다고 하였습니다. 가끔씩 전화로 같이 기도할 것을 부탁했습니다. 저도 하루 종일 바쁜 일이 쌓였지만 아주 중요한 일 외에는 다른 아무 일에도 신경 쓰지 않으려고 마음을 비웠습니다. 운전을 하면서도, 집안일을 하면서도 주님 앞에 내려놓아야 할 많은 것들을 낱낱이 생각나게 해 달라고 간절한 마음으로 주님께 나아갔습니다.

그렇게 며칠이 지났나 봅니다. 머리가 아팠던 조수아는 이제 하루만에 열이 내리고 두통이 없어져 신나게 뛰어노는데, 웬일인지 주님의 음성이 계속 들려오고 있었습니다. 아주 깨끗하게 비워진 마음을 원하시는 주님의 사랑, 그 부드러운 음성을 들으며 죄송해서 울고, 감사해서 울고, 행복해서 울었습니다.

그러다 토요일이 되었습니다. 보통 주말이 돌아오면 금요일 저녁부터 매주 드리는 기도가 있습니다. 주일예배를 위한 간절한 중보기도가 바로 그것이지요. 특별히 하나님 말씀을 전할 남편을 위해 열일 다 제치고 기도에 들어가는데 잘 뛰어 놀던 조수아가 아빠 무릎위에 살그머니 와서 눕는 거예요. 그러면서 오른쪽 귀를 손에 쥐더니 막 우는 겁니다.

"으앙~ 아빠.. 갑자기 귀가 너무 아파요... 훌쩍.. 훌쩍..."

며칠 전 일도 있고 해서 남편과 저는 무조건 엎드렸습니다.

"주님... 살려 주세요. 내일 말씀을 선포해야 하는데 주님께서 도와주셔야 합니다. 갑자기 조수아가 귀가 아파서 못 견뎌하는데 주님께서 지금 이 시간 이 아들의 귀를 어루만져 주시고 고쳐주심을 경험하게 하소서! 새 교회에 담임으로 와서 2년이 넘도록 매주 말씀을 전하고 기도하며 맡기신 성도들에게 좋은 꼴로 먹이려고 발버둥쳤는데 내가 한 노력과 모든 인간적인 것들은 다 제하여 주소서. 오직 성령의 능력으로 말씀이 말씀 되는 역사가 일어나게 하옵소서. 그래서 주님의 말씀이 전해질 때마다 기적이 상식이 되며, 우리의 상한 영육간의 상처들이 회복되는 은혜를 내려주옵소서! 주님, 부족한 종을 불쌍히 여겨 주옵소서. 주님, 연약한 팔을 잡아 일으켜 세우시옵소서. 주님, 전적인 주님의 은혜만이 역사하여 주옵소서. 주님, 불쌍히 여겨주옵소서. 주님, 살려 주옵소서. 주님이시여!!!!!"

아들의 귀를 붙잡고 눈물을 흘리며 마룻바닥에 엎드려 통곡하며 기도하는 남편 옆에서 저도 마음이 아릿하고 안타까워서 뜨거운 눈물을 쏟았습니다.

"주님, 도와주세요. 사랑하는 당신의 종, 정우성 목사님을 붙들어 주시옵소서. 이번 일을 통하여 주님께서 일하심을 보게 하시옵소서. 부족한 종이지만 주님께서 사용하심을 경험하게 하옵소서. 주님, 우리를 불쌍히 여겨 주옵소서. 연약한 저의 기도를 들으사 응답해 주옵소서. 주님.... 주님....!!!"

갑자기 통곡하며 기도하는 소리에 놀란 아이들이 응접실로 달려 나왔네요. 엄마, 아빠의 간절한 통곡기도에 하나, 둘씩 접힌 무릎들이 우리의 부족함을 둘러싸더니 순식간에 성령의 삼겹 줄이 되게 하셨습니다. 그렇게 한참 시간이 지난 것 같습니다. 귀가 아파 울던 조수아가 그 시끄러운 중에도 잠이 들었네요. 아이를 번쩍 안아 침대에 누이고는 계속해서 조용히 기도와 묵상에 들어갔습니다. 그리고 서너 시간이 지났습니다. 깊은 잠이 들었던 조수아가 깨어나서 걸어 나오더니 이렇게 말하는 것입니다.

"Daddy…. It's working! 이제 귀가 안 아파요!"
'할렐루야~!!! 주님 감사합니다. 주님 어떻게 이렇게 우리를 사랑하시나요.'

남편도 너무 감사하고 감격해서 말을 못하고 아들의 머리를 쓸어 내립니다. 우리의 연약함을 깊이 알게 하시는 주님의 방법이 감사하고 그 섬세한 배려가 고마워서 자꾸만 눈물이 흐릅니다. 주님의 깊은 은혜에 들어가면 갈수록 나의 연약함은 그에 비례해서 커져갑니다. 내가 작아지는 만큼 주님의 능력이 커짐을 나를 부인하는 만큼 신실하신 주님이 경험됨을, 내 소리가 작아지는 만큼 세상을 만드신 주님의 음성이 쩌렁쩌렁 들려옴을, 그 놀라운 소리 앞에서 난 아주 녹아 없어졌으면 좋겠습니다. 덜 녹아서 질척거리는 내 모습이 뜨거운 주님 안에서 흔적도 없이 용해되어 버렸으면 좋겠습니다.

작은 아이의 음성 속에서 놀라운 사랑의 배려를 만나게 하시는 참 좋으신 아버지, 그 놀라운 주님이 내 아버지이시니 나의 영혼은 오늘도 행복한 파랑새가 되어 주님의 하늘을 날아다닙니다. 참 즐거운 노래를 맘껏 부르면서 저 높은 창공을 꿈꾸듯 날아갑니다. 언제 어디서나 나를 지키시는 불꽃같은 아버지의 시선에 묶여서 아무런 제

한도 없이, 아무런 두려움도 없이, 그저 노래하는 한 마리의 파랑새가 되어 행복을 노래합니다. 주님 주신 이 아름다운 세상에서 날마다 황홀한 노래를 부르게 하시는 아버지의 그 사랑, 살아도 죽어도 그 사랑 다 갚지 못하겠지요.

  사랑합니다.
  사랑합니다.
  사랑합니다.

 ## 7. 어머니의 기도

이 세상에서 제일 아름다운 기도가 있습니다.
바로 나를 낳아주신 어머니의 기도입니다.

그 기도는 자녀를 살려냅니다.
그 기도는 가정을 살려냅니다.
그 기도는 나라를 살려냅니다.
그 기도는 하나님 나라를 확장합니다.
팔삭둥이로 태어난 모자란 저에게도
어머님의 눈물과 애통의 금식기도가 없었다면
지금 이 시간의 나는 존재하지 못했을 것입니다.

그 숭고하고 강력한 영혼의 젖을 받아먹고 자란 50여 년 세월,
그 영양분이 살이 되고 피가 되어

건강한 영혼으로 자라게 하였네요.
핏덩이 같았던 그 어린 생명체가 자라나서
이젠 저도 여섯 아이의 엄마가 되었습니다.

나의 자궁에 잉태케 하시고
열 달 동안 기도의 젖을 먹이게 하시다가
목숨 건 고통을 통해 이 땅에 보내 주신
생명의 분신 여섯 보물,
그 보배로운 아이들을 바라볼 때마다
엄마의 기도가 생각납니다.

아직도 부족함 투성이인 엄마지만
그래도 기도하는 무릎이 있다면
아이들이 아름답게 자라나리라는 믿음이 있습니다.
아이는 내가 낳았지만
양육은 내 몫이 아니기 때문입니다.

품안의 자식일 때도,
사춘기가 되어 엄마 품을 떠나려 몸부림칠 때도
저에게는 아무 힘이 없습니다.
내 몸을 빌려 낳은 하나님의 자녀이기에

전 그저 30여 년 동안 아이를 맡아 기르는
작은 청지기일 뿐입니다.

내가 낳은 자녀라고 함부로 대하는 것은
하나님 보시기에 큰 미련과 무지입니다.
그저 주님 앞에 맡겨드리는
두 손과 무릎이 필요할 뿐입니다.

나의 한계와 부족함을 기도가 채워줍니다.
내가 할 수 없어서 두 손 들고 울며 주님 앞에 엎드릴 때
주님께서 내 자녀를 키우시고 보듬어 안으심을 경험합니다.

아이들의 불순종은 결국 나의 기도가 부족함입니다.
엄마의 기도소리는 자녀의 마음에 예수를 심어 줍니다.
엄마의 기도가 지속될 때
자녀의 심장엔 예수뿌리가 내려집니다.
기도의 굵기만큼
그 뿌리도 굵고 깊게 내려집니다.

세월이 흘러 그 어느 날
여섯 배, 육십 배, 육백 배로 번성해

이땅의 주린 영혼들을 살릴 열매들

그 아름다운 미래의 꿈은

생각만 해도 새 힘을 공급해 줍니다.

오늘 아침에도 기도편지가 도착했습니다.

기도편지를 읽으면서

꼭 제 마음을 적은 것 같아 눈시울이 붉어졌지요.

나를 키워내신

눈물 젖은 어머님의 기도가 생각났기 때문입니다.

저도 그 사랑 기억하며 따라가렵니다.

처음엔 한 분이셨는데

지금은 제곱 되어 그 뜨거운 사랑을 부어 주십니다.

새벽마다, 순간마다

부족한 저희 가정을 위해서

생명 다해 기도해 주시니까요.

순간순간 그 강력한 기도의 능력을

감지하며 살아갑니다.

제곱이 되어 부으시는 그 놀라운 은혜,

오늘도 그 힘으로 벌떡 일어서며

행복한 사명자로 나아갑니다.

사랑해요. 귀한 어머님들~~~

[어머니의 기도]

어머니의 기도를
나는 기억한다.
그 기도는 항상
나를 따라 다녔다.
내 평생 동안
그 기도는 나에게
꼭 매달려 떨어지지 않았다.
- 아브라함 링컨

*I remember my mother's prayers
and they have always followed me.
They have clung to me all my life.
- Abraham Lincoln*

* 어머니의 기도는 자녀를 살려냅니다.
자녀를 위한 가장 위대한 투자는 믿음의 기도입니다.
기도의 씨가 뿌려지면 하나님께서 일하십니다.
사랑으로 뿌려진 씨는 아름다운 열매가 있습니다.
씨를 자라게 하는 힘도 기도입니다.
보이는 힘이 아닌 내면의 힘으로 세상을 살아가듯이
보이지 않는 기도가 보이는 자녀를 키워갑니다.

세상을 넉넉히 이기게 하는 힘!
그 놀라운 비밀이 가득한 어머니의 골방기도!
위대한 사람 뒤에는
보이지 않는 기도하는 한 사람이 있습니다.
그 놀라운 은총이 자녀를 위대하게 키워냅니다.
사랑합니다.

에필로그

한 달이라는 짧은 시간 동안 출판을 마무리하고자 달려왔다. 100미터 달리기를 끝내고 파란 잔디밭에 누워서 숨고르기를 한다. 오랜만에 전력질주를 한 셈인데 가을 하늘이 10층은 더 높아 보인다.

소소한 일상을 책으로 낸다는 부끄러움으로 원고를 정리하는 내내 송구한 마음이 가득했다.

그러나 자녀들을 통해 부어주신 은혜가 한량없기에 글을 마무리한다.

우리는 매일 한 번도 살아보지 못한 24시간을 세금도 안 내고 주인처럼 누리며 산다.

연습이 없이 단 한 번만 주어진 인생인데도, 때때로 내가 살고 싶은대로, 내 감정대로, 하고 싶어 하는 본능적 욕망을 따라가곤 한다. 누구보다 그런 가능성이 많은 나이기에 여섯 자녀를 선물로 주신게 아닌가 하며 순간순간 나 자신에게 되뇌이곤 한다.

자녀를 낳고 키운 세월이 만 31년이 넘어간다. 큰딸이 만 30세 생일이 지났고 여섯째 막내가 올해 대학에 들어간다. 자녀는 거룩한 숙제라고 늘 생각했는데, 숙제검사를 받을 날은 아직 먼 것 같다.

  내 자녀가 자라난 만큼 엄마학교에 입학해서 이만큼 성장하며 자녀들과 함께 자라간 이야기가 이 책에 담겨 있다. 자녀들이 어릴 때 틈틈이 적었던 글이기에 16년전 부족함까지 그대로 보여진다.

  그럼에도 불구하고 미완성 교향곡같은 일상을 공개하면서 결국 나의 주관적 생각과 해석만큼만 표현할 수 있음을 고백한다. 굳이 편집하려 하지 않음은 내가 느끼고 경험한 것들 자체로도 충분히 가치가 있다고 생각했기 때문이다. 우리 모두가 다른 개체이고 다른 사명으로 살아가듯이, 여섯 자녀와 함께 이렇게 살았던 엄마도 있음을 자연스럽게 소개하고 싶은 마음이 책을 낼 용기가 된 것 같다. 늘 그랬듯이 과분한 응원자(?)로 가정을 리드하는 남편의 적극적인 배려가 이 책을 내게 한 또 다른 힘이다. 스스로 '팔불출의 행복한 남자!'가 되어 지금의 남편이 되는 것을 선택했다는 그의 사랑은 항상 동사형이었다. 또한 엄마의 부족함을 잘 견뎌준 아이들이 있었기에 이 책이 세상에 나올 수 있음은 부인할 수 없는 감사의 찬양이다. 이젠 성인이 되어 엄마를 이해해 주는 친구같은 자녀들이 되었으니 그들에게도 타임캡슐을 열어 본 듯한 새로운 기쁨이 되어질 것 같다. ^^

  아직도 공사중이지만 이만큼의 행복과 사랑을 누리게 해주심에 대한 고마운 감사편지로,

  더 높은 가치와 목표를 바라보며 최선을 다해 살고 싶은 믿음의 선포로 용기를 냈다.

대책없는 사랑을 부어주신 양가 부모님의 헌신과 기도무릎으로 이 자리에 서 있음을 고백한다.

기다려 주고, 참아주고, 다독여 주신 형제자매와 성도님들의 사랑을 어찌 잊을 수 있으랴!

책이 출판되도록 애써주신 은혜의 손길들… 서상모 집사님 가정, 김장섭 장로님, 출판사 직원들, 무엇보다도 이 일을 가능케 하신 하나님께 감사를 올려드린다.

부족한 글에 사랑의 격려를 아끼지 않으신 강준민 목사님, 이희숙 목사님, 강순영 목사님, 김철민 장로님, 양동일 이사님, 정진호 교수님, 양병무 교수님, 강명순 목사님, 김한수 목사님께 마음깊은 감사를 전한다.

다시 한 번 가장 가까이에서 응원을 아끼지 않았던 여섯 남매(예은, 예지, 예진, 예나, 예일, 예찬)와 사위 앤드류, 영원한 사랑 정우성 목사님께 이 책을 드리고 싶다.

가정의 보루가 무너져가고 있는 안타까움이 조금이라도 해소되는 사랑의 샘물이 되었으면 더 없이 행복하고 기쁠 것이다.

2019년 가을에, 소박한 기도손을 모으며
기도줄에 매인 행복자, 정한나

여섯도 안 많아요!

초판 1쇄 발행 2019년 9월 30일

지은이　정한나
펴낸이　김한수
편집디자인　김세나

펴낸곳　한국NCD미디어
등　록　과천 제2016-000009호
주　소　경기도 과천시 문원청계 2길 50 로고스센터 206호
전　화　+82-3012-0520
이메일　ncdkorea@hanmail.net　　**홈페이지**　www.ncdkorea.net

copyright ⓒ 한국NCD미디어 2019, Printed in Seoul, Korea

ISBN 979-11-965540-1-9

+ 잘못 만들어진 책은 구입처에서 교환해드립니다.
++ 이 책은 신저작권법에 의하여 국내에서 보호를 받는 저작물입니다.
　　출판사와의 협의없는 무단전재와 무단복제를 엄격히 금합니다.

값 18,000원

한국NCD미디어